そこないのフェアリーテイル

四月九日（日）
晴れのち曇り。八時に起床。吹き付ける風が冷たい。夕食に豆のスープを食べた。

四月十日（月）
朝から雪が続いている。外出は控えて、一日中、部屋で読書をした。昼にサンドウィッチを少しだけ食べた。

四月十一日（火）
朝から雪。家の前で雪かきをした。手が冷たい。こんな毎日がいつまで続くのかと思うと、正直、うんざりとする。馬の尻尾亭《しっぽてい》で久しぶりにフリカッセを食べた。

四月十二日（水）
雪。
灰色の街で、少女と出会った。

第一幕　春を盗まれた街　――カリャッハ・ヴェーラ

妖精は人から様々なものを盗んでいく。

瓦斯燈《ガスとう》が夜闇を照らし、汽車が草原を走るよりも遥《はる》か昔から、それは変わらない。収穫を終えたばかりの小麦の束が、あるいはまだ覚束《おぼつか》ない足取りの仔牛《こうし》が、生まれたばかりの乳飲《ちの》み子が、気付くとふと姿を消していることがある。そのような不可思議なことが起こると、昔の人々は決まって、こう言って騒ぎ立てたものだ。これは妖精の仕業だと――。

悪戯《いたずら》好きな妖精の悪さを止めるのは難しい。どんなに家を戸締まりしても、彼らは窓の隙間から簡単に入り込んでしまうし、盗みを働く前に捕まえようとしても、そもそも妖精の姿は普通の人間には見えないのだ。だから目の前で妖精が盗みを働いたところで、大抵の人は気付きさえしない。そして、後になって床に残った妖精の足跡を見つけては悔しがるのだ。

しかも困ったことに、妖精が盗んでいくものは目に見える物だけとは決まっていないのだ。

とある村では妖精が「日曜日」を盗んでいった。おかげで小作人たちは一年中、休むことなく種を撒《ま》き、実った麦穂《むぎほ》を刈り続けるはめになった。また、別の街では午後二時から午後四時までの「時間」が盗まれていった。贅沢《ぜいたく》好きの貴族や上流階級たちは皆、楽しみにしていたお茶の時間がなくなってしまったことを大変悔しがったそうだ。

だが、人が妖精を信じていたのも今は昔の話。妖精はもはや古いお伽噺《とぎばなし》の存在に過ぎない。人は石炭を燃やし、それを動力とすることを覚えた。効率的な製鉄技術が生み出され、近代的な工場が稼働《かどう》する街には鉄と煤煙《ばいえん》が溢《あふ》れた。聖書の言葉の代わりに、人々が資本主義の神様を有《あ》り難《がた》がって拝むようになると、古くさい伝承や風習はどんどん鄙《ひな》びた地方の片田舎《いなか》へと追いやられた。そして、妖精の存在もまた、人々の記憶の中から消えていった。されども、妖精が相変わらず悪戯《いたずら》好きなのは昔も今も変わらない。彼らの悪さも絶えることはない。

そして、その小さな北の町では妖精が春を盗んでいった。終わりのない冬が続き、ここ二年はサンザシの花も芽吹くことを忘れたようだった。夏を告げる五月祭《メイフエア》がじきに迫っているというのに、風に舞い続ける粉雪は今なお、冷たい石畳の街路の上に際限なく積もり続けている。

――その常冬の町で、このできそこないのお伽噺《フエアリーテイル》は始まる。

四月十二日（水）

薄手の毛布では朝の寒さを凌《しの》ぐのは厳しい。肌を荒っぽく引《ひ》っ搔《か》くような寒さに、ウィルは夜が明ける前から目を覚まさずにはいられなかった。安アパートの一室。色褪《いろあ》せた内装の殺風景な部屋で、彼はいつものように一人寂しい、冷たい朝を迎えた。

窓の外には相変わらず、綿雪が北風に吹かれて楽しそうに踊っている。空は黒い雲に蓋をされたまま。四月らしい朗らかな朝日を望むことも、きっと今年もないままに終わるだろう。ベッドから嫌々這《は》い上《あ》がると、部屋着を更に一枚羽織って、石炭のストーブに火を点《つ》けた。

このベン・ネヴィスの町から二年前、春が妖精に盗まれた――。

と、酒場の酔っ払いたちが冗談めかして言うのをよく耳にする。勿論《もちろん》、本当のところは誰も信じていないのだが、真偽はともかく、この町にもう二年も春も夏も訪れないのは紛れもない事実だ。去年は五月祭《メイフェア》の飾りが凍り付き、夏至《げし》を過ぎても軽やかな粉雪がワルツを踊っていた。

ウィルが窓を覗《のぞ》き込《こ》むと、目を奪われるような銀化粧が石造りの町並みを覆っていた。煤《すす》焼けた煉瓦《れんが》の壁も純白の雪の底に隠れ、玄関前には腰の高さほどの白い壁が堆《うずたか》く積もっていた。

「ああ。折角、昨日一日かけて雪掻《ゆきか》きしたのにな……」

その呟《つぶや》きを向ける相手はいない。孤独が続くと、どうしても独り言が多くなるのは人間の性《さが》かもしれない。青年が吐いた溜息《ためいき》は白く濁って、部屋の暗がりの中へと溶けて消えた。外もまるで夜のような暗さと静けさで、まだ朝が始まったばかりだというのに、オイルランプの街灯が細々と明かりを灯《とも》していた。見慣れた景色を確認し終えると、ベッドの脇に立つ机の引き出しからウィルは立派な装幀《そうてい》を施された日記帳を一冊、取り出す。そして、使い古しの万年筆を雪のように真っ白いページの上にソリのように走らせた。たった一言だけ、短く。

――四月十二日（水）雪。

それから軽く朝食を済ませるとベッドに戻り、毛布にくるまって読みかけの本を開いた。今朝《けさ》はまた一段と冷える。古いストーブでは、空っぽの部屋の中を隅々まで暖めるのには足りない。寒さに指の先が痛む。そのせいか、ページをいくらめくっても、内容が頭に入ってくる気がしない。それに軽い朝食では腹が減るのも早い。ウィルが外出を決断したのは、彼の腹時計が昼を告げたあたり。朝からの雪は降《ふ》り止《や》むどころか、勢いが若干増しているように見えた。

「どうせ、部屋の中にいても寒いのは同じだしな」

また、壁に向かって独り言。それを聞いている者はいない。寒さを多少我慢してでも、この退屈な空間からどうにかして逃げ出す術《すべ》が欲しかった。肩から背中を覆うケープのついた防寒用のインバネスコートを羽織ると青年は意を決し、傾きかけたボロアパートを後にする。これから戦地へと赴く兵隊の心持ちで、彼は灰色に染まる町へと打って出ていくのであった。

このベン・ネヴィスはハイランド地方北方《ほっぽう》の田舎《いなか》町だ。険峻《けんしゅん》な山々と、氷河によって削り取られた歪《いびつ》な海岸線に囲われたこの街の夏は元々短く、冬は飽きるほど長い。それでも、二年前から続く終わりのない冬はウィルを始め、この町の陰鬱《いんうつ》な住人たちを更に出不精にさせた。

薄暗く沈んだ町の中では人の姿も疎《まば》らだ。街灯に照らされて、雪の絨毯《じゅうたん》に影が浮かぶ。その上をブーツで踏みならすと、積もったばかりの雪はサクサクと心地よい音を立てて弾《はじ》ける。向かうのは広場を挟んで数十歩先のレストラン「馬の尻尾亭《しっぽてい》」。あそこまで行けば、温かい料理と暖炉が待っている。そう思えば、この凍《い》てつく寒さにも耐えられる。しかし、降り落ちる雪はどんどん、嵩《かさ》を増していく。そして、家から数十歩進んだところでウィルはふと足を止めた。

駅馬車の停留所もある中央広場にぽつん、と人影が立っていた。広場にはもう何年も前に水が凍って止まった噴水池があった。その前で少女が一人佇《たたず》む。もう随分長いこと、その場で立ち続けていたのだろう。藍色のショートケープの上に雪がうっすらと積もっていた。肩に掛かる長い髪は降《ふ》り止《や》まぬ雪と見分けがつかないほど綺麗《きれい》な白銀の光沢を宿していた。この辺りでは見覚えはない。旅行者だろう。彼女はかじかんだ両手で木のボードを胸に掲げていた。

『お願いします。私をミスター・キッパーヘリングの所まで連れて行ってください』

過剰に丸みのかかった、いかにもお転婆そうな字でそんなことが書いてあった。

キッパーヘリング？　その名前に聞き覚えはない。雪をかぶった少女もまだこちらに気付かず、無人の広場で誰かが声を掛けてくれるのを待っている。けれども、自分では彼女の力になれそうにない。誰か他を当たってくれ。ウィルは引き返し、広場を迂回《うかい》する道を選んだ。

「まあ、ウィルソン。寒い中、よく来てくれたね」

回り道をしてようやくたどり着いた「馬の尻尾亭《しっぽてい》」で顔馴染《かおなじ》みの女主人ミリーが出迎えた。

雪のせいか、昼時になっても店内に彼以外に客の姿は見当たらない。ウィルはサンドウィッチとコーヒーを注文するとカウンターの端に腰をかけ、読みかけの本を再び開いた。

「やあね、また、雪が強くなったわね」と、窓の外を見ながらミリーが溜息《ためいき》を吐く。町の人間は皆、うんざりとしながらもこの終わりのない雪の季節を半ば諦めかけている。春が来なければ、農作業も始められない。農作物《のうさくぶつ》を収穫できないのであれば、食べる物もいずれ底をつく。町にはゆっくりと貧しさと絶望が這《は》い寄《よ》りつつあった。

「本当……。でも、春が来ないのはこの町だけなんですよね？」

「そうよ、そうなのよ！　不思議なこともあるものね。ああ、侯爵様でも女王様でもいいから、この状況を何とかしてもらいたいのだけど……」

愚痴をこぼしながら、ミリーはコーヒーを差し出す。白い湯気がカウンターに立ち込める。

「ああ、まただわ。また、食料がなくなっているわ。見て、ウィルソン。ここの戸棚に置いてあったナッツの瓶がなくなっているの。そんなことってある？　最近、物がよくなくなるのよ」

「また？　そんな頻繁になくなっているんですか？」

「そうよ、勘弁してほしいわ。ただでさえ食料は不足していて貴重なのに。あれ、ここにあったはずのジンの瓶までなくなっているわ！　どこの酔っ払いが勝手に持って行ったのかしら！」

「……妖精の仕業かも」

そう呟《つぶや》くと、ミリーはこちらを向いて噴き出すように盛大に笑った。

「ウィルソン。あなた、時々おもしろいことを言うわね。そうね、妖精が悪戯《いたずら》をしたのかも！」

言ったことを後悔する。そう。大概の人はそういう反応をすると、ウィルは知っていた。何か不思議なことがあると、人々がやたらと妖精のせいにしていた時代はとっくに過ぎ去った。

けれども、ウィルは冗談で言ったつもりはない。彼は至って真面目だった。だが、これ以上は馬鹿にされると思い、何も言わぬまま、そこにいる不埒《ふらち》な見えざる客へと目をやった。

コトコト。カウンターの向こう側で物音がする。ちょうど、ミリーの足元に小さな影が数匹、こそこそと動き回っている。自由勝手に戸棚を開けては、奥から小瓶を何本も引っ張り出す。

「どうしたの、ウィルソン？　そこに何かいるの？」

ミリーがその小さな侵入者に気付いた様子はない。彼女が足元に目をやっても、彼らの姿は彼女には見えない。彼らの姿はウィルにしか見えていないのだ。その小さな侵入者たちはちょうど、瓶詰めのナッツとジンの瓶三本を棚から運び出そうとしているところだった。

「おかみさんにはお世話になっていますから。俺が妖精から取り返してみせましょうか」

ミリーはすぐにそれをウィルの冗談だと決め込んで、豪快に笑い飛ばした。

「はっはっは！　そうかい。それなら取り返してくれたら半分、分けてあげてもいいよ！」

今、目の前で大胆に盗みを働く緑色の小人は、大きな耳をぴくぴくと動かし、ギョロっとした目玉で周囲を慎重に窺《うかが》う。何とも醜いその姿はウィルもよく知る有名な妖精のものだ。

——ゴブリン。悪戯《いたずら》好きの妖精の代表格だ。数えると六匹。それぞれに棚から盗み出した瓶や皮袋を抱きかかえ、そろりそろりとカウンターの奥から裏口へと逃げようとしている。不思議なことに、妖精に盗まれたものはその瞬間から、その妖精と同じように人の目には映らなくなる。だからこそ、白昼の大胆な盗みも彼らにとっては朝飯前のことなのだ。

妖精は人の目には見えない。そう。ごく一部の人間を除いては。ウィルは昔から不思議と彼らの姿が見えた。才能なのか血筋なのかは分からないが、おかげでこれまで周囲から変人扱いされることも幾度とあった。ただ、今だけは退屈しのぎができるこの能力に少しだけ感謝した。

ゴブリンたちは裏口から堂々と逃走する。ウィルも続いて店を出ると、裏手に回って彼らの姿を探した。狭苦しい土地に店舗と住宅がひしめき合い、薄暗い路地が入り組んでいる。そこから盗人《ぬすっと》たちの姿を見つけるのは難しくなかった。「キィキィ」と金切り声を上げて、昼間から路上で酒盛りを始めようとしていたのだから正直呆《あき》れた。これではまるで人間の呑《の》んだくれと一緒だ。

「おい、お前ら！」

ゴブリンたちがビクっと驚いた様子で一斉にこちらを振り向いた。彼らは無意識に自分たちの姿は人間には見えないのだと決め込んでいたのだろう。だから、予想以上に驚いていた。

「盗んだものは返してもらうよ。お腹《なか》を減らしているのは君たちだけではないからね」

脅せば、すぐに逃げていくだろう。何しろ、彼らは本来、臆病者だ。しかし、ウィルの思惑とは裏腹に、腹を空かせ気が立っていたゴブリンたちは空の瓶や木の棒を手に、いきりたち始めた。粗末な武器を手に六匹の小人がウィルを取り囲む。体格差で言えば、大人と子供ほどの違いがあるが、軽くいなすにしても、少し数が多い。策もなく飛び込んだことを少し後悔した。けれども今更逃げようにも、退路はすでにゴブリンたちによって塞がれている。

「キィキィ！」

金切り声を響かせ、一匹のゴブリンが空き瓶を振りかざして襲いかかってきた。ウィルは咄《とっ》嗟《さ》に頭を両手で庇《かば》った。さすがにあんなもので殴られでもしたら、どうなるかわからない。

が、その一撃がウィルを襲うことはなかった。代わりにごーん、という鐘を撞《つ》いたような小気味のいい音が響く。気付けば、白目を剝《む》き出《だ》しにしたゴブリンが地面に倒れて突っ伏していた。その背後に立っていたのは、鉄のフライパンを手にした別の小柄な妖精だった。

「た、助けてくれたのか……君」

ずんぐりと縮こまった子供ほどの身体。三角頭巾の奥から円《つぶ》らな瞳がこちらを見つめる。短い手足にボロボロに擦り切れた幼児用の衣服。その小さな身体には似合わないリュックサックを背負い、両手に握るフライパン。あれで後ろからゴブリンを殴って気絶させたのだろう。

初めて見る妖精だが、名前だけは知っている。ブラウニーと呼ばれるこの妖精は、ゴブリンとは対照的に人間に対して友好的な「善き隣人《グッドフエロー》」と言われる種族だ。家付きの妖精である彼らは、お礼さえすれば人間の代わりに家事までやってくれる。そんな善良な隣人がウィルを危機から救ってくれたのだ。ウィルは感謝を伝えたが、ブラウニーが「どういたしまして」と返事をすることはない。それもそのはず、そもそもブラウニーに喋《しゃべ》るための口はないのだから。

ゴブリンたちが更に激しく怒りをぶちまけ、不快な金切り声で吠《ほ》え立《た》てる。が、所詮《しょせん》は知恵も力もない低級の妖精だ。後ろから木の棒をひょいと取り上げ、ウィルは頭を軽く小突いてやった。小柄のゴブリンは涙目になって悲鳴を上げ、一目散に逃げ出す。残りの連中もウィルが軽く足払いをすると、冷たい雪の上に無様に転んで痛がった。大人が子供と喧嘩《けんか》するような罪悪感。一匹また一匹と、悪戯《いたずら》小僧たちが蜘蛛《くも》の子を散らすように逃げ去っていく。

「ふう。やっと逃げてくれたか。まあ、でも、食料も取り返せたことだし……。なあ、君。ありがとう。おかみさんに言って、君の分ももらってあげようか……」

と、振り向いたところでウィルは、そのブラウニーがいつの間にか姿を消していたことに気が付いた。ついでに、取り返した筈《はず》の食料とお酒の瓶も一緒にその場からなくなっている。

だが、ご丁寧にも雪の上には小さくて可愛《かわい》らしい足跡がくっきりと残されていた。

「はぁ。あまり面倒事を増やさないでほしいんだけどな」

また、独り言を呟《つぶや》く自分が滑稽《こっけい》に思われた。まあ、いい。今はとにかく食料を取り返さないと。足跡を辿《たど》ると、どうやら路地をあちこち歩きまわって、それから大通りへ向かったようだ。

同じ場所を行ったり来たりして、ひょっとして土地勘がないのか。家付きの妖精のくせに。

足跡を辿《たど》り、ようやく戻った馬車駅の広場で再び例の少女の姿を見つけた。あの綺麗《きれい》な銀髪の上に、まるで白銀に輝くボンネット帽のように粉雪が積もっている。この寒い中、彼女はまだこの場所にいたのだ。それを知った時、ウィルはどうしようもない良心の呵責《かしゃく》に襲われた。

ああ、何て可哀想《かわいそう》に。彼女は冷たい雪の中、階段の上に凍えて蹲《うずくま》っていた。深い雪の上で声を掛ける者もなく、ウィルの目には彼女がまるで童話のマッチ売りの少女のように寒さに凍えたまま一人儚《はかな》く、この世から散りゆこうとしているように見えた。

「ま、まずい！　き、君！　だ、大丈夫か！　し、しっかりするんだ！」

慌てて駆け寄ると、白銀の髪が流れ落ち、少女の透き通るような琥珀《こはく》色の瞳が青年の姿を捉えた。ああ、大丈夫。まだ、意識はある――。

ばりばりぼりぼり。

紅潮した少女のほっぺが、ナッツを頬張るリスのように膨らんでいた。ばりばりぼりぼり、とあまり上品ではない音を鳴らし、口に含んだものを一生懸命に咀嚼《そしゃく》していた。「馬の尻尾亭《しっぽてい》」から盗み出されたはずのナッツの瓶が今は何故《なぜ》か、彼女の両腕の中で大事に抱きかかえられている。そして、彼女の隣で例の無口なブラウニーが連れ添うようにちょこんと座っていた。

「……君。何やっているの。それ、どこから取ってきたの」

「ほめんなはい、ほはかふぇって」

「うん、いいから。喋《しゃべ》るのは食べ終わってからでいいから、そう、落ち着いて、飲み込んで」

ばりばりぼりぼり。もぐもぐもぐ。ごっくん。「あー美味《おい》しかったぁ」と、罪悪感のかけらも持ち合わせない向日葵《ひまわり》のような笑顔を見せられた時には、さすがにイラッとした。

「そうか。美味《おい》しかったのか。それは良かった。ところで、その大瓶はどこから持ってきたのかな。それと、そこに三つ並んでいる酒瓶も。君一人で酒盛りするようにも見えないけど」

少女の視線が不自然に宙を泳いだかと思うと、隣に座った三角頭巾のブラウニーへと無意識に目を遣った。そのブラウニーはパンの耳が入った革袋を大事そうに抱きかかえていた。

「よし。警察署に突き出そう」

「ま、ま、待って！　後生《ごしょう》ですから、それだけはや、やめてください！」

頭から雪をかぶった少女が涙目に懇願するのだから、自分が悪者になったような気持ちになった。とはいえ、妖精が盗みを働いたところで妖精はそういうものだからと目を瞑《つぶ》ることもできようが、さすがに人間が盗んだ物をこっそりと食べていれば、それは明らかな窃盗《せっとう》行為だ。

「お腹《なか》が空いて、お腹《なか》が空いて……どうしようもなかったんです。そんな時にこの子がどっから持ってきてくれて……じゃなかった、たまたま、この瓶が道に落ちているのを拾ったんです……」

ブラウニーの方を一瞬だけ見て、少女はすぐに言い直した。おそらくは言い直す前に言った言葉が本当なのだろう。わざわざ言い直したのは、ウィルにブラウニーが見えていることを知らないから。逆に言えば、彼女もこのブラウニーの姿が見えているということになる。確かに、このブラウニー。彼女に従者のように付き従っているようにも見える。

退屈な、退屈な、部屋に籠もるぐらいしかやることのない雪の日。ウィルが自分以外に妖精を見ることができる人間と出会ったのは、おそらくこれが初めてだったかもしれない。だから、少しだけ彼女に興味が湧いた。少なくとも、退屈しのぎにはなるだろうと考えた。

「ふーん。ナッツの瓶が落ちているのはいいとして、一緒に酒瓶が三本、パンの耳まで、道端に落ちているものなのかね……」

「ははは……そ、そうですね。ははは……」

嘘《うそ》を吐く時に分かりやすいほど、目を泳がせるのはある意味で嘘《うそ》の吐けぬ正直者の証《あか》しだ。

「取り返したら、半分もらえるという約束だしな。まあ、いいさ。半分だけなら食べても」

少女に朗らかな笑みが戻った。遠慮はいらないと知るや、彼女は野生の獣の如《ごと》く、瓶に手を突っ込んで、ばりばりぼりぼりぼりりと空腹に身を任すまま、ナッツを頬張り始めた。それは冬眠明けの熊……いや、寧《むし》ろ随分と大きなリスもいたものだと思ったくらいだ。

それから「馬の尻尾亭《しっぽてい》」に盗品を返しにいくと、ミリーはひどく驚いた顔をしていた。

「ウィルソン。そんなにお腹《なか》が空いていたの？　言ってくれれば、何か分けてあげたのに」

三分の一まで減ったナッツの瓶を見て、ミリーは同情の目さえウィルに向けた。その誤解を解くのも骨が折れそうなのでウィルは敢《あ》えて何も言わず、逆に彼女からお恵みまでもらう始末。

「重ね重ね、ありがとうございます！　おかげで命をつなぐことができました！」

雪をかぶった少女は恭《うやうや》しく頭を下げた。その彼女の手に、ミリーにもらった皮袋を載せる。中にはパンの耳が数切れ、入っている。

「まあ、今度は拾い食いとかしないようにな。じゃあ、俺はこのへんで……」

寒いのでさっさと家まで退散しようとしたところで、今度は後ろから少女に袖を摑《つか》まれた。そして、少女は捨てられた仔犬《こいぬ》のような涙ぐんだ瞳をこちらに向ける。

「じ、実は……ろ、路銀が尽きて……私、このままだと……」

この雪が降る中で一晩を過ごすことになる、と言いたいのだろう。きっと、翌朝には彼女は氷漬けになっていることだろう。ウィルにとってそれはあまり寝覚めのいい話ではない。見れば、彼女の足元に寄り添う小さなブラウニーも、寒さにぶるぶると身体を震わせていた。

「……分かった。ストーブくらいなら俺の部屋にもある。と、いうか、それしかないけどな」

ぱあ、と雪の上でお日様のような笑顔の花が咲いた。


「ビビアン。ビビアン・カンタベリーと言います。みんなからはビビって呼ばれてます」

ストーブの前に陣取った少女は自らをビビと名乗った。

「ウィルソン。ウィルでいい」

ビビは今、白い雪の代わりにタオルと毛布を頭からかぶって、冷え切った身体をストーブで温めている最中だ。淹《い》れてやった出涸《でが》らしのお茶を美味《おい》しそうに口につける。

「で、ビビ。君はこの街の人間じゃないだろう。広場にいたということは、駅馬車に乗って？」

「えっと……エディンバラ……」

「へぇ。結構な大きな街から来たんだな」

エディンバラはここから南東、ローランド地方にある大きな街の名前だ。古くはスコットランド王家の王宮もあった古都。それもイングランドに併合される百五十年も昔の話だが。

「……の隣の村から来ました」

ビビがぼそっと呟《つぶや》くのを聞き漏らさなかった。

「なんだ、やっぱりただの田舎《いなか》っぺか」

そう言うと、紅潮したほっぺがリスみたいに可愛《かわい》らしく膨らんだ。

「で、何で。そんな遠い所からこんな何もない町に来たんだ」

別に変なことを尋ねたつもりはない。しかし、ビビは妙にそわそわし出す。何かを言いたそうに口をもごもごと動かすが、肝心の言葉を口にする勇気が出せないようにも見えた。

「えっと……言っても、笑わないで聞いてくれる？」

「安心していい。見たとおり、俺はひどくつまらん人間だ。捻《ひね》くれ者でジョークセンスのかけらもない。抱腹絶倒のピエロの大道芸を見ても、俺なら眉一つ動かさない自信はある」

笑顔とは無縁そうなウィルの仏頂面《ぶっちょうづら》を見て、ビビは少し安心したように、切り出した。

「……私、フェアリーテイルなの」

「はははは！　いくら冗談にしても、話がぶっ飛びすぎるだろ！」

わざとらしく手を叩《たた》いて笑うウィルをビビが恨めしそうに睨《にら》んだ。

「ひ、ひどい！　笑わないって言ったじゃない！」

「ああ、悪い。悪い。ちょっと、からかってみたかっただけだ。でもな、俺以外の奴《やつ》だったらきっと、もっと派手に大笑いしていただろうな」

「……やっぱり、そうかな。そうだよね……うん、分かっているよ」

しゅん、とビビは肩を竦《すく》めた。

「ああ。今時、フェアリーテイルなんていう名前を聞くとは思わなかった。これなら『森の魔女です』と自己紹介してもらった方が、よほど信じられる」

――フェアリーテイル。妖精語り、とも呼ぶ。一言で言うなら妖精とお喋《しゃべ》りをするのが仕事という人々のこと。古くはケルト文化のドルイド僧に端を発すると、本で読んだことがある。

「フェアリーテイルの仕事は、妖精と人との間を取り持つことなの。妖精と人間が喧嘩《けんか》をしないように。だから大事な仕事なの！　誰かから笑われるような仕事じゃないんだから！」

ナッツを頬張っている時よりも、随分と真剣な眼差《まなざ》しを向けてビビは反論する。

「でも、大概の人には妖精は見えない。それどころか妖精の存在すら信じてないのが普通だ。

……まあ、でも俺は君のこと、信じるさ。そこの子も、随分と君に懐《なつ》いているようだし」

ビビの隣にちょこんと座り、ストーブに当たるブラウニーを指差す。ビビは驚いた顔をする。

「……ひょっとして、見えるの？　ポロのこと？」

「まあ、一応は、ね。その子にはさっき助けてもらった恩もあるし……」

「ポロ」と言うのが、このブラウニーの名前だろう。同じく妖精を見ることができる仲間と会ったことは今までなかったのだから、ウィルは少しだけ興奮していた。けれども、ビビの驚きようと喜びようは、ウィルの予想を遙《はる》かに超えていた。

「妖精が見えるの！　ま、まさか、あなた様がミスター・キッパーヘリング！」

「は？　いや、別に俺は……」

否定するより先にビビが床の上に頭をつけ、ウィルの前にひれ伏して土下座していた。

「あなた様がキッパーヘリング様とは知らず、私、とんだご無礼をいたしました！」

「いや……俺はそのキッパーヘリングとかいうおっさんじゃ……」

「あの、私！　おばあちゃんからフェアリーテイルの仕事を継いだんですけど、妖精のこととか全然分からなくて！　周りに教えてくれる人もいないし、だからハイランド一のフェアリーテイルと誉れ高いキッパーヘリング様の弟子《でし》にしてもらいたくてこの町まで来ました！」

キッパーヘリングとは広場でボードに掲げていた名前だ。話を聞く限り、そこそこすごいフェアリーテイルなのだろう。だから、駆け出しのフェアリーテイルが師事を仰ぎに来たと。確かに話の筋は通っている。通ってはいるが……。

「キッパーヘリング様！　いえ、先生と呼ばせてください！」

このおっちょこちょいというか、早とちりぶりは見ていてこの先が少し不安になる。

「さっきも言っただろ。聞いてなかったのか。俺の名前はウィルソン。ウィルソン・シェイルだ。キッパーヘリングというおっさんのことなんて、俺は知らん」

「え、違うの？　でも、ポロのことが見えるって……」

「妖精が見える奴《やつ》が全員、フェアリーテイルになるわけじゃないだろ」

「なーんだ。緊張して損しちゃった。まあ、それはそうだよね。私とそんなに年も変わらなそうだもんね」と言って、淑女にはあるまじきことに、ビビは床の上にだらりと足を無造作に伸ばした。そのだらけぶりにちょっと、イラっとした。

「フェアリーテイルねぇ。今のご時世、そんな仕事、一文の得にもならないと思うけど……」

村で何か不思議なことがあると、純朴な農民たちがフェアリーテイルに相談しに行ったのも、アーサー王やクイーン・エリザベスの時代までの話だ。畑で悪さをする妖精がいれば、フェアリーテイルが妖精と話をして悪さをしないように話をつけるか、懲らしめるかした。妖精が人から何かを盗むようなことがあれば、それを取り返すのがフェアリーテイルの使命だった。

でも、今は誰ももう、妖精の存在なんて信じていない。工場が建てられて黒い煙が街に吐き出されるようになると、妖精と人間はどんどん疎遠になった。身近に妖精を感じられなくなった、というのもある。だが、それより何よりも。人間に妖精よりも好きなものができたから。

ウィルが生まれた王都は殊更、酷《ひど》かった。垂れ流される汚水が河川を汚し、工場の煙突から吐き出される煤煙《ばいえん》が晴れぬ霧のように一年中、街を覆った。小さな子供ですら安値の労働力として駆り出され、ひたすら休むことなく稼働《かどう》を続ける工場で、あるいは枯渇《こかつ》するまで掘り続けられる鉱山で、壊れるまで酷使された。生身の人間すらも使い捨ての道具にして、それでも人々が求めたのはより豊かな生活と富だ。多くの貧しい人々が劣悪な環境に晒《さら》される一方で、虚栄の都市は煌《きら》びやかな繁栄の輝きとともに、今も資本主義の神様と踊り続けている。

つまり、何を言いたいかと言うと、人間は妖精よりお金が好きになったのだ。人の心は彼らから離れていった。だから、妖精はもう人間の元には戻ってきたりはしないだろう。

「別にお金のためじゃない」

今時、殊勝なことだ。ついさっき、そのお金がなくて餓死しかけたことをもう忘れている。

「昔、妖精に盗まれたの。私の大切なもの。私、それを取り返したいの。だから探すの。それが、私がフェアリーテイルになった理由！　お金なんかじゃ買えないものなの！」

「妖精に盗まれた……ね」

「そう。妖精から盗まれたものを取り返すのが、フェアリーテイルの使命だから！　ポロみたいにいい妖精ばかりじゃない。みんながフェアリーテイルのことを忘れてしまっても、悪い妖精がいなくなるわけじゃない。だから、誰かがその橋渡し役をやらないといけないの」

駆け出しでもフェアリーテイルとしての使命感だけは一丁前にあるようだ。勿論《もちろん》、そうでもなければ、わざわざ遠い村から偉い先生を頼って弟子《でし》入りに来たりはしない。それが何なのかは知らないが、盗まれたというものはきっと彼女にとって相当大切なものだったに違いない。

キッパーへリング。ウィルがこの町に移り住んでもう四年が経《た》つが、そんな名前を聞いた覚えはない。ビビ曰《いわ》く、このハイランド随一のフェアリーテイルのはずなのに。それだけ、自分たちの暮らしから妖精もフェアリーテイルも遠ざかっている証拠なのかもしれない。

「分かった。そのキッパーへリングというおっさん。探すの手伝ってやるよ」

少女の両目が驚きとともにきらきらと輝いてウィルを見つめた。

「ひょっとして、ウィル……さんって意外といい人？」

「ウィルでいいって。それと、『意外』とは余計だ」

「うん、うん！　そうだよね！　ウィル、ありがとう！」

やがて夜も更《ふ》けると、ビビは欠伸《あくび》をしながらブラウニーを連れ、ベッドの中に潜り込んだ。年頃の割に無防備なのは田舎《いなか》育ちのせいなのか、ただの天然なのか。ここも十分、田舎《いなか》だが。もし、彼女に最初に声を掛けたのが自分ではなく、もっと悪い男だったりしたら。考えるだけで、彼女のこの先が思いやられる。少女の寝息が聞こえる頃、ウィルは机に向かって、日課の如《ごと》く日記帳を広げた。日付と、天気と。そして、我ながら虚《むな》しくなるような日々の報告事項。

こんな意味のない日記をもう四年も律儀《りちぎ》に毎日、つけ続けている。意味はある。少なくとも自分ではそう思っている。それは、今の自分の状況に少しでも抗《あらが》いたいからに他ならない。

「フェアリーテイル……か」

久しぶりに聞いたその言葉を、白紙の上へ無意識に綴《つづ》った。妖精は人から様々なものを盗んでいく。そして、その盗まれたものを取り返すのがフェアリーテイルという存在。銀色の髪の少女は、妖精から取り返したいものがあると言っていた。何か大切なもの──。決意に満ちたようなその琥珀《こはく》色の瞳を見た時、胸に何かが突き刺さるのを感じた。決して他人事《ひとごと》ではない。自分も同じなのだ。ウィルにもまた、妖精に奪われ、取り返したいものがあったから──。

■

ドルリー・レーンの劇場は眩《まばゆ》いほどの黄金色の光に満ちていた。

王都でも最も古く、格式のあるその王立劇場には毎夜のように貴族や上流階級が集まり、古今の演劇芸術を嗜《たしな》む社交場でもあった。その場所にウィルが招かれたのはまだ、彼が十二歳の時だ。その由緒《ゆいしょ》正しき劇場で、とある演目が封切り上演された。

──夏夜《ヴァルプルギス》の囁《ささや》き。

美しき妖精の女王と誠実な人間の青年。時に微風《そよかぜ》の如《ごと》く穏やかな言葉で互いの思いを交わし、時に情熱的な囁《ささや》きで愛を語り合う。固く結ばれるその二人の絆《きずな》の物語に人々は劇場が震えるほどの拍手喝采《かっさい》を送った。本来であれば王族の由縁の者か、高級貴族でしか立ち入りを許されぬ二階の桟敷《さじき》席で、わずか十二歳のウィルは自らに向けられた賞賛と賛美の声を聞いていた。

あの頃の少年は、この世のすべての名誉と名声は自らの前に跪《ひざまず》くものだと錯覚していた。栄光は自分の足元で影のように付き従い、どこに行くにも羨望《せんぼう》と憧れの視線が向けられた。まだ幼い少年はそれを何の特別なこととも思わなかったし、当然のことだと思っていた。この輝かしい毎日が、この先も死ぬまで続くものと信じていた。

「神童」と、彼のことを大人たちが祭り上げるようになったのは、まだ六歳の頃。何気なく書いた詩が、とある高名な「先生」の目に偶然止まったのだ。

——夏日に煌《きら》めく湖畔で清らかに謡《うた》うピクシーたち。妖精が見える少年はただ、避暑地で過ごし見たままのものを書き留めたに過ぎなかった。しかし、大人たちはその短い韻文に込められた文学的世界観に酔いしれた。右も左も周りの大人たちが皆、ウィルの文才を褒《ほ》め称《たた》えた。

まだ幼い少年にとっては大人から褒められることはこの上ない誉れだった。だから、もっと周囲から褒められる作品を書きたいと思い、ペンを執った。

そして、十一歳の時に執筆したのが「夏　夜《ヴァルプルギス》の囁《ささや》き」という作品。全九章から成る長大なる戯曲。つまりは演劇の台本だ。それがウィルの運命をも変えた一作ともなった。

子供の気まぐれで書かれた「夏　夜《ヴァルプルギス》の囁《ささや》き」はまたもや、退屈な大人たちによってこぞって賞賛の声を浴びせられた。そして、ついにはこの国で最も格式高い王立劇壇協会において、最も優れた文芸作品として名誉ある最高協会賞を与えられた。

協会賞の受賞者には王家より直接、勲章を授けられることが古くからの習わしだ。複雑な身の上にあったウィルにとって王宮に招かれることなど、本来は望むべくもないことのはずだった。しかし、女王の戴冠式もかつて行われたこの国で最も晴れやかな舞台に彼は立っていた。

そして、謁見したのは自分と歳《とし》もさほど変わらない「女王陛下」だった。

「ウィルソン・シェイル。私も、あなたの紡《つむ》ぐ物語が好きです。これからもあなたのその言葉で、人々を感動させる物語をどうぞ紡《つむ》いでください」

女王陛下から賜ったその言葉に、ウィルはのぼせ上がった。そして、美しき女王から直接、首に掛けられた勲章はやはり、初めて見たドルリー・レーンの劇場のように黄金色に煌《きら》めいていた。人々の――女王陛下の心さえも揺り動かす自らの才能が何よりも誇らしかった。

しかし、虚飾の栄光は長くは続かない。終わらない演劇が存在しないのと同じように。ある日突然、終幕の緞帳《どんちょう》が下りる。それがウィルにとっては四年前の冬だった。

十三歳。才能に年齢は関係ない。その後も作品を多く生み出し、人々からの賞賛も嫉妬《しっと》も独占した。お金は十分にあったが、亡《な》き母と暮らしていた家から住む場所を変えなかった。王都の西の外れにある、裕福とは言いがたい古びたタウンハウス。すでに日は暮れて、瓦斯燈《ガスとう》の光が深い霧の中に煌々《こうこう》と灯《とも》っていた。先日からの雪で路面はぬかるみ、馬車が走る度に車輪が土色に汚《よご》れた雪の塊を巻き上げる。劇場から行き慣れた道を馬車は進み、自宅の前で止まる。夜の闇に追い払われたかのように、通行人の姿はほとんどなかった。馬車を降りてウィルはふと足を止めた。家の前に誰かいる。喪服を思わせる黒衣のドレス。その肩にうっすらと雪が積もり、女が苦しむように蹲《うずくま》っていた。その身なりを見る限り、物乞いなどには思えなかった。

「どうかいたしましたか、そこの方。どこか身体の具合でも」

寒空に粉雪が舞う夜。女はウィルの声に気付くと、ふらっと立ち上がった。夜の闇を溶かし込んだような黒髪が肩から流れ落ち、頭に積もった粉雪がぱらぱらと零《こぼ》れて散った。その翡翠《ひすい》色の瞳に思わず見惚《みと》れてしまうほどに彼女の顔立ちは美しかった。

「ウィルソン・シェイル」と、聞き取れないほどの小さな声で彼女は呟《つぶや》いた。

「……そうですけど、何か。あの、ここだと寒いですから……」

言い掛けたウィルの腕を女は乱暴に摑《つか》んだ。離そうとしたが、女の細腕とは思えぬ力で少年を拘束した。かすかに鼻腔《びこう》をくすぐる香水の薫り。ウィルはあまり詳しくないので、それが何なのかは分からなかったが、恍惚《こうこつ》とした甘い匂いは彼の思考を鈍らせるのに十分だった。

娼婦《しょうふ》には見えない。しかし、その妖艶《ようえん》さはまるで人間離れをしていた。そう、まるで妖精のように。女は少年の小さな身体を抱き寄せると、こちらの事情も伺うことなく一方的に唇を重ね合わせた。勿論《もちろん》、それはウィルにとっては初めて経験する感触だった。もし、それがただの男と女の口付けであれば、どんなに良かっただろう。その時、ウィルは身体を巡る熱い感覚を感じていた。はじめ、それが何なのかは分からなかったが、次第に怖くなった。

吐息に混ざり、全身を巡る熱い何かが、重ねた唇を通して身体の外へと吸い出されていく。感じたのは高揚と空虚。石に刻み込まれた碑文の文字が、時と共に風でかすれて消えていくように、彼の頭から言葉が、文字が、とてつもない勢いで風化し消えていこうとしていた。それが今にして思えば、「盗まれる」ということだったのだろう。唇を重ねていたのはそれほど長い時間ではなかったが、ウィルには果てしなく長い時間にも思われた。

僅かに遠のきかけた意識を取り戻した時。目の前にその女の姿はもうなかった。夜の闇の中で変わらず、細雪《ささめゆき》が儚《はかな》げに踊っていた。ひょっとして自分は夢でも見ていたのかとも疑った。

嫌な予感がした。ウィルは急いで家に戻ると、すぐさまに机の前に向かった。だが、使い古しのペンを握る手は一向に動かない。真っ白の紙の上に何を書こうか。何でもいい、今日あったことでもいい。しかし、手は震えたまま止まり、文字を記すことを拒んでいるように思えた。これまで頭の中に満ちていた言葉の泉はすっかり枯れ果て、何の言葉も表現も思考の中に浮かんでこようとしなかった。代わりに頭を過《よ》ぎったのは底の深い絶望の感情だった。

暗がりにランプの炎が揺れる。しかし、その温かい光はウィルの目には映らなかった。目の前はただ真っ暗。命にも等しいものを盗まれたことを本能で悟った。それは自らの創作の源泉でもあった文学的感性。劇作家としても詩人としても、「文才」は命も同然のもの。それを盗まれたのだから、今の自分は死んでいるのも同じ。ウィルは家を飛び出して、雪と霧が支配する夜の街をひたすら走り続けた。しかし、黒衣の女が再び彼の前に現れることはなかった。

もう何時間、走り回ったかは分からない。ウィルは雪の上に倒れ込んだ。その上にまた粉雪が彼を挟むように重なって積もる。自らの「命」を盗まれた今、自分はもはや人形と変わらない。それならこのまま雪の中に埋もれて、この世界から消えたほうがマシだ。そう思った。しかし、頬にかぶさる雪の冷たさが彼に死の痛みと、生を終えることへの恐怖を教えた。

結局、ウィルは死ねなかった。かといって、何者かによって奪われた才能を取り返すこともできなかった。それでも、周囲はなおも「神童」に羨望《せんぼう》と期待の目を向け続けた。それが何よりも苦痛だった。気付けば、王都から独り逃げ出していた。列車から馬車に乗り換え、自分を知る人間がいない街を探して、北上した。そして、気付けば北限の町の住人となっていた。

それから四年の月日を彼はただ無為に生きてきた。

四月十三日（木）

昨日も今日も変わらず、雪はまだ続いていた。正直、うんざりとしていた。

一方で、朝食は昨日と比べると少しだけ賑《にぎ》やかになった。目の前で少女がトーストにバターを塗って齧《かじ》る。両頬をリスのように膨らませて、何だかとても満ち足りているって感じだ。

「君ってさ、いつも、幸せそうに食べるよね」

「え、そうかな。うん、そうかもしれないね。でへへへ」

別に褒めたわけではないので、照れるのは少し違うような気もしたが、口にはしなかった。

「キッパーへリングさん、見つかるかな……」

不安げにビビは窓の外に目をやる。朝日はすでに昇っている時間だが、まるで夕暮れのような薄暗さがこれまたひどく薄気味悪い。

「見つかるさ。と、いうより見つけられなきゃ困る。この天気の中を当てもなくさまようのは正直、御免だ」

食事を終えて、二人と妖精一匹で外に出掛ける。大した当てもなく、さあ、どうしたものかと思っていたが、キッパーヘリングの消息は驚くほどあっさりと判明した。

「キッパーヘリングさん？　ああ、知っているよ。うちの店子《たなこ》だからね」

顔が広そう、という理由で真っ先に「馬の尻尾亭《しっぽてい》」を訪ねて正解だった。店主のミリーは貸家も持っていて、キッパーヘリングはそこの住人だというのだから世間とは随分狭いものだ。

「まあ、お客もこの雪じゃ来やしないだろうし、案内してやるよ。それに……」

ミリーはちらっと、ウィルの後ろに立つビビに目をやって呟《つぶや》いた。

「ウィルソン。あなたも年頃なんだね」

「……おかみさん、何か言った？」

キッパーヘリングの借家までそう歩いた距離ではなかった。ウィルの住むアパートよりも、少しだけ古くて狭いタウンハウス。誰も雪掻《ゆきか》きをしないので、家の扉の前には巨大な雪の壁ができあがっていた。雪を掻《か》き分《わ》けて、扉の前に立つとミリーはノックもせずにドアを開いた。

ひんやりとした冷たい室内に大きな塊になった埃《ほこり》がふわふわと風に踊らされて、粉雪のように浮いていた。堆《うずたか》く積まれた古い書籍の山々。柱時計の代わりに壁に立てかけられたのは古めかしい骨董品《こっとう》の鉄剣。テーブルの上に置かれたのは、古臭い装飾のオイルランタン。ごちゃごちゃに散らかった物置小屋のような家で、家主の姿だけがそこにはなかった。

「キッパーヘリングさん……留守《るす》なのかな」とビビは呟《つぶや》いたが、恐らくそうではないとウィルは察していた。机の上に無造作に置かれた分厚い書籍は、表紙が真っ白になるまで埃《ほこり》を被《かぶ》っていた。もう、長いこと、誰も手に取らなかった証拠だ。

「キッパーヘリングさんは亡《な》くなったよ。ちょうど、二年前のこの時期だったかね。長いこと、姿が見えないから、見に来たんだよ。そうしたら、あそこのベッドで冷たくなっていたのさ」

ミリーは部屋の奥のボロボロの寝床を指差した。ベッドの上まで本の山が積み上げられている。本と本の隙間で毎日、寝ていたのだろう。そして、死ぬ時も本に囲まれて逝《い》ったのだろう。

「亡《な》くなった……」

ビビの声が震える。別に面識があったというわけではないが、やはり、ショックは隠しきれなかった。高名なフェアリーテイルだったらしいが、それにはあまりに寂しすぎる死に方だ。

「よく、自分はフェアリーテイルだって言って、みんなに笑われていたね。仲間たちがもう半世紀も昔に次々と廃業したというのにね。頑固者というか、変わり者の爺《じい》さんだったよ」

ウィルは埃《ほこり》を払い、机の上に置かれた一冊の分厚い書籍を広げた。ずっしりと重いそのページの一つ一つに細かい文字が埋め尽くされていた。

「これ……ひょっとして事典……？」

後ろからビビが覗《のぞ》き込《こ》む。今にも泣き出しそうだった顔に少しだけ明るさを取り戻す。事細かに書き記されたのは古今東西の妖精の数々。決して綺麗《きれい》ではない文字に、ところどころで紙にインクが滲《にじ》む。そう。紛れもなく、キッパーヘリング自身が手で書いた妖精の事典だ。

「ああ、欲しかったら勝手に持って行っていいよ。身寄りも親戚もいない人だったからね。遺品の引き取り手がいなくて困っていたところさ。どうせ処分するくらいなら、あなたたちが持っていた方がいいさ」

ウィルは事典をビビに手渡そうとした。しかし、彼女はそれを受け取るのを躊躇《ためら》った。

「いいのかな。いくら亡《な》くなっているからって、勝手に持って行ったら泥棒だよね？」

――昨日、食い逃げを働こうとしたお前が言うか。

「おかみさんも言っただろ。どうせ処分するくらいなら、必要としている奴《やつ》が持っていた方が亡《な》くなった人間も本望だと思う。たぶん、この事典はキッパーヘリングにとってはライフワークみたいなものだったんじゃないかな。それなら、これはキッパーヘリングの弟子《でし》であるビビが受け継ぐ権利があると思う」

「え、でも。私、キッパーヘリングさんの弟子《でし》になったわけじゃないんだけど……」

「構わないさ。元々、弟子《でし》入りするつもりだったんだ。なら、もう弟子《でし》ということでいいさ」

そんな屁理屈《へりくつ》ではビビも納得しない。ならば、ウィルは切り口を変えてみることにする。

「それなら、今からでも、彼の遺言か望みを叶《かな》えてやるというのは？　そのお礼という形なら、彼の遺品を譲り受ける権利はあると思う」
そう言って、ウィルは同じく埃《ほこり》をかぶったもう一冊の本を拾い上げた。表紙にあるのは「ダイアリー」の文字。孤独死したフェアリーテイルの老人の最期《さいご》がどうであったのか、少なからず興味もあった。ウィルは日記の後ろ側からページをめくる。書いてあったのは二年前の日付だった。

四月二十四日
苦しい。苦しい。肺が焼け付くように痛む。呼吸するたびに全身が悲鳴を上げる。もはや、立ち上がることもままならぬ。医者を呼ぼうにも、この雪では厳しい。頼るべき身寄りもいない悲しさが冬の冷たさに堪える。
このままでは死ねない。死ぬわけにはいかない。盗まれたものは取り返さなければいけない。

興味本位で覗《のぞ》いたことを後悔した。刻まれた苦痛と絶望の言葉。別にこの次の日に死んだというわけではないだろうが、日記を書く余裕があった最後の日は間違いなくこの日だろう。これ以上、読んだら心が病みそうだ。大人しく日記を閉じようとしたウィルをビビが止めた。
「ねえ。この日記に書いてある『盗まれたものは取り返さなければいけない』ってところ。これって、妖精のことかな？」

言われて気付く。こんな物置小屋に空き巣が入ったとも思えない。キッパーヘリングも、病床で妖精に何かを盗まれたというのか。考えたところで見当もつかない。ページをめくる。

四月二十三日
一刻も早く取り返さなければいけない。手遅れになる前に。だというのに、ベッドからまともに立ち上がることもできぬこの身ではどうすることもできない。これがフェアリーテイルとして、私の最後の仕事になろう。だが、病状は悪くなるばかりだ。

――フェアリーテイルとして最後の仕事。やはり、ビビの指摘は正しそうだ。問題は誰に何を盗まれたかだが、恐らくページを遡《さかのぼ》っていけば、その答えも自《おの》ずと分かるはずだ。そして、ページを数枚、めくり、ようやくその正体を突き止める。

三月十八日
カリャッハ・ヴェーラが春を盗んでいった。春はもう来ない。一刻も早く、春を取り返さなければいけない。しかし、病床に伏したこの身では難しい。しかし、彼女から春を取り返さなければ、この街は永遠の冬に覆われることになるだろう。私は死なない。私が死ねば、誰が彼女から春を取り返す？　これはこの街に生きるフェアリーテイルの代々の使命なのだ。

「ねえ、ウィル。この街に春が来なくなったのっていつ頃？」

「二年前からだけど……」

ウィルとビビは顔を見合わせる。この街の春は妖精に盗まれたのだ。今までは春を盗まれても代々のフェアリーテイルたちが取り返していた。キッパーヘリングもまた、周りからは変人奇人と後ろ指を差されながらも、この街に毎年、春が訪れていたのは彼のおかげだったのだ。なのに、街の連中ときたら、キッパーヘリングが妖精の話をするたびに大笑いして馬鹿にした。フェアリーテイルなんて、時代錯誤な過去の遺物だと、笑い話を酒のつまみにした。

「可哀想《かわいそう》……キッパーヘリングさん」

この街の恩人のはずなのに、こんな狭苦しい借家で、人知れず寂しく息を引き取った。

「なあ、ビビ。その事典に『カリャッハ・ヴェーラ』っていう妖精のことは書いてあるか」

「そうか！　うん、探してみる！　あった、あった！　えーっと。カリャッハ・ヴェーラ……『ベン・ネヴィスの山に古くより住む妖婆……サウィンになると石からその姿を変えて現れ、大地を霜で凍らせる。冬を支配し、自分の季節が終わるのを恐れ、春を盗む』……だって。ねえ、ウィル。サウィンって何？」

「フェアリーテイルのくせにそんなことも知らないのか。サウィンは古いケルト暦で言うところの冬の始まり。十一月一日のことさ。で、逆に五月一日のベルティナが夏の始まり。今でも、五月祭《メイフェア》ってやるだろ。その五月祭《メイフェア》の前夜が《ヴァルプルギスの夜》だ」

「へえ。ウィルって、案外、物知りなんだね。そうか。冬の妖精だから、暖かくなるのが嫌で春を盗むんだね。でも、それなら、この妖精から春を取り返すことができれば……。きっと、この街の人たちのためにもなるし、キッパーヘリングさんも喜んでくれるよね！」

加えて言うなら、故人の遺品を頂戴する格好の口実にもなる。

「妖婆ってことは、お婆《ばあ》さんの妖精か……。これは何とかなりそうだな」

見たところ、部屋のあちこちにフェアリーテイルの商売道具が散らばっている。一つぐらいは役に立つ物もあるはずだ。ここまで来れば、ウィルも乗りかかった船だ。フェアリーテイルの初仕事に協力するのもいいかもしれない。何よりもウィル自身、もう寒いのは御免だった。


粉雪がちらつく中、雪山へと向かうのには勇気が必要だった。

カリャッハ・ヴェーラの住まうというベン・ネヴィスの山は、このハイランド地方では最も標高のある山塊だ。とは言っても、大陸の連峰と比べれば、たかが知れている。夏には深い緑色の絨毯《じゅうたん》に覆われる山肌も、一年前からは溶けぬ雪の底に隠れたままとなっている。足を踏み込む度に砕かれた雪の結晶が飛んで散っていく。山頂を目指してしばらく歩いたところで、深い白樺《しらかば》の森が広がっていた。緑色の葉はすっかり枯れ落ち、両腕を広げた白肌の枝は丸裸も同然だ。寒さに凍えるように縮こまるその幹と枝にうっすらと雪が降り積もる。白銀の化粧を施された森はむしろ、夏の時期よりも美しく、油絵の格好の題材になりそうな光景だった。

「綺麗《きれい》……」

肝心のフェアリーテイル様はすっかり使命を忘れて立ち止まり、ルーヴル美術館にでも飾られていそうなその幻想的な光景にしばらく見惚《みと》れていた。

「それよりも、今は妖精の方だろ。ビビ。作戦の確認をするぞ」

「わ、分かりました！　ウィル隊長！」とビシッと似合わない敬礼をするビビに、少し呆《あき》れた。

「いや、隊長は君じゃないといけないんだけどな……本来。まあ、いいや。キッパーヘリングの事典をもう一度確認しよう。大事なのは敵の特徴と弱点を把握することだ」

「あ、はい！　隊長！　えーっと……『カリャッハ・ヴェーラはヒイラギの枝を持ち歩き、それを杖《つえ》にしている。その枝は魔法を宿し、大地に突き刺せば大地は凍り、空に掲げれば吹雪《ふぶき》を呼び寄せる。その杖《つえ》で打たれた者は皆、死んでしまう』」

重そうな事典を読み上げながら、ビビの顔が青ざめる。

「ど、どうしよう……。こんな怖い妖精、敵《かな》いっこないよ」

「落ち着けって。君はフェアリーテイルだろ。この程度のことで怖《お》じ気《け》づいていたら、この先、やっていけないぞ。さあ、続きを読んで」

「う、うん。そうだよね。分かった、読んでみる。『カリャッハ・ヴェーラからその力を奪う

ために は、彼女から杖《つえ》を奪えばいい。そして、その杖《つえ》をヒイラギ、あるいはハリエニシダの根元に捨てればいい。彼女は力を失い、縮んで灰色の石へと変わる。そして、再び、サウィンの季節が巡るまで、再生することはない』だって！」

打って変わり、彼女の顔が明るくなる。さすがは高名なフェアリーテイルが半生をかけて書き上げた事典だ。妖精の倒し方まで過不足なく記されている。まあ、この書き方だと、仮にここでカリャッハ・ヴェーラを倒したところで、半年後の冬にはまた復活するということだが。それならそれで半年後のことは半年後にまた考えればいい。

「後は荷物の確認だな……」

ウィルは黙って付いてきているブラウニーに視線を向けた。キッパーヘリングの遺品で使えそうな物は粗方《あらかた》、ボロの背負っているリュックに詰め込んだ。弓とか銃とか、何か武器になりそうなものはないか。そして、真っ先に手に触れたのは、錆《さ》びかけた鉄の剣だった。鈍器にはなりそうだが、摩耗し切った刀身を見る限り、切れ味の方はあまり期待できない。

「これは……いらないな。荷物になるならここで捨てておくか」

「だ、駄目だよ！　それを捨てるなんてとんでもない！　いい、ウィル？　妖精には三つ、苦手なものがあるの。それは鉄と聖書の言葉。それから朝を告げる鶏。特に鉄の剣は妖精相手にはとても大事な武器になるんだよ。スコットランドにはこの三つを使って、妖精に連れ去られた息子《むすこ》を妖精の国から連れ戻した鍛冶《かじ》屋の伝承が残っているくらいなんだから！」

初めてフェアリーテイルらしい知識を披露して、ビビは少し得意げだった。

「聖書の言葉が嫌いなのか。何だ、俺と一緒か。まあ、鉄が嫌いというのはそうなのかも。鉄道が走るようになって、妖精が逃げるようにしていなくなったと話に聞いたことはある」

後は、オイルランタン。いざという時に小さな火で暖を取るくらいは、と考えて持ってきた。それから謎のお面と謎の小壺《こつぼ》。他にはナッツの入った小瓶──。

「って、なんでこんなもの、入っているんだよ」

「おかみさんからもらったんだよー」と言いながら、ビビはナッツを口に頬張った。

「……君はリスかハムスターなのか」

荷物を整理して、更に森の奥へと進む。夏の生い茂る森の中ならともかく、緑の枯れ果てた冬の禿山《はげやま》での人捜しは案外と楽だった。と、言うよりは、これで見つけられない訳がない。

ずしん、ずしんと、山中に響き渡る巨大な足音。その一歩ごとに大地が揺れて、白樺《しらかば》の枝から雪の塊が地面に落ちる。象でもなければ熊でもない。もっと巨大な何かだ。

地面は何度も揺れる。それどころか、揺れも足音もどんどん近づいてくる。枝葉が枯れたおかげで、森の奥まで見通しは良かった。ウィルはビビの腕を摑《つか》んで、一番、幹の太い木を選んで陰に隠れた。思わず悲鳴をあげそうになったビビを抱き寄せて、口を両手で押さえた。

老婆が相手なら杖《つえ》を奪うのもわけない、と甘いことを考えていた自分を殴ってやりたい。いや、それ以前に、肝心なことを書き漏らしていたキッパーヘリングに腹が立った。

枯れた白樺《しらかば》の幹を薙《な》ぎ倒《たお》しながら、突き進む巨大な影。ざっと見て、十五フィート（約四・五メートル）くらいか。不気味なほど青白い顔に刻まれた深い皺《しわ》。ぼさぼさに乱れた白い髪が揺れる。萎《しお》れた葉の色をした外套《がいとう》もぼろぼろに擦り切れ、一見したところでは随分と大柄な物乞いにしか見えない。そして、携えるのはウィルの背丈の倍はあろうかという巨大な杖《つえ》。

しかし。どうして、『カリャッハ・ヴェーラはとんでもない巨人だ』と、キッパーヘリングは一言、書き添えてくれなかったのだろう。それだったら、こんな頼りないなまくらの剣などではなく、大砲の一つでも用意してきたのに。

「ぷ、ぷはーっ！」

うっかり、息ができなくなるくらいビビの口を強く押さえすぎていた。苦しそうに彼女は息を吐き出した。白くなった息が雪景色に浮かぶのと同時に、巨大な老婆がこちらを向いた。最悪なことに、奴《やっこ》さんと目まで合ってしまった。

「ぐひひひ！　ぐへぇぇ！」

口の先から湯気の立つ唾液を垂らし、おどろおどろしい咆哮《ほうこう》が白銀の世界に山彦《やまびこ》となって響き渡った。会話が成り立つ相手とは思えない。ウィルはビビの腕を掴《つか》んだまま、足場の悪い雪原を駆ける。逃げる二人を妖精の老婆が見逃してくれるとも思えなかった。

大きく振りかざした杖《つえ》を大地に突き刺すと雪の地面は更に水を張ったように凍りつく。そして、雪の底から生え出す巨大な氷柱《つらら》が次々とウィルたちを取り囲んでいく。

巨躯《きょく》が二人を追って大股に歩む。そして、再び、杖《つえ》の先で地面を叩《たた》いた。大地から突き上げられた氷柱《つらら》がウィルたちに狙いを定め、弓矢の如《ごと》く空中を駆ける。

「危ない！」

咄嗟《とっさ》にビビを横に突き飛ばした。その次の瞬間には、氷の刃がウィルの右腕を切りつけ、肉を抉《えぐ》った。肩の下からどろりとした赤いものが流れ落ち、真っ白い雪の上を汚した。

「ウィル！」

「俺に構うな！　さっさと逃げろ！」

安易に考え、妖精退治に誘ったのは自分の方だ。自分には彼女を守る責任がある。

「で、でも……！」

ビビは一人で逃げることを躊躇《ためら》う。だが、このままでは二人とも氷漬けにされるか、氷柱《つらら》に串刺しにされるかのどちらか。あるいはその両方。ウィルはなまくらの剣を握る。何でもいい。せめて時間稼ぎでもできれば——。巨人が嗤《わら》いながらこちらへとにじり寄る。こんなとんでもない化け物と毎年やり合っていたなんて、キッパーヘリングとはすごいフェアリーテイルだったのだろう。しかも、腰が曲がって杖《つえ》が必要になる年齢まで。偉大だと思う。でも、世間の連中にはちっとも認められず、それどころか変人と言われて笑い者にすらされていたのだ。

なるほど、大人から空っぽの賞賛を受けて、いい気になっていた「神童」とやらが恥ずかしくなる。しかも、その子供は物が書けなくなると、世間の目が怖くなって、さっさと逃げ出してしまったのだ。惨《みじ》めだ。本当に惨《みじ》めだ。でも、こんな大人が過去にもいたんだということを最期《さいご》の最期《さいご》に知ることができたのだ。あながち過《あやま》ちだけでもない人生だったかもしれない。

剣術も武術も、心得はかけらもないが、自分は戦うしかないのだ。錆《さび》だらけの剣を両手で構えて、妖婆に向けてこちらから攻勢をかける。

「うおぉぉぉぉぉ！」

しかし、ナイト気分で飛び込もうとするウィルに水を差したのはビビだ。

「ま、待って！　お、おばあちゃん！　私とお話ししよ！　私、フェアリーテイルなんです！」

すると、どうか。カリャッハ・ヴェーラは杖《つえ》を持ち上げたまま、動きを止めて、ビビの方を向いたのだ。しわくちゃの顔が少しだけ驚いているようにも見えた。

「わ、私！　ビビアンって言います！　は、初めまして！」

間抜けな割には鬼気迫る自己紹介だった。こんなことをして何になるのかと、思った。しかし、驚いたことに、老婆は少女を見下ろし、口を開いたのだ。

「人間のこむずめの名前なんざ聞いとらんざがね！」

耳障《みみざわ》りなしわがれた声で、しかし、はっきりと人間の言葉で妖精が喋《しゃべ》ったのだ。言葉もちゃんと通じている。ひょっとしたらこの状況、交渉次第では何とかなるかもしれない。

「えっと、えっと……今日はいい天気ですね」

「ああ！　雪さ、しこたま降ってえ、ええ天気だがさ！　もっと、もっと雪さ降れば、みんな、みんな、凍っぢまうのさ！　ぐひょひょひょひょ！」

苦し紛れに空を仰ぎ見るビビと、人の話なんかちっとも聞いていない妖精の老婆。会話がちゃんと成立するのだろうか、これは。そこへリュックを背負ったポロがウィルの足下に駆け寄った。ビビの所ではなく自分の所に。このブラウニーも彼なりに何かを考えているのだろう。

「ああ、分かったよ。ビビが奴《やつ》の気を引いているうちに何とかしろって、言いたいんだろ」

すると、ポロは無言でこくりと頷《うなず》いて、リュックを目の前に差し出した。しかし、この状況で何をどうすればいいのだろうか。少なくとも、あの杖《つえ》を奪わなければどうしようもない。奪ったとしても、どうしようもないとは思うが。一応、一か八かの策がないわけではない。

「ポロ。協力してくれ。とにかく、そのへんにある白樺《しらかば》の枝と幹の皮を取ってきてほしいんだ。できるだけ多く、それもできるだけ早く。ビビがあいつを引き留めている間に！」

こくりと黙って頷《うなず》いて、ポロが走る。

「人間のこむずめが、こげえな所に何のようださ！」

「えっと……あなたが持って行った春を返してもらいにきたんです！」

ビビは巨大な老婆と対峙《たいじ》する。足が震える。でも、話し合いで解決できるならそれに越したことはない。しかし、老婆はそんなビビを見て、嘲《あざけ》るようにして笑った。

「ひょひょひょ！　こむずめが！　震えているけえ！　そんなにわしが、ごええか！　ひょひよひょ！　あのじじいのフェアリーテイルはどうしたんだい！」

「それって……キッパーヘリングさんのこと、ですか？」

「そうさ、そいつだがね！　毎年、ベルティナの前にこの妾《わらわ》を封印しに来る小癪《こしゃく》なフェアリーテイルさ！　あいづはどごだがね！　最近、顔を見せようともせん小癪《こしゃく》なじじいめ！」

「……キッパーヘリングさんは亡《な》くなりました。二年前に。だから、今は私が盗まれたこの町の春を返してもらいにきました！」

　老婆が一瞬、悲しそうな顔になるのをビビは見た。しかし、すぐにまた厳《いか》つい表情に戻り、ビビのことを見下すように睨《にら》んだ。

「人間とは何て儚《はかな》い生き物なんだろうね！　たった数十回、冬が巡るうちに皆、さっさと死んでいぐ！　あのじじいもそう。これまでのフェアリーテイルもみんなそうだがね！」

　いつの時代から始まったかも分からない、冬の妖精とフェアリーテイルとの春を巡る戦い。

老婆は数百年、様々なフェアリーテイルと出会ってきたに違いない。老婆がふと空を見上げる。

彼女がそこに何を見ているか、ビビには分からなかった。その上を雪がしんしんと降る。

「こむずめ、おめぇさもきっど、そうだ。雪がすぐに溶げでじまうみたいにさ。おめぇの命も冬が巡るうちにさっさと終わるのさ！」

「ねえ、おばあちゃん。何で、春を盗むの？」

　それは孫が祖母に向けるような至極、素朴な疑問だった。しかし、もう何世紀と春を盗み続けてきたはずのカリャッハ・ヴェーラは明らかにその答えに窮していた。

「さあ、なんでぇ、だろうね。フェアリーテイルが春を奪い返しにくるのと同じように、妾《わらわ》は春を盗む。それはそういうものなのさ！　ずっとずっと、そういうものなのさ！」

ビビが注意を引きつける間に、ウィルはポロと一緒に白樺《しらかば》の枝と樹皮をひたすら掻《か》き集《あつ》めた。

そして、そっと背後から忍び寄ると、カリャッハ・ヴェーラの周りを取り囲むように枝と皮を雪の上に敷き詰めて置いていく。歩くたびに雪をこする音がする。それでも、カリャッハ・ヴェーラはこちらに気付かない。耳が遠いのか、それだけフェアリーテイルと会話をすることに夢中なのか。しかし、一方のフェアリーテイルは完全にまごついているから困ったものだ。

「えっと……どういう……」

「こむずめにゃあ、理解できんことだろうね。まあ、あのじじいのフェアリーテイルにだって、分からんだろうがね。よいかね、物事に理由をつけたがるのは人間の悪い癖さ！」

カリャッハ・ヴェーラがビビに投げかけるのは一種、答えのない禅問答だ。人間の思考回路と妖精の思考回路が嚙み合うことなんて滅多にない。人と妖精が理解し合うことは難しい。

「ほおれ、フェアリーテイル。春を奪い返したいのなら、奪い返してみるんださ！」

その右手にヒイラギの杖《つえ》を振りかざす。小さな雪の結晶が集まって、風を巻き込み、大きな渦をつくり出す。飲み込まれればひとたまりもない凶暴な冷気の塊。だが——。

「ああ、それなら。遠慮なくその盗品、返してもらうぞ！」

背後から聞こえたウィルの声にカリャッハ・ヴェーラは振り向き、驚きに目を見開いた。ウィルが手に持つのは古いオイルランタン。これもキッパーヘリングの遺品だ。中のタンクには照明用のオイルもたっぷり残っている。そして、老婆を取り囲むようにして、白樺《しらかば》の樹皮と枝が散らばっている。ウィルはその上にオイルをぶちまけると、マッチを擦って、火を灯《とも》した。

「こ、小僧！　な、何をするんださ！」

「知っているか。白樺《しらかば》の樹皮は芳香油に使われるくらい、油脂成分をたくさん含んでいるんだ。火をつけたら、雪の上でもさぞかし、勢いよく燃えてくれるだろうな！」

「や、やめろぉぉぉ！」

構わず、ウィルは浸したオイルにマッチの火を落とした。導火線を辿《たど》るように、雪の上を一気に炎が奔走した。

「ひ、ひぃぃぃ！　火は、火は、や、やめておぐれぇぇ！」

炎の円陣がカリャッハ・ヴェーラを取り囲むと、老婆は取り乱したように悲鳴を上げる。実際、この短時間で集められる量の枝なんてたかが知れているし、雪の上で炎の勢いも大したものではない。すぐに消えるくらいのものだ。しかし、冬の化身である妖精にはそれだけでも効果覿面《てきめん》だった。炎から逃げようとして、老婆の右手からヒイラギの杖《つえ》がすり抜けて落ちた。

「ビビ！　今だ！　杖《つえ》を！」

「う、うん！」

地面に落ちた杖《つえ》をビビが摑《つか》む。しかし、持ち上げられるものではないから、ズルズルと両手で引っ張って雪の上を引き摺《ず》る。後ろからポロも一緒に加わって引っ張った。

「やめぇぇえろぉぉぉぉ！」

取り乱したカリャッハ・ヴェーラが二人に腕を伸ばそうとする。

「させるか！」

燃えさかる炎の輪を一足跳びに越え、ウィルがキッパーヘリングの剣を構えた。ずしりと重いその刀身を両腕に支え、宙に走らせた。なまくらのその刃が、驚くほど鋭い太刀筋《たちすじ》でカリャッハ・ヴェーラの右腕を斬りつけた。

確かな感触はあった。それと同時に、雪原におぞましいほどの老婆の叫びが轟《とどろ》いた。血潮の代わりに吐き出されたのは純白の雪煙だ。傷口から全身が崩れ去るように、カリャッハ・ヴェーラの半身は除々に実体を失い、雪煙と雪花へと姿を変えていく。だが、終わりではない。

雪原を凍《い》てつく風が薙《な》ぐ。巻き上げられた雪の結晶は空中に集結し、再び大きなうねりを生み出す。細雪《ささめゆき》を孕《はら》んだつむじ風が瞬《また》く間《ま》にウィルたちを包囲していく。

「まずいぞ！　早く、その杖《つえ》を！」

すぐそこに雪の被《かぶ》さったヒイラギの樹木を見つけた。あの茂みの根元まで杖《つえ》を運べば、終わりだ。杖《つえ》の呪力を失った妖精は再び灰色の石へと姿を変え、また半年、眠り続けるのだ。

ビビとポロが必死になって杖《つえ》を引《ひ》き摺《ず》る。しかし、十フィート（約三メートル）近くある木の枝を運ぶことは並大抵のことではない。ウィルも二人に加わって、懸命に杖《つえ》を引っ張る。

カリャッハ・ヴェーラはもはや老婆の姿をとっていなかった。雪原を這《は》う雪煙が風に巻き上げられて、吹雪《ふぶき》へと姿を変える。すでにウィルたちは姿無き妖婆の腕に取り囲まれていた。気温が一気に下がり、吹き荒れる風が牙を剝《む》いて襲いかかる。その風の音に紛れて、聞こえてくるのは人間への恨み節だった。

――嫌い。嫌い。人間が嫌い。

吹雪《ふぶき》の中でも、むしろ、はっきりと聞こえてくるカリャッハ・ヴェーラの心の叫び。ビビが動揺して、手を止める。

「聞くな！　ビビ！　こんな老人の戯《ざ》れ言《ごと》を聞く必要なんてない！」

「でも……でも。おばあちゃん、すごく悲しそう」

――どうして。どうして。人間は冬が嫌い。好きなのはいつも、暖かい春。春は暖かくて、優しくて、明るくて、見るものすべてが綺麗《きれい》。なのに、なのに。冬はじめじめしていて、暗くて、陰湿で、そして、すごく醜い。だから、みんな冬が嫌い。

「ビビ！　聞くな！　手を動かせ！　でないと、ここで全員、凍え死ぬことになるぞ！」

「う……うん……」

いつまでも耐えられるものではなかった。すでに身体の半分近くの感覚が消えかけていた。指の先が自分のものではない何かへとすり替えられていく。押し寄せる風の塊は明らかに、自分たちをこの嵐の中に足止めさせようとしていた。

――嫌い。嫌い。私のことが嫌いな人間はみんな嫌い。

「いい歳《とし》して、女々《めめ》しすぎるんだよ！　この婆《ばあ》さんは！」

感覚を失いかけてもなお、必死に両腕で太い木の幹を抱きかかえて運ぶ。雪の上を引《ひ》き摺《ず》った跡はすぐにその上から新しい雪の層が降り積もって消える。

「ねえ。ウィル。いいのかな。このまま、おばあちゃんから春を奪い返して」

「こんな時に何を言っているんだよ！」

「だって……これじゃあ、ずっと同じことの繰り返しじゃないの？　ここで妖精を封印しても、また半年後。冬になるころには、おばあちゃんは元に戻って、春を街から盗んでいくんだよね」

「当たり前だろ！　それが季節っていうやつなんだから！」

――どうして。どうして。もっと、私を見て。私を好きになって。だから、だから。ずっと冬になればいい。ずっと、冬になれば、みんな、もっと私のことを見てくれるよね。

「なるほど、そういうことか。こいつが毎年、春を盗んでいる理由っていうのが。とんだ乙女《おとめ》心じゃないか。それで周りにどれだけ迷惑がかかるのか、分かっているのかよ！」

あまりにも身勝手な理由にウィルは腹を立てる。そんな馬鹿馬鹿しいわがままのために、キッパーヘリングや他のフェアリーテイルたちが代々、生涯をかけて引《ひ》っ掻《か》き回《まわ》されてきたのか。

けれども、ビビの答えはウィルとは違っていた。ビビは杖《つえ》から手を離すと、ヒイラギの木に向かい、その細い枝を折って取った。奇《く》しくも、カリャッハ・ヴェーラとお揃《そろ》いの杖《つえ》ということなのだろうか。枝を空に掲げて、ビビが実体のない妖婆に言った。

「ねえ。おばあちゃん。私、冬が好きだよ。春も好きだけど、冬だって好きだよ」

相変わらず、吹雪《ふぶき》は止《や》まない。カリャッハ・ヴェーラがビビの言葉を聞いている保証もない。とにかく、このままでは全員、明日の朝までには氷漬けになっているだろう。

「冬の景色って好き。雪が降るとね、地面がきらきらって銀色に輝くの。私の髪の色も雪と一緒だから、親近感とかもすごくあるの。寒いのも、嫌いじゃないよ。息を吐くとね、真っ白く空気が濁るでしょ。それを見るとね、いま、自分が生きているって、実感が湧くの」

ビビが語りかける先には誰もいない。それでも、ビビは話し続ける。すごく、拙《つたな》くて、不器用な言葉で。

「温かいスープって、夏に食べても美味《おい》しくないの。昔、私のおばあちゃんが冬になるとね、いつも温かいパンプキンスープを作ってくれたの。いつも寒くて震えて外から帰ってくると、暖炉の前でおばあちゃんが用意して待っててくれているの。それがすっごくおいしいんだ。あなたにも食べさせてあげたいくらい。だからね、私、感謝しているんだよ。冬の妖精さん。あなたは決して醜くなんかない。誰かが嫌っても、私があなたのことを好きでいるよ」

しくしく、と誰かがすすり泣く声。雪煙の厚い壁の向こうで、ビビとさほど変わらない年頃の少女が泣いていた。おそらく、あれがカリャッハ・ヴェーラの本当の姿なのだろう。

「私、思うんだ。冬には冬の良さがあって、あなたにはあなたの良さがあって。それと同じように春には春の良さがあるの。私が、冬が好きなのはきっと、春があるから。春が好きなのは冬があるから。もし、春だけだったらたぶん、私は春のことを好きになれないと思う。ごめん、何を言っているか、分からないよね。私、そんなに気持ちを伝えるの、得意じゃないから」

　雪の向こう側で、幼い少女がこちらを見ていた。それはこれまでの憎悪《ぞうお》の目とは違う。

「だから、ごめん。やっぱり、返してもらうね。私が冬のことを、あなたのことを好きでい続けるために。また、半年後にね。会ったら、今度はもっと一緒にお喋《しゃべ》りしようね」

　そう言って、ビビがヒイラギの枝を空に向かって振り払う。それと同時に、これまで吹き荒れていた吹雪《ふぶき》が嘘《うそ》のように止《や》んだ。

「よし！　ポロ！　今のうちだ！」

　小さなブラウニーが短い手で枝の先を摑《つか》んで、ウィルとともに杖《つえ》を引《ひ》き摺《ず》る。邪魔する吹雪《ふぶき》さえなければ、数メートル先のヒイラギの根元まで運ぶことは難しいことではない。

「よし！　やったぞ！」

　ついに、巨大な杖《つえ》を運び切ったところで、ウィルは体力を使い切って、雪の上に倒れ込む。

　――さようなら。

　今にも消え入りそうな少女の声。小さくなったカリャッハ・ヴェーラを覆っていた雪煙のカーテンが風に靡《なび》くとともにその姿を消していく。小さな少女は更に萎《しぼ》むように、どんどん縮んでいく。そして、病的なほど青白い肌も見る見るうちに石の色へと化していく。

「うん……さようなら。またね」

最後の最後にちょっとだけ笑ったような顔をして、少女は小さな石へと変わった。何でもない、そこらへんの道端にでも転がっているような普通の石だ。

「ねえ。空が……」

ビビが指差す。空を塞ぐように覆っていた鉛色の雲は退散し、その僅かな隙間から、明るい陽射《ひざ》しが差し込む。山肌を覆っていた雪が徐々に消えていく。意外と陽射《ひざ》しは強い。春……というより、夏が近づいているような感じの陽射《ひざ》しだ。ウィルは思わず、外套《がいとう》を脱ぎ捨てた。

「はは……やったんだな。俺たち」

二年ぶりに訪れるこの街の春だ。雪が溶けて、草花が踊り出す。麗《うら》らかな春の風が、冬ごもりで陰鬱《いんうつ》となっていた人間も、動物も、まとめて外の世界へと誘《いざな》うのだ。そんな季節だ。それを取り戻したのだ、自分たちが。ウィルは今、高揚とした気持ちを抑え切れずにいた。

盗まれたものだって、妖精から取り返せるのだ。自分たちはそれを証明したのだ。そして、その高揚感と達成感との間で今、青年は一つの告白を口にしようとしていた。

「なあ。ビビ。俺もさ、盗まれたんだ。大事なものを妖精に」

あの雪の日。冷たい唇の感触。そして、ペンを手にしたまま、動けなくなった時の絶望感。

逃げ出した。凍えた現実から目を逸《そ》らすように。そして、終わらない雪の中で寒さに震え、傷付くのが怖くて家の中にずっと引き籠もっていた。

「そのおかげで人生も一変した。俺は全部を諦めかけていて、世間から隠れるようにしてずっと息を潜めて生きてきた。俺から見える世界の景色はずっと灰色のままだったんだ」

「そうなんだ……ウィルも苦しかったんだね。とても大切なものだったんだね。私もね、同じだよ。私が私であるための……そのためのすごく大事なものを無くしたの。だから、私も取り返したいの。私がここから一歩、前に踏み出す勇気が欲しいから」

灰色だった雪景色が急速に姿を変えていく。蕾《つぼみ》が顔を出し、枯れた枝葉がもう一度、活力を取り戻そうとする。自分も取り戻せるのか。終わらない冬を乗り越えて。

「……君はすごいんだな。勇気もあってさ。あんな恐ろしい妖婆に立ち向かって。それに自分の無くしたものを取り戻そうとして頑張っている。何もしない俺とは違って」

路銀もないくせに、わざわざ北限の町までやって来た行動力。向こう見ずかもしれないが、それでもただ無為に生きてきた自分とは違う。きっと、この子ならいつか、失った自分の一部も取り戻せるかもしれない。彼女はウィルとは違う。そう思うと、今の自分が惨《みじ》めになった。

その時。ビビの手がウィルの手の上に重ねられた。まだ冷え切っていたが、ほんの少しだけ温かな指先が、氷のように固まったウィルの指先に触れる。その熱が氷を解かすようだった。

「ねえ。ウィル。一緒に探さない？　私たちの無くしたもの。私たちの一部を」

ウィルは躊躇《ちゅうちょ》した。そんなこと、できるのか。今まで逃げることしかできなかった自分に。

──ウィル。あなたは心に剣《つるぎ》を持ちなさい。

耳の奥に懐《なつ》かしい声が聞こえた。これはきっと自分にとって最後のチャンスかもしれない。この灰色の世界から抜け出すための。だから、ウィルは差し出された少女の細い手を握り返した。彼女と一緒ならきっと、どんな試練も乗り越えられる。この町に春を取り戻したように。不思議とそんな自信が沸き立った。だから決意する。少女とともにこの旅路を行くことを。

「これから頼むよ。フェアリーテイルさん」

「うん。こちらこそ。取り戻そうね。私たちの大切なもの」

冷たい手を握り合うと、互いのぬくもりを感じる。そのぬくもりが勇気を与えてくれる。

そして、今この時から二人の旅路が始まろうとしていた。

四月十三日（木）

雪のち春。トーストを少しだけ食べた。

今日、この日が自分にとって、何かが変わる日だと、何か確信めいたものがあった。でも、具体的に何が、と言われても、よく答えられない。

とにかく、自分はこのフェアリーテイルの少女と旅をすることに決めた。後先のことなんか、後でじっくり考えればいい。

ずっと凍りっぱなしだった時計が、ようやく動き出したのだから。今はとにかく、歩き出したい。

第二幕　恋を謡う人魚姫　――メロウ

リャナンシー。

ウィルがその言葉をキッパーヘリングの事典から見つけたのは偶然だった。そいつは「妖精の恋人」とも言われ、人間に対して激しい恋愛感情を持つとされる。それは別にいい。ただ、キッパーヘリングはこのリャナンシーについて「とんでもない毒婦」と評していた。

と、言うのも、この妖精が盗むのは人間の創造力だからだ。彼女たちは愛の契《ちぎ》りの代償として、人から芸術的才能を盗んでいくのだ。俳優なら演じることができなくなり、音楽家なら演奏できなくなる。それならば劇作家は。きっと、ペンを持つことも怖くなるだろう。今の自分のように。それを見つけた時、ウィルは自分が追うべき敵の正体を知った。

あの雪の日。自分から大切なものを奪ったのはこのリャナンシーという妖精。一歩だけでもやっと、前に進むことができたような気がした。この大きな一歩もフェアリーテイルの少女との出会いがあったからこそだ。何でもいい。どんな些細《ささい》な手掛かりでも、彼女と一緒にいれば見つけられるような気がした。

二人で決めた。無くした自分の一部を一緒に探そうと。この国はとても狭いが、とても広い。多くの人間が住み、多くの妖精が暮らしている。探す当ては少ないようで実に多い。だから旅に出て探すしかない。行く先さえも定まらず。でも、それも一興。どうせ、ふわふわと漂うだけの人生なら狭い部屋と町に閉じ籠もるより、広い世界を彷徨《さまよ》った方がマシだ。

だから、ウィルはフェアリーテイルの少女とともに外の世界へと旅立つことを決意したのだ。

四月十九日（水）

メールコーチとは、つまりは郵便馬車だ。その名の通り、郵便物を各地に届けるための馬車だが、手紙だけではなく人間も客車で運んでくれる。宿場を駅としてつないだ駅馬車と同じように、鉄道が敷設《ふせつ》される以前から郵便馬車は人々の貴重な旅の足だった。客室はせいぜい四人乗りのこぢんまりとしたもので、郵便鞄《かばん》は車両の屋根に堆《うずたか》く積まれて運ばれた。駅馬車と比べると足は速いが、乗車賃は倍近い。だから、駅馬車のような混雑とは無縁だったりする。

ウィルとビビ、それからポロの三人で早朝からその郵便馬車に乗り込んで、ベン・ネヴィスを発《た》った。まずは南に向かって数日かけてグラスゴー、エディンバラへと向かうつもりだ。街に集まる人が多ければ多いほど、入ってくる情報も多くなるはずだ。そうすれば、自分たちが追っている妖精の手掛かりを見つけられるかもしれないという期待があった。

徒歩で行こうとしたビビを止めて、郵便馬車に乗せたのはウィルだ。幸い、この日は自分たち以外に乗客はいなかった。馬車は海沿いの南の街道を進む。ベン・ネヴィスから港町のオーバンまでが今日一日の行き先だ。二頭並んだ馬が交互に蹄《ひづめ》を蹴る音を聞きながら、ビビはそわそわと肩を揺らせていた。

「どうしたんだ、ビビ？　何か、聞きたそうだけど」

「あのさ。ウィルって、実はお金持ち？」

結構、単刀直入に訊《き》いてきたのでウィルは吹き出しそうになった。駅馬車ですら運賃を渋って、エディンバラからの道のりの半分を歩いてきたというビビは、ウィルが二人分の馬車の乗車賃を惜しげもなくソブリン金貨で支払ったのを見てさぞかし衝撃を受けたことだろう。

「たかる気か。そもそも、ビビは無一文でここからどうやって旅をするつもりだったんだ」

「えーっと、それは」と視線を宙に泳がせ「野草とか採って食いつなごうかと……」

さすがにウィルも呆《あき》れるしかなかった。そうしている間にも馬車は街道を南に進む。車窓からは右手に海岸線、左手に草原を望む。揺れる車内で、小柄なブラウニーは静かに座席の端に腰を掛けている。文字通り「無口」なので、会話に参加してくることもない。二人同士の会話というのは大概、疲れるもの。少なくとも、話すことが得意ではないウィルにとっては。

しかも、四人乗りの小さな客室の中に閉じ込められて、もう一時間。これが今日はあと数時間も続くと思うと、ウィルもさすがに苦しくなってくる。

ウィルはビビのことをよく知らない。ビビについてウィルが知っていることと言えば、彼女がフェアリーテイルであるということと、食いしん坊であるということ、後はちょっと、頭が緩いということくらいか。逆に言えば、ビビだってウィルのことは何も知らないだろう。ビビがウィルのことについて知っていることと言えばたぶん、少し性格が擦れている青年ということと、フェアリーテイルでもないのに妖精が見えるということ、後は、お金には困ってなさそうなのでいい金蔓《かねづる》になりそうだ、ということくらいか。

会って数日。そんなものだろう。旅の伴侶《はんりょ》であるお互いをよく知るために身の上話を……というのも何かおかしい。一時間もすると喋《しゃべ》る話題もなくなった。いちいち話題を見つけて、話をつなげるのにも疲れた。お互いに相手が何かを喋《しゃべ》ってくれるのを期待して待ちながら、何だか、気まずい雰囲気のまま、二人別々に反対側の車窓を眺めている。ビビは陸地を、ウィルは海側を。こんな時、ポロみたいに、最初から口がないということがすごく羨《うらや》ましくなる。

すっかり手持ち無沙汰《ぶさた》になってしまった。さあ、あと数時間、どうやって時間を潰そうかと考えて、ウィルは荷物から日記帳を取り出した。毎日、大したことも書かないが、それでもこれは習慣なのだ。いつものように白いページを開いて、日付と天気を書き込む。

四月十九日（水）
晴れ。朝食はサンドウィッチ。ベン・ネヴィスを出発。しばらくは帰ってこないだろう。

こんなものか。別にただの日記だし、そんなに気の利《き》いた言い回しも表現もする必要はない。そもそも、文才を盗まれた今の自分にはそんなことはできはしないのだし。ただ、言葉や表現力を失っても、とにかく何かを書くことを続けたい。ただ、それだけのささやかな抵抗だ。今の自分にはもう、人を感動させるような言葉の力はない。しかし、書くことを諦めたら、本当にそのまま、自分の中で何かが終わってしまうのではないかと思えて怖いのだ。

拙《つたな》い言葉を下手《へた》くそな文字に書き記して、日記を閉じようとした時、何者かが横から覗《のぞ》き込《こ》んでいるのに気付いた。誰だと考えなくても、そもそもこの馬車には三人しか乗っていない。

「ねえ。ウィル、何をやっているの？　それ、何？」

「……人の日記を覗《のぞ》き込《こ》むなんて趣味悪いぞ」

「ええー見せてよ。ウィルだってキッパーヘリングさんの日記、見ていたじゃない」

止めるよりも先にビビはウィルの手から日記をひったくっていた。別に読まれて恥ずかしいことが書いてあるわけではないので、真剣に止めようともしなかった。最初は興味津々《きょうみしんしん》にページをめくっていたビビだが、期待するものがないと分かるや、その表情は次第に曇っていく。

「えっと、何……これ。お天気の記録帳と、毎日食べた物を書く栄養手帳？」

「失礼な奴《やつ》だな。日記だって言っただろ。日記。何か文句でもあるのか」

「だって、日記って言ったら、もっと他に、こう……あるんじゃやない？」

「別に日記っていうのは日々の記録なんだから、これでいいんだよ」

そして、書き連ねるのはその日の天気と、食べたもの。それから読んだ本のタイトル。

「うん、そうだね。読み返した時に昔のことが分かるものね。ほら三月十三日には雪が降っている。二月も……あ、この日も雪だ。そうだね。ずっと雪が降っているね、この日記帳！」

ひょっとして、この少女は自分に喧嘩《けんか》でも売っているのではと疑いたくもなる。

「それに食べたものも思い出せるしね！　えっと、だいたい二日置きにお昼はサンドウィッチだね。あと、四日置きに『馬の尻尾亭《しっぽてい》』に行ってフリカッセを食べているよね」

「言いたいことはよく分からないけど、君の性格が悪いことだけはよく分かった」

「ごめん、ごめん。そんなつもりじゃないんだってば。気を悪くしたら謝るから」

両手を合わせつつ、あまり反省しているようにはウィルには見えなかった。

「まあいいよ。ビビもベン・ネヴィスにいた頃は四日連続でフリカッセを食べていただろ」

「あはは……うん、おいしいもんね。あそこのフリカッセ！　クリームの入った白いスープが最高なの！　ウィルだってそうでしょ！　四日置きに食べるくらいなんだから！」

「まあ……好きも、何も小さい頃から食べているものだから、あまり意識もしていないな。昔、母さんがよく作ってくれた味に似ているからなのかも。でも、別にそれだけだな」

「うん、うん。お袋の味っていうやつだよね。私もおばあちゃんが作ってくれたアップルパイの味、大好きだし！　あーあ。懐《なつ》かしいなぁ、もう一度食べたいなぁ……ってそうじゃない！」

自分で話を脱線させておきながら、ビビは強引に軌道修正を図る。

「そうじゃない。そういうことじゃないってば！　日記のこと、日記！　私、思うの。日記って日々思ったこととか、感じたことを書いておく場所だって。それで、ちょっと経《た》った後に読み返すの。『あの時、こういう気持ちだったんだ』とか『何でこの時、私、こんなこと考えたのかな』って。その時とは違った視線で見えるの。過去の私から今の私への手紙。それって素敵じゃない？　今のままだと、日記というよりかは、工場の作業日誌とか日報みたい」

ここまで散々に言われると、寧《むし》ろ腹も立ってこなくなるのだから不思議だ。作業日誌と言われれば確かにそうだ。自分にとっては生きること自体が半分、作業みたいなものなのだから。

「そんなのさ、人それぞれじゃないか。気持ちをわざわざ書くのが苦手な奴《やつ》だっているだろ」

ウィルは精一杯に反論した。しかし、ビビは少しも聞いていない。「ペン、ある？」と言いながら、ポロから万年筆を受け取ると、広げた日記帳に何やら書き始めたのだ。

「な、何をしているんだよ！　人の日記に何を書いているんだよ！」

「何って、お手本だよ、お手本！　日記っていうのはね、こうやって書くの！」

すらすらと、紙の上をペン先が踊る。それはこれまで絶対不可侵だったウィルのプライベートの領域が初めて、第三者による侵略を受けた瞬間でもあった。

「お手本って……。ビビ、それは俺の日記であって、君の日記じゃないだろ！」

さすがにあまりにも無神経すぎると怒りたくなった。しかし、ビビはそんなこと一切お構いなく万年筆をキャップに戻すと、ページを開いたままの日記をウィルに返した。

「ほら。今度はウィルが書く番だよ！」

意味が分からない。日記に落書きをされた怒りを書き留めろ、ということだろうか。

「違うってば！　交換日記。二人で交互に日記を書いていくの。ねえ、楽しそうでしょ？」

まっすぐにそんなことを言われ、ウィルは正直、困惑した。日記を一冊のノートに共有する
――それに何の意味があるのか。怒りたい気持ちを抑え、ウィルはノートに目を落とした。

四月十九日（水）

今日から二人の旅！　楽しいな！

その記念に、私とウィルとで交換日記を始めるよ！　（やった！）

まだまだ、私もウィルのこと全然、分からないし、私のこともウィルにもっと知ってもらいたいな。だから、こうやって、紙の上でお喋《しゃべ》りするのも悪くないんじゃないかな？　ほら、だってね、面と向かってだと言いづらいことだってあると思うし……。

まあ、そんなわけでよろしくね！　ウィル！


紙の上に丸っこくて、彼女らしい元気な文字がまるで飛んで跳ねて踊っているようだった。楽しげな気持ちが文字からも伝わってくる。まあ、それはいいのだが……。

「これ、日記なのか？　寧《むし》ろ、手紙じゃないのか」

「まあまあ。いいじゃない。難しいことは考えない。ほら、ウィル。早く返事、頂戴よ！」

そう言って、向かいの座席に移動して、正面からウィルのことを監視し始めるのだから逃げ場がない。ウィルはしぶしぶペンを執る。さて、何を書こうか。天気と食事のメニューぐらいしか普段、書かないので、何をどうしたらいいのか、さっぱり思いつかない。

頭を上げると、にこにこ顔でビビがこちらを見ていた。まだか、まだかと、その目が原稿を催促しているみたいだった。だから、ウィルは苦し紛れにペンを走らせる。

四月十九日（水）
こちらこそ、よろしくお願いします。ビビアンさん。以上、ウィルより。

「……何、これ？」

日記帳を渡されて、ビビのあの上機嫌だった顔はどこかへと吹き飛んでいた。

「いや、交換日記の返事だけど……」

ビビはまたリスのようにほっぺを膨らませて怒った。

「駄目よ、駄目！　全然、なってないわよ！　ウィル！　もっと感情豊かに！　読む人のことを考えて、等身大のあなたを見せるのよ！　さあ、ウィル。書き直して！」

そう言って、日記を突き返された。かつて、やれホメロスの生まれ変わりだの、やれゲーテの再来だのと、もて囃《はや》されてきた神童が何を悲しくてこんな田舎《いなか》娘から駄目出しを食らいながら日記の添削を受けなければならないのか。きっと才能を盗まれなければ、この程度のことは何でもなかったのだろう。しかし、今のウィルはたった一行でも、言葉を思いつくのに四苦八苦している。目の前の田舎《いなか》娘一人も満足させることができないのは屈辱でしかない。

「あのさ、俺には別に書きたいこととか特にないんだよ。それなのに、無理して書かなくたっていいだろ？　そもそも、二人で目の前にいるのに、紙で会話をする必要あるのか？」

そう告げると、ビビは明らかに不満げだった。今の自分には手紙も日記も書くこと自体が苦痛なのだ。無理をして言葉を捻《ひね》り出して、日に数行が限界。その場で日記をビビに突き返す。

「それは君が持っていてくれていいよ。俺の代わりに、この旅の記録を頼むよ。確かに日記はただの天気の記録帳でもないし、栄養手帳でもない。色々な言葉で旅の出来事を記録していけるんだったら、それはやっぱり、俺より君の方が適任だと思う」

ビビは何も言わなかった。日記を受け取ると、少し寂しそうに、座席に戻って無言で窓の外を眺め始めた。それからまた、気が遠くなる長い時間、静寂が訪れた。

息苦しさから目を背けるように、ウィルは窓越しにひたすら続く海岸線の景色を眺めていた。ぱかぱか、と馬の蹄《ひづめ》が地面を蹴る音が狭苦しい客室に響く。ビビはビビで、陸側の景色を反対の窓からずっと眺めている。ずっと一緒にいるような気がしても本当は、二人とも見ている景色は最初から違っていたのだ。そして、それはきっと、これからも同じ――。

その時だ。いきなり、ビビが陸側の窓を開けた。ひんやりとした風が流れ込んだと思うと、今度は反対側にまわって、海側の窓も開けた。そして開けた窓から顔を出し、潮風を全身に受け取るようにして両手を広げた。

「うーん」と、目を瞑《つぶ》り、しかし、すごく嬉《うれ》しそうな顔で、ビビは流れる風を感じていた。

いったい、何事か。首を傾《かし》げるウィルにビビは得意げな表情を返した。さあ、今から待っていろと言わんばかりに。そして座席に戻ると、せっせと何かを書き始めた。それほど長い時間ではなく、満足げに日記帳をウィルの前に突き出した。

四月十九日（水）ビビ
今、私たちは海と陸の境界線の上を走っています！　わくわく！

馬車の海側の窓をウィルが見ていて、代わりに私は陸側の景色を見ているの。こっちの方はずっと、ずっと、ずーっと、草原と麦畑が広がっているよ。窓を開けて薫りをかいでごらんよ。すーっと、鼻の中を透き通る草の匂いが気持ちいいよ。

え？　そんな匂い、どこだって同じだって言う？　ううん、違うんだってば！

小麦の種って、冷たい冬を雪の下で過ごすんだよ。春になって暖かくなると元気に芽吹いて、濃い緑色の穂をぐんぐんと成長させるんだ。これがね、あと一月もすると、黄色くお化粧してね、地面一面がばーん！　と黄金色に燃えるんだ！

金色に穂を実らせた小麦もいいけど、若くてりりしい緑色の麦穂《むぎほ》も好きかな。緑色の穂はね、夏の匂いと冬の匂いがいっぺんにするんだよ。あと、ちょっとだけ、土の匂いもするかな。

ずっと、雪の下で我慢していたせいなのかも。夏の恵みも冬の恵みもいっぱいに受け取って大粒の麦を実らせるんだよ。ふふん。なんで、そんなに小麦に詳しいのかって？　それはね、私の家の周りには小麦畑しかなかったからだよ！　しくしく。

でもね。逆に私、海ってあまり見たことないんだ。私の故郷は山しかなかったから。そういえば、ベン・ネヴィスって近くに港もあったよね。ウィルは海を見て育ったのかな。

ちょっとだけ、ウィルが見ている景色が気になったの。だから、窓を開けて見てみました！やっぱり、海の匂いって独特だよね。塩っ辛いスープを飲んでいるような匂い。でも、少し肌にべたべたするような潮風はちょっと苦手かな。でもでも、絵の具を落としたような海の色は素敵！　お日様に照らされると、宝石を海面に散らしたようにきらきらと光るの。

ウィルはこういう景色を見てきたんだね。折角、一緒に旅をするんだもん。あなたの見てきた景色を少しだけでも、教えてくれたらうれしいかな。

海と麦畑だけでこれだけの長文が書けるのだから、大したものだ。別に皮肉ではない。ウィルはすっかり、ビビに感心させられてしまった。こんなこと、甚だ不本意ではあるけれども。

なるほど、ビビの目にはこんな風に世界が見えているのか。ビビは何かを期待するかのような視線をウィルに送っていた。これは一本、取られたと言うしかないだろう。

「あまり期待はしないでくれ。こっちは君のように、言葉が湧き水みたいに溢《あふ》れ出《で》るわけじゃない。だから、ちょっと時間がほしい。原稿を急《せ》かされるのは昔から好きじゃないんだ」

ビビの顔に笑顔が戻った。どれだけ、交換日記をやりたかったんだ、彼女は。

ウィルは日記とペンを持ったまま、しばらく考え込んだ。ホメロスとゲーテの再来と呼ばれた〝元〟神童の身としては、このまま田舎《いなか》娘に負けっぱなしというのはプライドが許さない。乾き切った雑巾を更に絞るように、何か気の利《き》いた言葉なり表現なりを捻《ひね》り出《だ》そうとした。

だが、それで何かが思い浮かぶくらいなら苦労はしない。まるで揺籠《ゆりかご》のように揺れる馬車の中でウィルは次第にうとうととし始めた。窓から差す春の陽射《ひざ》しも睡魔の味方をする。そのままペンを握ったまま、眠りこけてしまった。それから小一時間。目を覚ますと相変わらず、揺れる馬車の中だった。目的地もまだ遠い。ビビは向かいの席でじっと本を広げていた。

立派な装幀《そうてい》の本だ。こういう本は大概驚くほど値が張る。とは言っても、きっと何度も読み返したのだろう、装幀《そうてい》の端が僅かに傷みかけている。それをビビはとても大事そうに持って、本をこれ以上、傷ませないよう丁寧に一枚一枚、ページをめくっている。こんなに大事そうに読んでくれるのなら、この本を書いた人も本望だろう。しかし、いったい何をそんなに真剣に読んでいるのだろうと思って、表紙を少しだけ覗《のぞ》いた。そしてすぐに、見なければよかったと後悔した。それはウィルが今、この世で最も目にしたくない本のタイトルだった。

――夏夜《ヴァルプルギス》の囁《ささや》き。

そう。何を隠そう、紛れもなくその本を書いたのはウィル自身に他ならない。

「あ、ウィル。起きてたの。どうしたの、こっちの方、じっと見て」

「……いや。別に。ビビでも本なんか読むんだなって思って」

「えー失礼しちゃうな！　えへへ、でも私が持っている本ってこれしかないんだけどね。ほら、本って高いでしょ。これね。誕生日におばあちゃんが買ってくれた、私の宝物なんだ！」

この話題はまずい。本当にまずい。とにかく話題を切り替えなければ。

「ああ、そういえば、オーバンにはまだ着かな……」

「えっとね、えっとね。これ、『夏夜《ヴァルプルギス》の囁《ささや》き』っていう本でね。ウィル、知っている？」

知っているも何もない。むしろ嫌というほど知っていて、その本が心の底から嫌いだった。

「いや……し、知らない……」

苦し紛れに嘘《うそ》を吐いた。しかし、そんなこと気付いた様子もなくビビは一方的に喋《しゃべ》り続ける。

「これ、五年前に王都の劇場で初上演された有名な演劇の戯曲なんだけどね、すごく感動的なんだよ！　とても切なくて、でも勇気づけられる恋の物語なの。始まりは長閑《のどか》な農村で起きた一騒動。収穫前の麦が一晩にして踏み荒らされていたの。農夫たちはそれを妖精の仕業だと言って、領主に免税の嘆願を出すの。これを知った領主の次男坊シシリアスはその正義感から妖精を懲らしめようと、深い森の奥に一人入っていく。その森はね、古くから妖精の国があると言われた場所。シシリアスはその青く澄んだ湖の畔《ほとり》で水浴びをする美しい乙女《おとめ》と出会うの」

そう言って、ビビは「夏　夜《ヴァルプルギス》の囁《ささや》き」のページを広げる。

「『ああ、今、私は森の女神に感謝をしている。芽吹いたばかりの青い葉に宿る朝露のように澄み切った瞳を私に見せてほしい。微風《そよかぜ》に聞こえる雲雀《ひばり》たちの歌のように美しいその声をもっと私に聞かせてほしい。ああ、今、この瞬間から私は君の逃れられぬ虜《とりこ》なのだから！』」

——朗読しやがった。それはシシリアスが一目《ひとめ》惚《ぼ》れした乙女《おとめ》を口説いているシーンだ。ウィルは何か、自分が辱《はずかし》めを受けている気分になる。

「でもね。シシリアスが真剣に愛の言葉を捧《ささ》げる女性は何と、妖精の国の女王ティターニアだったの。でも、種族の違いなんて、本気の愛の前には何の意味も持たない。それからもこの同じ場所で二人は愛を囁《ささや》き合ったの。でもね、その二人の愛に嫉妬《しっと》する者がいた！」

途中からビビは完全に物語の語り部となっていた。腕を大きく動かし、身体全体で舞台を表現する。それはあたかも〝女優〟ビビアン・カンタベリーの一人芝居のステージと言った風に。

「人間の男と恋に結ばれるティターニアのことをおもしろく思っていなかったのは、妖精王オベロン。嫉妬《しっと》深い妖精王は二人の仲を引き裂こうと策略を企てる……妖精の中でも最も邪悪で、力を持つオベロンにできないことなんかない。そして彼は二人にある呪いをかけるの」

両腕を突き上げ、鬼気迫る迫力で語られる物語。愛する二人に襲いかかるのは厳しい試練。

「まず、オベロンはシシリアスから記憶を盗んでいくの。記憶を失ったシシリアスは愛するティターニアのことを全部忘れてしまう。ティターニアがどんなに呼び掛けても、彼は彼女と過ごした日々を思い出すことはなかった。ティターニアは失意のうちに森に帰っていく。でも、それだけでは終わらない。オベロンの魔手は今度はティターニアにも伸びていく……。彼女に差し向けられたのは、オベロンの配下でパックという名の馬の顔をした妖精。低劣な妖精のパックの目にはティターニアの姿は花のようにとても美しく映った。この美貌を独占したいと思ったパックはティターニアを攫《さら》って、人目の触れない所まで連れ去ってしまったの！」

ここまでは全てオベロンの思惑通り。しかし、舞台が動き出すのはここからだ。

「愛を忘れたシシリアスはどこか自分の中に空虚さを感じていたの。だから、彼はその何かを求めるように彷徨《さまよ》い、そしてふと足を運んだのは例の妖精の森。彼を見た森の妖精たちは驚いたわ。だって、ティターニアと愛を語らっていたころの彼はあんなに生き生きしていたのに！今はまるで、ずぶ濡《ぬ》れの仔犬《こいぬ》みたい。何度もティターニアと逢瀬《おうせ》を重ねたはずの美しい湖。シシリアスは森の精霊に誘われるまま、湖の水を両手で掬《すく》って口をつける。その時、奇跡が起きるの。澄んだ水がオベロンの呪いを浄化し、シシリアスは記憶を取り戻したの。シシリアスは後悔する。たとえ、いっときでも愛する人のことを忘れていたことを！」

いよいよ、ビビの語りは最高潮に達する。ここから物語は大団円に向かって加速していく。それを表現するように、ビビの動きもより大きく、ダイナミックに変わっていく。

「ティターニアがパックに連れ去られたと知ったシシリアスは旅に出るの。その手に王様からもらった聖剣を携えて。そして、ついにシシリアスは連れ去られたティターニアを見つけ出すの。シシリアスを見たパックは一目散に逃げていく。

『会いたかった、ティターニア。私が夜の闇の中で道に幾度も迷いそうになった時、君への愛が幾度となく、月となってこの足元を照らしてくれた！』

『ああ、あなたはシシリアス。待っていたわ！　暗い闇の中に飲み込まれてしまいそうな恐怖の中で、私、何度も呼んだわ。あなたの名前を！　信じていたわ、きっと、あなたが迎えに来てくれると』」

　ご丁寧に、男女の台詞《せりふ》で声色を器用に変えてみせる名演技だ。

「でもこれで終わりじゃない。二人の愛を再び引き裂かんと現れるのは妖精王オベロン！」

　冬眠明けのクマが人間を見つけた時のように、ビビは両手を大きく上げて威嚇のポーズを取る。でも、残念ながらウィルの目には万歳をするリスにしか見えなかった。

「妖精王オベロンとの最後の戦い！　相手は超絶なる力を持った妖精たちの王！　でも、シシリアスは精霊たちからオベロンの倒し方を教わっていたの。その手に光る聖剣でオベロンを斬りつける！　さあ、これが最後の一撃。ついに、シシリアスは妖精王を打ち倒す！　これでもう二人の愛を試す者は誰もいない。

『待っていたわ、今この時の瞬間を。だから願い。誓って。この花と太陽にかけて。その愛が永遠に私を照らし続けるようにと』」

うっとりと、でも、とても幸せそうにビビは「夏夜《ヴァルプルギス》の囁《ささや》き」を両手に抱く。

「愛は永遠。シシリアスはティターニアの手を取って、そっとその甲に口付けをする。それを見ていた森の精霊たちが彼らの愛を祝福する……めでたしめでたし。きゃあ」

最後に両手を頬に当てて赤面する。自分で勝手に喋《しゃべ》って、自分で勝手に赤面するとはどういうことだろう。ウィルは呆《あき》れかえっていた。

「……ね？　素敵なお話でしょ！　でも、このお話のすごいところは他にあるの。それはね、これが私と同い年、当時、まだ十一歳の男の子が書いたということなの！　名前はえーっと……」

――嫌な会話の流れだ。

「ウィスキー……じゃなくて、ウィンク？　じゃなくて……うーん。そうそう、ウィルソン！　ウィルソン・シェイルだ。……あれ、どこかで聞いたことがあるような名前……」

露骨に目を逸《そ》らそうとしたのをビビに見つかってしまった。ついに、ビビはその名前まで行き着いてしまった。そして、目の前でウィルのことを見て、ぽん、と手を叩《たた》いた。

「ねえ、ウィルの名前って、確かウィルソンよね。ウィルソン・シェイル！」

彼女がじっと何かを値踏みするように、ウィルの目を真正面から見詰める。見ている方は真剣でも、見られた方はひどく緊張する。やがて気が抜けたようにビビが溜《た》めた息を吐き出す。

「まさか、ね。そんなことないよね。ウィルがあの天才ウィルソン・シェイルな訳ないもん。だって、あのウィルソン・シェイルだよ。ウィルみたいな捻《ひね》くれ者な訳ないよね！」

無性に腹が立った。天然なのか、喧嘩《けんか》を売っているのか。時折、ビビはこうやって人を苛《いら》つかせるようなことを言う。さすがにプライドを傷付けられて、黙っているわけにはいかない。

「……その『夏夜の囁《ささや》き《ヴァルプルギス》』。俺が書いたんだ、って言ったらどうする？」

言葉が口をついた瞬間、ウィルは激しく後悔した。どうせ信用されないし、見栄《みえ》を切って嘘《うそ》を吐いたと馬鹿にされるのが関の山。しかし、予想に反して、ウィルの顔を覗《のぞ》き込《こ》むビビの目はきらきらと輝いていた。身を乗り出し、両手で掴《つか》むようにウィルの手を握る。

「ああ、やっぱり、そうだ！　そうだったんだ！　ずっと、引っかかっていたの。そうよ、ウィルソン・シェイル。ホルモンとゲームの生まれ変わりと言われた天才少年！」

「……ホメロスとゲーテ、な」

元々、人を疑うことを知らない田舎《いなか》者の少女だ。ウィルの言葉もあっさりと信じた。

「わあ……本当だよ。私、今、あのウィルソン・シェイルと旅をしているんだ！」

爛々《らんらん》と目を輝かせている。もう、言動の全てが一ファンのそれになっている。何だか一番、知られてはいけない人間に知られてしまった気持ちになった。

「ねえ、ねえ。ウィル。この後、シシリアスはどうなったのかしら。結婚したのかな？」

「……え？　……さあ、どうだろう。たぶん、結婚したんじゃないかな。たぶん。まあ、別に結婚してもしなくてもいいけど……」

「そうかぁ！　結婚したんだぁ！　いいなあ、二人、想《おも》い合って結婚！　きっと、二人とも幸せになれたんだなぁ。そうだよね、あんなに愛し合っていたんだもんね！　ね、ウィル？」

「え、ああ、まあ、幸せになったんじゃないかな。別に幸せになってなくてもいいけど……」

「ねえ、ねえ。ティターニアにフラれたパックとオベロンはどうなったのかしら？」

「え……さあ。好きな子、誰かに取られたら、泣くんじゃないかな。ベッドの中で」

「そうか、そうだよね。でも少し可哀想《かわいそう》かも。でも、仕方ないよね。パックはあっさり逃げちゃうし、オベロンはすごく意地悪だし！　じゃあ、王様からもらった聖剣なんだけど……」

そこから先はずっとこんな感じで、ウィルは質問攻めに対して終始、防戦を迫られた。おかげでただでさえ長い旅の道のり、更に疲労感と苛立《いらだ》ちだけが増した。一度暴走を始めたビビは止まることを知らず、うんざりするほどしつこい。どうして、そんなに尋ねることがあるのかとこちらが驚くほどに、次から次へと矢継ぎ早に質問を繰り出してはウィルを困らせる。

いつの間にか、車窓から見える景色は変わり、丘の上に立つ古城が見えた。そして弧を描くように歪《ゆが》む海岸線。そこに数隻の小さな船舶が停泊していた。湾に沿って猫の額ほどの土地に煤《すす》けた色の煉瓦《れんが》の建物が立ち並ぶオーバンはベン・ネヴィスに負けず劣らずの鄙《ひな》びた田舎《いなか》町だ。細々とニシン漁を営むほかはウィスキーの蒸留所がいくつか建っているくらいだ。広場で馬車を下りるとまだ夕暮れには早い時間だった。やっと狭い空間から抜け出して、ウィルは解放された気持ちだった。これで、ビビの質問攻めも止《や》むだろう……と、思ったが。

「ねえ、ウィルは作品を書くときのアイデアってどうやって思いついたりするの？」

……残念ながら、攻勢が止《や》むことはなかった。

「え……そ、そうだな。特には別に何も。ただ何となくふとした瞬間に思いつくだけで……」

「へぇ！　すごいなぁ、ウィルは！　やっぱり天才なんだ！　尊敬しちゃうなあ！」

——絶対、尊敬なんてしてないだろ。

「ねえ、ウィル。ところで、次の作品って、もう書かないの？」

一瞬、ウィルは足を止めた。本当に最悪。最悪だ。いいからもう喋《しゃべ》らないでほしい。

「だって、前の作品を書いていたのが、四年前でしょ？　早く次の作品が見たいなぁ。たぶん、みんな、ウィルの新作を待っているんだと思うんだけどなぁ」

ウィルは何も答えなかった。答えられなかった。誰が待っているものか。何もかも失ったこの自分を。通りを挟んで見える海は静かに凪《な》いでいた。が、ウィルの胸中はそうとはいかなかった。最初は小さな細波《さざなみ》だったものが互いに寄せ合ううちに、大きなうねりとなっていく。

「おまえに何がわかるんだよ！」

その瞬間。たがが外れた。思わず声を荒げる自分にウィルは驚いた。それ以上に目の前の少女の方が驚いていた。悪気がないのは分かっている。だが、悪気がないだけに厄介なのだ。

「う、ウィル……ど、どうしたの？　私、何か……」

無神経なら、それはそれでいい。でもこれ以上、自分のことに立ち入ってはもらいたくない。

「あのさ、ビビ。今日は一人で宿をとってくれないか」

そう言って彼女にシリング銀貨を叩《たた》きつけると、逃げるようにしてその場から立ち去る。傍《はた》から見ている人の目には、ウィルはさぞかし大人気《おとなげ》ない男に映るだろう。

「ウィル……ねえ、ウィルってば！」

背中の後ろから聞こえるビビの声を振り切って、ウィルは喧騒《けんそう》の中へと飛び込む。そこからはただ逃げて逃げて、後ろを振り向かなかった。石畳の道路を蹴って人混みの中を泳ぐ。そこそこの賑《にぎ》わいの通りには旅行客を相手にした店もいくつか並んでいた。ふと、足を止めると、木彫りのニシンの看板がぶら下がっていた。どこでもいい。店の名前も見ずに飛び込んだ。

カウンター席の奥に安そうなウィスキーやジンの瓶が並んでいる。落ち着いた雰囲気の店内。酒を提供する店だ。別に酒が好きではない。と、いうより飲んだこともない。かといって今更、店から退却するのも気が引ける。カウンターの前に陣取ると、並ぶボトルを眺めた。

「マスター。水を」

店の主人はさぞかし変な客だと思っただろう。とにかく今は頭を冷やすための間が欲しかったのだ。そのための場所なんてどこでも良かったし、口にするものは更にどうでもよかった。

本当に水が出てきた。ウィルはグラスに揺らぐ水面を眺めた。気のせいか、そこに一瞬、悲しそうなビビの顔が映ったような気がした。勿論《もちろん》、本当に気のせいだ。しかし、ウィルは考える。本当にこのまま、ビビと一緒に旅を続けるべきだろうか。そんな問いに旅の初日からぶち当たるとは余程、二人は相性が悪いということだろう。

しかし、目的があって旅に出たのだ。このまま帰るわけにいかない。それにビビが別に悪い訳ではない。彼女はウィルが盗まれたものが何なのかを知らないのだ。だから、あの反応も当然。寧《むし》ろ悪いのは感情に任せて怒りをぶち撒《ま》けた自分の方だ。

ウィルはあの「夏夜《ヴァルプルギス》の囁《ささや》き」という作品のことが好きではなかった。寧《むし》ろ嫌悪《けんお》感さえあった。あれはまだ、十一歳の頃に書いたものだ。幼すぎる感性が何故《なぜ》、大人たちに賞賛されたのか今でも理解できない。そして、あの女——リャナンシーに創造力を盗まれた今の自分に、六年前の自分を超えるものを生み出すことはもうできないのだ。昔の自分に嫉妬《しっと》する今の自分がたまらなく惨《みじ》めで、そして、それを認めることは耐えがたく苦痛だった。

「……まあ、そんなこと。あの子には関係ないか」

誰に言うでもなく、グラスを傾けながら一人呟《つぶや》いた。冷たい部屋で壁に向かって独り言を口にしていたあの頃と同じように。ここ数日は賑《にぎ》やかだった。とは言ってもビビが一人で騒いで喋《しゃべ》っているだけだが。それでも自分は独りではなかった。だから今は余計に孤独が身に堪える。

——まあ、関係ないよな。俺の事情なんて、ビビには。彼女はただ、あの物語が好きだっただけだ。それはウィルが書いた物語ではなく、彼女の胸の中にある物語だ。

熱くなりすぎた。そもそも自分だって、彼女が盗まれたものを知らない。知らず知らず相手を傷付けてしまっているかもしれないのは自分も同じ。もう一度、ちゃんと話をしよう。それで彼女にはちゃんと謝ろう。そう自分の中で気持ちを整理しかけていた矢先だ。

「きゃあああ！」

外から突然聞こえる女性の悲鳴。それに続き硝子《ガラス》が割れて、煉瓦《れんが》の壁が崩れる大きな音。驚いて窓から外を覗《のぞ》く。ひひーん、と叫び馬車馬が大きく仰《の》け反《ぞ》って、後ろ足で立ち上がる。御《ぎょ》者《しゃ》が慌てて手綱《たづな》と鞭《むち》で鎮《しず》めようとするが、すでに制御不能に陥っていた。暴れ馬が背中からひっくり返って、パブの窓とドアを破った。

街の中はたちまち大騒ぎだ。道路に置かれた木箱が爆風でも食らったかのように独りでに弾《はじ》け飛び、街並みを飾るランプの街灯が竜巻に飲み込まれたかのように、ひとりでに次々と手前から順番にへし折れていった。不意に巻き起こる怪現象に人々の悲鳴とどよめきが木霊《こだま》する。が、ウィルには見えていた。何か大きな影が通りを真っ直ぐ疾走していくのを。まるで、つむじ風の如《ごと》く、ありとあらゆるものを蹴散らし、そしていずこかへと去りゆく。しかし、人々の目にはその風の正体は映っていないかったようで、まるでひとりでにショーウィンドウが割れて、街灯がへし折れたと、口々に通行人たちが大騒ぎを始めていた。

──妖精だ。自分にしかその姿が見えていなかったのなら間違いない。グラスの水を飲み干すと破られたドアから店を出た。もう、犯人の姿はなかった。人々は嵐の通り過ぎた街路の上を早速片付け始めた。その時、ウィルには聞こえた。

しくしくと、誰かがすすり泣いているのを。ウィルは辺りを見回す。夕暮れ時の喧騒《けんそう》の中では聞き漏らしてしまうほどのか細い声で泣く女性。歳《とし》は二十過ぎで、碧《あお》い髪が肩まで掛かる。思わず見惚《みと》れるくらいの美人だが、街の人間たちは誰も彼女の存在自体に気が付いていない。石畳の上に横たわるようにして泣くその女性にはしかし、足がなかった。その代わりにあるのは――魚の尾鰭《おびれ》。そう。それは俗に言う「人魚」だ。

「す、すいません。そこの方。み、水をくれませんか。身体が乾くと私たち人魚は死んでしまうのです……」

乾いた鱗《うろこ》がぱさぱさと砂のように身体から零《こぼ》れ落《お》ちていく。ウィルは慌てて店に駆け込む。

「マ、マスター！　水をもう一杯！」

■

潮風に吹かれて、ビビはひたすら自己嫌悪《けんお》の蟻《あり》地《じ》獄《ごく》の中に沈もうとしていた。やってしまった。ウィルを怒らせてしまった。理由なんて探せば、心当たりは掃いて捨てるほどある。

「そりゃあ、あれだけしつこくしたら、誰だって怒る……よね？」

広場のベンチに腰を下ろし、隣に座るブラウニーに同意を求めた。ポロは何も言葉を発しない代わりに、首を縦に頷《うなず》かせる。

「ポロは心広いもんね。人間と違って、何を言っても怒らないもんね」

ポロは必死になって首を横に振ったが、ビビはあまり気にせず続けた。

「あーあ。時計が戻せるなら戻したいなぁ。でもさ、仕方ないよね。だって、あのウィルソン・シェイルだよ！　そんな有名人を前にしたら、誰だってのぼせ上がっちゃうよね、普通！」

ポロはやっぱり何も言わず、そっと首を横に傾ける。

「まさか、そんなにすごい人とこんな都合良く会えるとも思わないでしょ？　心の準備とかできないよ。でも、そんなすごい人が何で、あんな小さな田舎町《いなか》にいたんだろ。あれだけの超売れっ子だったら、王都の大邸宅とかに住んでいるんじゃないの？　どうしてだと思う？」

ポロはぶんぶんと頭を振ると、背中のリュックサックを漁《あさ》って、日記帳を取り出す。

「日記帳にヒントがあるかもって？　うーん。あまりプライベートを詮索《せんさく》するの良くないかなあ……まあいいか、今更。書いてあるのもどうせ、お天気と食事のメニューだけだし！」

勝手に決めつけて、ビビはノートを広げる。ノートの最初のページは一年前の日付。天気は雪。食べたものはフリカッセ。その次の日も雪。食べたものはオートミール。たまに、読んだ本のタイトルと、その短い感想が書いてある程度だ。終始、そんな感じで、ノートを一ページ、埋めるのにも一週間から二週間がかかっている。作文嫌いにも程がある。本当にこの日記を書いている人物と、十一歳にして稀代《きたい》の名作と呼ばれる「夏 夜《ヴァルプルギス》 の囁《ささや》き」を書き上げた天才が同一人物なのだろうか。ページをめくりながら、ビビはある変化に気付いた。

ビビとウィルが出会った四月十二日。その日のことも、ウィルはしっかりと記録していた。そして、この日付を境に、日記の中のウィルは少しだけ……本当にほんのちょっとだけ、多弁になっていた。少なくとも、天気と食事以外に書くことが増えた、という感じだ。

「いいのかな。このまま、読んじゃっても……」

ちょっとくらい良心が咎《とが》めたところで、ビビは止まるようなタイプではない。先も見ず、好奇心に背中を押されるままにひた走るのが彼女、ビビアン・カンタベリーだ。

四月十四日（金）

キッパーヘリングの事典に「リャナンシー」という名前を見つけた。こいつだ。こいつに違いない。やっとだ。まさかこんな形で手掛かりを見つけるとは思ってもなかった。彼女が盗んでいったものをきっと、取り返す。そうでなければ、この人生には何も意味が無い。

「リャナンシー……って何かな。キッパーヘリングさんの事典っていうことは妖精の名前？」

分厚い事典を広げて、「リャナンシー」の項目を探す。そしてようやく、彼が日記に「この人生には何も意味が無い」と書いていた理由を知る。

リャナンシーは人から創造力を奪っていく悪女の妖精だ。音楽の才能、絵画の才能、あるいは詩的な表現や人を感動させる物語を生み出す才能。芸術家にとって、創造力を奪われることは命を奪われることに等しい。天才ウィルソン・シェイルが劇壇の表舞台から姿を消したのは四年前。彼は王都からベン・ネヴィスに移り住んだ。その訳は考えずとも想像がいく。
彼があれだけ感情を剝《む》き出《だ》しにした理由だって理解できる。更にページをめくる。最後はさきほど、馬車の中でやりとりした交換日記だ。最後のページに書かれた拙《つたな》い文字。麦畑の話を散々した後で海をあまり見たことがない、とビビが書いたことへのウィルからの返事だ。

四月十九日（水）ウィル
俺も実はそんなに海を意識して見たことはないんだ。前に住んでいたのは王都だったけど、あそこは酷《ひど》い場所だった。ベン・ネヴィスに住むようになって、近くに海があっても、でかい水たまりがあるな、としか思わなかった。海の匂いって、俺もあまり好きじゃないんだ。ビビも磯《いそ》の匂いを「塩辛いスープみたい」って書いていたけどさ、まあ、確かにその通りだな。不味《まず》いよな。スープも海水も。匂いを嗅いだだけで吐きそうになる。でも、王都の食い物と言えば大概、そんなものだった。素材が傷んでいるのを、塩を多めに入れて誤魔化しているんだ。食べられたもんじゃない。それに比べると、「馬の尻尾亭《しっぽてい》」の味は最高級だったな。特にホワイトソースののったフリカッセ。昔、母さんが作ってくれたのと同じ味だからかもしれない。だから、よく食べるんだ。ビビも気に入ってずっと食べていたけどさ。
悪い。脱線した。全然、返事になってないよな。気の利《き》いたこと、あまり上手《うま》く書けないんだ。でも、ビビのおかげでちょっとだけ楽しくなった。ほんのちょっとだけな。

確かに気の利《き》いたことはひとつもない。それでも、ウィルが時間を掛けて、得意でもないのに書いてくれたものだ。でも、ビビはその返事をまだ彼のために書いていない。

「どうしよう……私。ウィルに謝らないと。だって私、ウィルのことすごく傷つけたと思う」

こく、こくとお付きのブラウニーが頷《うなず》いた。陽射《ひざ》しも段々、傾きつつある。日暮れが近づくにつれて、小さな町の喧噪《けんそう》は慌ただしさを増していく。もし、このまま喧嘩《けんか》別《わか》れのような形で二度と会えなくなったらどうしよう。ビビは日記を抱きかかえ、人混みの中へと飛び込む。

小さな身体のビビにとっては、黒山の人だかりも、氾濫《はんらん》した川の激流と変わらない。突然、後ろから当たってきた人影に押されて、ビビは石畳の上に尻餅《しりもち》をついた。

「ご、ごめん！　急いでいてつい。君、怪我《けが》はないかい？」

手を差し伸べたのは若い男だった。ウィルよりも一回り年上か。ただ、彼とは違って少し気弱そうな風貌。ビビは倒れた時の拍子で道路に鞄《かばん》の中身をぶちまけてしまった。代わりにキッパーへリングの事典を拾い上げた青年の手が一瞬止まった。

「妖精事典……？　ひょっとして、君。フェアリーテイルかい」

普通の人なら、「妖精」の文字を目にしただけで、小馬鹿にするか、哀れんだような目を向けるものなのだが、その青年は違った。

「え……あ、はい。そうですけど……」

「それなら君！　この辺で人魚を見なかったかい？　碧《あお》い髪の女性なんだ！」

青年は興奮したようにビビの服を摑《つか》む。彼はあまり男性には似合わなそうな深紅の羽根付き帽子を被《かぶ》っていた。ビビには話が読めなかった。そもそもこの青年、どう見ても地元のただの漁師か商人にしか見えないのだが、人魚を見たことがあるというのか。

「すまない。いきなり混乱させてしまったね。僕の名前はセガル。この町で漁師をしている」

「えっと……私、ビビアンです。この町にはさっき来たばかりです。えっと……人魚をお探しのようですけど、セガルさんには人魚のことが見えるんですか」

青年は頭の深紅の帽子を指差した。

「僕は普通の人間だけど、妖精は見ることができるんだ。この魔法の帽子のおかげでね」

見れば特殊な繊維で編まれた帽子の表面に、緑色の魚の鱗《うろこ》が光沢を放っていた。

「リリから……恋人からもらったんだ。僕が探しているのは彼女……恋人の人魚さ」

■

「私には将来を誓った人がいます」

頭から水を掛けてやると文字通り、水を得た魚のように人魚の乙女《おとめ》は元気を取り戻した。すっくと上半身を起こし、青い髪の上に羽根の付いた深紅の帽子を被《かぶ》り直した。すると、どうだろう。脚代わりの尾鰭《おびれ》が石畳の上に数インチだけ浮いたのだ。

「メロウのリリと申します。この度は危ないところを救っていただきありがとうございます」

魔法でも見ているのだろうか。人魚がぷかぷかと海の中を漂うように空中を泳いでいるのだ。

メロウがマーメイドやマーマンと同じく人魚の一種だということはウィルでも知っている。しかし、身体が乾くと死んでしまう人魚が陸《おか》に上がって、しかも空中を泳いでいるとは。

「これは私たち、メロウに伝わる魔法の帽子《コホリン・ドゥリュー》です。これのおかげで私たちは陸と海を行き来することができるのです。人間が被《かぶ》ると、妖精が見えるようになります。でも、あなたは《コホリン・ドゥリュー》がなくとも私の姿が見えるようですね」

話を聞いてみると、危険を押してまで彼女が陸《おか》に上がったのは、どうやら恋人を探すためのようだ。それも同じ人魚の恋人ではない。人間の恋人だ。

「私と彼が出会ったのはあの碧《あお》い海の上でした」

別に尋ねたわけでもないが、リリは恋人との馴《な》れ初《そ》めを勝手に語り始める。それは波の穏やかな日の出来事。波間に漂いながら恋の歌を謡《うた》う彼女をセガルという漁師の青年が――引き揚げた。気付いたら、彼女は刺し網《あみ》にかかって水揚げされていたそうだ。ニシンと一緒に。

「凛々《りり》しくも憂いを秘めたあの瞳……私たちはお互いに一目惚《ひとめぼ》れしました。それからも何度か私たちは同じ場所で会い、互いの心を交わしてきました。種族は違えども互いを想《おも》い、愛する心は同じ。そう信じてきました。しかし、私たちの愛は試練の時を迎えました」

どこかで聞いたことのある話にすごく似ている気がする。

「私たちは誓いました。一緒に結婚しようと。でも、人魚の仲間たちが……長老が反対しました。人魚は人と結ばれることはない……私たちの間ではそう言い伝えられてきました」

ぷかぷか、と器用に尾鰭《おびれ》を動かしながら、ずっとリリが一人で喋《しゃべ》っている。今日は随分と女の長話に付き合わされる一日だとウィルは思った。

「言い伝えなんて関係ない。私はセガルと結婚したい。私が本当に愛しているのは彼なの！　だから周りになんて言われようと私、彼と駆け落ちすることにしたんです。いつも二人で愛を語らった海辺で落ち合おうと約束して……。なのに、なのに……私……私の馬鹿！　馬鹿！」

リリが泣き出すので、ウィルも困ってしまった。

「私……急に怖くなってしまったんです。昔、人間と恋をした人魚は結局、裏切られて海の泡になったそうです。そう思ったら、私、彼のこと、信じ切れなくなって……行けなかったんです……約束の場所に。彼、きっと傷付いたわ。私……彼のこと裏切ってしまったんです！」

また泣き出したのでハンカチを差し出した。リリはちーん、鼻をかんで落ち着いた。

「私、自分が許せないんです。彼を傷付けてしまった自分が」

「そう思うなら、今からでも約束の場所に行けばいい。確かに約束の時間に恋人が来てくれなかったら傷つくかもしれないけど、でも、話したら分かってくれるんじゃないか」

「それが……私も行ったんです。後で約束の場所に。でも、そこにあいつが現れたんです！」

あいつ、とは。ウィルはめちゃくちゃになった通り沿いの商店に目をやった。

「ケルピー。人間を海の中に引き摺《ず》り込んでしまう凶暴な水棲《すいせい》馬の妖精です。きっと、おじいさまの差し金に違いありません。そのケルピーが海を出て、地上に現れたのを私は見たんです！　きっと、セガルのこと、狙っているに違いないです！」

この街の惨状も、そのケルピーが恋人の青年を探し、暴れ回って引き起こしたものだというのだ。かなり危険な猛獣が町中に解き放たれたと同じ。さすがにこれは放っておけない。

「分かった。これ以上、街を滅茶苦茶《めちゃくちゃ》にされても困る。とにかく君の恋人を探そう！」

泣いてばかりの妖精の少女に笑みが戻る。その喜怒哀楽の表情は本当に嘘《うそ》を吐くことを知らないのだろう。その純粋な笑顔は少しだけビビに似ていると思った。

■

——約束の時間になっても、愛する人は現れなかった。海を望み、青年は嗚咽《おえつ》する。

「……やっぱり、人間と人魚。結局は結ばれない運命だったのかもしれない」

セガルがそうビビに語る。青年は楽しい恋人との日々を思い出しては、行き場のない悲しみに打ちひしがれる。暮れかけた夕日が石畳の上に二人の細長い影を描いていた。

「えっと……セガルさん。元気を出してください」

「正直に言うとね、少しは期待していたんだ。彼女が僕の方を選んでくれるって。美しい人だった。僕は舞い上がっていたのかもしれない。……せめて最後に一度だけ彼女に会いたい。そして、お別れの言葉が言いたいんだ。でも、海には彼女の姿はなかった……」

切ない恋の物語。ここまで聞いて、ビビは放っておけるタイプではない。どうにかして彼に立ち直ってもらいたかった。だから、鞄《かばん》の中から彼女の《恋愛のバイブル書》を取り出した。

「夏夜《ヴァルプルギス》の囁《ささや》き」。暗記するほど何度も読み返したその本のお気に入りのページを広げた。

序盤のシーン。深い森の湖畔で出会ったティターニアに青年シシリアスが愛の言葉を伝える。最初のうち、ティターニアは人間の男などに目もくれなかったが、捧《ささ》げられる情熱的な言葉にその乙女《おとめ》心は揺れ動く。〝女優〟ビビアン・カンタベリーは台本を手に、颯爽《さっそう》と立ち上がる。

「ああ、シシリアス。この胸の中に潜む気持ちはとても不思議なもの。嫌い、嫌いとあなたを呪えば呪うほど、私の胸は締め付けられていくの。シシリアス。あなたが猟犬のように私を追えば追うほど、私の胸の中はあなたのことしか考えられなくなるの」

ビビアンは更にページをめくる。お次はシシリアスの台詞《せりふ》だ。

「美しきティターニア。今、私は君の魔性の毒に侵されている。その毒はいずれこの命さえも蝕《むしば》む劇薬！　それでも甘美な君の微笑《ほほえ》みのためならこの命を燃やし尽くすことに躊躇《ためら》いはない」

ティターニアの高い声から、今度はトーンを落としてシシリアスになり切る。なかなかの名演技だ。それを観客であるセガルは石畳の観客席からきょとん、とした目で見ている。ビビは台本を閉じると、一度、「こほん」と軽く咳払《せきばら》いをした。

「ティターニアは言ったわ。愛を簡単に諦めてはいけない。愛はしがみついて、摑《つか》み取《と》ってこそ輝くものだと。ねえ、セガルさん、あなたの彼女への気持ちは本物ですか？」

青年は黙っていた。ただ、その目は夕日に染まる石畳の上の影絵を見詰めていた。

「私、思うの。諦めちゃいけないって。本当に彼女を大切に思うなら尚更《なおさら》。たぶん、彼女はあなたが追いかけてきてくれるのを待っているのよ、きっと！」

一つ一つの言葉に力を込める。本当は恋も愛も自分だって知らないのだけど。でも、今まで幾度となく読み返した大好きな物語の——「夏夜《ヴァルプルギス》の囁《ささや》き」の登場人物たちが言うのだから、きっと正しいに違いない。恋も愛も自分には一生、手の届くことができない煌《きら》びやかな舞台の上の話だと、ビビは知っている。それは決して比喩《ひゆ》ではなく、逃れることのできない呪いとして。

だから、目の前で演じられる恋の劇に悲しい終幕を迎えてほしくないのだ。観《み》たいのは批評家に予定調和《ワンパターン》と罵《ののし》られようと、みんなが幸せになる大団円。シシリアスとティターニアがお互いのことを忘れて別の恋人とくっつくとか、そんな結末の恋愛劇などあってはならないのだ。

だが、その時だ。聞こえたのは何かが崩れ去る大きな音と、「ヒヒーン」という馬の叫び声。蹄《ひづめ》が石畳を蹴り、人混みを裂くように巨大な影が現れる。人々が次々と弾《はじ》き飛《と》ばされ、街路樹が薙《な》ぎ倒《たお》され、それでも暴れ馬は止まらない。いや。あれは馬などではない。

青白い肌に首筋から海藻のように縮れたタテガミが風に揺れる。大地を蹴る蹄《ひづめ》は二本しかなく、本来あるべき後脚の代わりに生えていたのは大魚を思わせる立派な尾鰭《おびれ》だった。そう、それはまさに〝馬版〟の人魚といった風体《ふうてい》。そのあり得ない姿の化け物は黄昏《たそがれ》の街並みを走り、だが同時に潮風の中を泳いでいた。その化け物が真《ま》っ直《す》ぐこちらへ飛び込もうとしていた。

「いけない！　ケルピーだ！　畜生、僕のことを追ってきたんだ！」

セガルはすぐにその場から逃げようとしたが、空中を自在に泳ぐ妖精ケルピーを振り切ることなど不可能だった。魚鱗《ぎょりん》を纏《まと》った尾鰭《おびれ》が大地を蹴ると、魚が水面に跳ねるように巨大な体軀《たいく》が空中に躍った。そして蹄《ひづめ》で風を掻《か》き回《まわ》し、大砲の砲丸の如《ごと》く一直線に青年の背中を襲った。

風を押しつぶして迫ってくるその巨軀《きょく》を防ぎようもなく、セガルは道路の上に弾《はじ》き飛《と》ばされた。ビビは咄嗟《とっさ》に青年に駆け寄って抱き起こす。ケルピーは器用に空中を旋回し、更に青年に追い討ちをかけようとする。しかし、そこにフライパンを持った英雄が前に現れた。

「ポロ！」

小柄のブラウニーが鉄のフライパンで馬の横《よこ》っ面《つら》を叩《たた》いた。鉄は妖精にとって共通の弱点でもある。不意の一撃を食らったケルピーは仰《の》け反《ぞ》り、釣り上げられたニシンのように石畳の上でのたうち回った。その隙を逃す訳にはいかない。ビビは青年の手を取った。

「今のうちに逃げましょう！」

「す、すまない……。足がやられた」

最初の一撃で彼は足首を捻《ひね》ったようで、自分では立ち上がることもままならなかった。ビビが肩を貸し、二人で何とか細い路地を奥へと向かう。だが、二人が目指すその先に見えたのは海と港。逃げ場はなかった。再び起き上がったケルピーが猛烈な速度で滑空し、背後から追い上げる。鞭《むち》のように撓《しな》った魚の尾がビビとセガルを石畳の上に容赦なく叩《たた》き付《つ》けた。

青い水棲馬《すいせいば》は再び耳をつんざく咆哮《ほうこう》とともに、上体を真《ま》っ直《す》ぐに起こす。ビビの眼前に巨大な体躯《たいく》が屹立《きつりつ》する。野性的でかつ強圧的なその姿に圧倒され、少女はただ恐怖するしかない。

半魚の馬がにっ、と口元を緩ませる。無抵抗な餌を見つけた時の笑みだ。垣間《かいま》見えたその歯は草を食《は》む馬のものというよりは、寧《むし》ろ鮫《さめ》や狼《おおかみ》を連想させる鋭い歯牙《しが》だった。ビビの首筋に生臭い吐息がかかる。その鋭い牙が剝《む》かれ、彼女は死をも覚悟した。だが、その瞬間だ。

「この駄馬！　ビビから離れろ！」

横から割り込んだ影がケルピーに飛びつき、その化け物を地面に押し倒した。

「え……？　ウィル！　どうして？」

倒れた馬の上に文字通り、馬乗りになったウィルは何かに取り憑《つ》かれたように、ひたすらその顔面に拳を叩《たた》き付《つ》ける。双方ともに怒りに満ちた形相で威嚇し合い、ケルピーの牙の先がウィルの腕を引《ひ》っ搔《か》く。袖の先から血が滴《したた》る。それでも、ウィルは臆すことなく拳を重ね続ける。

「こいつ！　ビビに傷一つでも付けてみろ！　馬刺《バニーノ》しにして食ってやる！」

ケルピーは尾鰭《おびれ》を地面に叩《たた》き付《つ》けると、高く空中へと跳ね上がった。逃がすものか。両腕でウィルは馬の首に食らいつく。しかし、ケルピーは真っ直《まっす》ぐ海へ飛び込もうとしていた。しまった、と気付いた時には既に遅い。ウィルはまんまと海の中へと引き込まれたのだ。

元々、陸の上はケルピーのテリトリーではない。海中でこそ半魚の怪物の真価が発揮されるのだ。夏前とはいえ、海の水は異様に冷たい。一瞬で身体の感覚が鈍磨する。押しつぶされるような水圧に為《な》す術《すべ》もなく、ウィルは海の奥深くまで引き摺《ず》り込まれようとしていた。

「ウィルさん！　ケルピーの弱点はタテガミです！　タテガミを鉄の櫛《くし》で切ってください！」

追いかけて海に飛び込んだメロウの女が叫ぶのが辛《かろ》うじて聞こえた。しかし。

――櫛《くし》なんか持っているわけないだろ！

ウィルはケルピーの首にしがみつくので必死だった。目の前にゆらゆらと何かが揺らぐ。それはワカメにも見えた。ただ無我夢中にその海藻を片手に握って思い切り引き抜いてやった。

「けぇぇぇぇぇぇぇぇぇ！」

ケルピーが絶叫した。タテガミを引き抜かれた痛みとは相当なものなのか。暴れ馬は水中で狂ったかのようにもがくと、そのまま海の底へと逃げ去っていった。

気付くとウィルは石畳の上に寝かされ、すぐ目の前にビビの泣《な》きっ面《つら》があった。

「ウィルぅ！　死んじゃ嫌だよぉ！」

リリが陸まで引き揚げてくれたのか。びしょ濡《ぬ》れの胸に飛び込む少女の頭を片手で撫《な》でた。

「別にオーバーな。このくらいで死にはしない。まあ、びしょ濡《ぬ》れで風邪《かぜ》は引きそうだけど」

「うう……でも。どうしてウィルがここにいるの？」

「それはこっちが聞きたいくらいなんだけど。街中でケルピーが暴れるのを追っていたら、ビビがいたから驚いたな。正直、俺は人魚の彼女とさ、恋人を探している途中だったんだけど……」

そう言って、ウィルは向こうの岸壁に並んで座る男女の後ろ姿を見守った。仲睦《むつ》まじく肩を寄せ合う二人に割って入ることはできなそうだ。これで一件落着……だといいのだけど。

「……ごめんなさい。セガル。私は弱かったの。あなたの愛が信じ切れなくて、急に怖くなったの。だから、どうしても約束の場所に行けなかった。でも、今なら決心がついたの。だから今度は私から言わせて。お願い。私を連れて行って。あなたと一緒に。この世界の果てまで！」

「リリ。泣いちゃ駄目だ。僕だって君に謝らないといけないんだから。僕も君の愛を一度は疑ってしまったんだ。だから、僕の方こそ君に許してほしい」

そう言って青年は人魚の細い手を取り、彼女の指に小さな指輪をはめた。

「それでも、君さえ良ければ、これからも僕とずっと一緒にいてほしいんだ」

リリの顔が紅潮する。何だかすごくベタなような気もするが、ハッピーエンドならそれで構わない。隣では感動の涙を流したビビが、拍手をして二人の恋人を祝福している。

「『夏夜《ヴアルプルギス》の囁《ささや》き』みたい！　うん、愛の物語の最後は大団円って決まっているんだから！」

ビビの言う通り。これでめでたしめでたしといけば、これほど幸いなことはない。けれども

やはり、終幕《カーテンコール》にはまだ早かったようだ。不意に海面が持ち上がり、水飛沫《みずしぶき》を散らして何者

かが姿を現した。またもやケルピーだった。それも一匹だけではない。十数匹、彼らは次々と

陸に上がると即座にウィルたちを取り囲む。続いて今度は魚鱗《ぎよりん》を全身に纏《まと》った厳《いか》つい男たちま

でが海から姿を現した。

「そこまでじゃ！　リリ！　人間の男と駆け落ちなんぞ認めぬぞ！」

ケルピーとともに陸へ這《は》い上《あ》がり、恋人たちを包囲するのはリリと同じ人魚《メロウ》。その一団の中

に白髭《しらひげ》を生やした老齢の男が一人、杖《つえ》をつき、怒りを込めた視線をリリとセガルに向けていた。

「長老！」

「言った筈《はず》だ。我々、人魚と人間は相容《あいい》れぬ存在。共に生きることなどできぬ。リリ、お前は

若く、恋なんぞというものに浮かれているだけだ。いいか、お前の見ている愛はまやかしに過

ぎぬ」

老人らしい偏屈な決め付けに、当然ながらリリは反発する。

「そんなことないです！　長老！　私と彼の愛は決して、まやかしなどではありません！」

しかし、長老を含めて周囲を取り囲むメロウの男たちは聞く耳を持たない。夕闇の空を泳ぎ

ながら、ケルピーたちが一斉に雄叫《おたけ》びを上げた。それは明白な脅迫だった。

「逃げようなどと思わぬ方がいい。我らが同胞を拐《かどわ》かした罪は重いぞ、人間。まあ、殺しはせぬよ。ただ二度と帰っては来られないほど、どこか遠くの海まで捨てさせてもらうだけだ」

その一言にリリが青ざめる。事実、足を挫《くじ》いたセガルでは満足に逃げることもできない。これだけの数のケルピーを相手にして無事で済む訳もなく、ウィルは覚悟を決めた。その時だ。

「あなたたち、止《や》めなさい！」

リリとセガルを庇《かば》うように、ビビがメロウたちとの間に割り込んだ。

「何のつもりだ！　フェアリーテイルの娘。邪魔立てするというのなら、容赦せぬぞ！」

一匹のケルピーが彼女の目の前に飛び込んで威嚇する。慌てて今度はウィルがビビの前に割って出ようとしたが、それを当の本人が拒んだ。

「大丈夫、大丈夫だから。ウィルはそこで見ていて。私なら大丈夫」

路銀が尽きて行き倒れかけたりするほど世間知らずの田舎《いなか》娘が、何が大丈夫だというのか。大丈夫じゃないから、自分はいつもこんな風にやきもきさせられているというのに。

しかし、当の少女は自信満々に深呼吸し、その見えぬステージへと登壇する。

「種族の違いがなんだというのだ！　身分の違いが何だというのだ！　諸君らは実につまらない、些細《ささい》なことにこだわって、いったい、この短い命の中で何を得ようとしているのだ！」

声を低くして、まるで男のような口調で高らかに言い放つ。彼女を取り囲む妖精たちは皆、目を丸くして驚いている。だが、この中でウィルだけは、それが何であるのかを知っていた。

「諸君らは本気で誰かを愛したことはあるか。大事なのは身分ではない。種族でもない。私が彼女を愛し、彼女が私のことを愛していると言ってくれたことだ。それ以外のものは、ただ人を惑わす邪悪な幻影にすぎぬ。さあ、今ひとつ、諸君らに警告しておこう」

ビシッと右手を突き出し、メロウに向かって指を差す。宣戦布告、とでも言うかのように。

「外野は黙っていただこうか。仕来《しきた》りも伝統も、この固い覚悟に何の障害となろうか。私は彼女を愛するということが一点の曇りもないように、我が道を阻《はば》もうとする者を討ち滅ぼすという決意もまた、いささかの揺らぎもない。さあ。我が覚悟を耳にしたところで、名乗り出る者はいないのか。群れなければ、想《おも》いさえも貫くことのできぬ臆病者共！　さあ、今一度、ここで宣言しよう！」

――「夏夜《ヴァルブルギス》の囁《ささや》き」第五章第二場。国王よりティターニアへの愛を咎《とが》められたシシリアスが王とその家臣たちの前で啖呵《たんか》を切るシーンだ。

身体の細い少女が腹の底から吐き出す言葉には何か魂のようなものが込められていた。少なくとも、この場にいる全ての者たちがそう感じていた。その気迫に獰猛《どうもう》なケルピーさえもたじろぐ。ビビは続ける。気迫に満ちた名演技で、最後の台詞《せりふ》を。

「人の恋路を邪魔する奴《やつ》は馬に蹴られて死んでしまえ！」

彼女の言葉にはやはり、何かの力が宿っているのかもしれない。取り囲むケルピーたちの群れがすごすごと身を引いていく。メロウの男たちも動揺して浮き足立つ。だが、長老だけはそんな中でじっと目を閉じて、瞑想《めいそう》にふけっているように見えた。

「ごめんなさい。おじいさま。私、いつまでも子供じゃないの。自分が好きな人も、一生を添い遂げる人も私が決めるわ。後悔なんかしない。自分の決めたことだもの。だから見ていて、おじいさま。私が大人になるところを！」

リリはセガルの頬に両手を当てた。言葉を交わさずとも、この先のことはお互いに分かっている。気持ちを確かめ合うのに言葉なんていらない。目と目で見つめ合うだけでいい。

どちらからともなく、リリの唇とセガルの唇とが重ねられた。静かに、けれども、見ている方の身体が火照《ほて》ってしまうほど情熱的に。唇と唇が貪《むさぼ》るように互いを求め合う。

他人の接吻《せっぷん》なんて見たこともないので、ウィルは思わず顔を背けてしまった。ビビは顔を真っ赤にして見惚《みと》れている。周りのメロウたちも大概、似たような反応だった。

皆が見ている前で、二人は愛の誓いを立てる。誰もその間に割って入ることはできない。その時だ。彼女が頭に被《かぶ》っていた羽根帽子が光り出す。『コホリン・ドゥリュー』と呼ばれる魔法の帽子が放つ眩《まばゆ》い光と共に彼女の身体に変化が起こる。下半身に纏《まと》う鱗《うろこ》がぽろぽろと零《こぼ》れるように落ち、同時に尾鰭《おびれ》が二股に裂けて、彼女の脚は見る見るうちに人魚の尾から人間の脚へと姿を変える。

彼女が完全な人間になった時、その魔法の帽子は消えてなくなっていた。一部始終を見届けたメロウたちは肩を落とし、次々と海に引き返す。その後をケルピーたちも追う。気付けば老人一人を残して、人魚の集団は綺麗《きれい》さっぱり姿を消していた。長老が深く溜息《ためいき》を吐いた。

「リリや。こんなものを見せられてしまっては、もう何も言うことなどない。よいか、リリ。お前はもう人間の男と契《ちぎ》りを交わした。もう人魚の世界《われわれ》に戻ることはできん」

「おじいさま。私は元よりそのつもりです。私は帰る気はありません」

きっぱりと言い放たれた決別の言葉。結婚とはつまり、独り立ちを意味する。もう彼女は子供ではない。生まれ育った故郷を離れ、この先は愛した人とともに添い遂げるしかないのだ。

「お前の決めた道だ、リリ。何処《どこ》へとでも行くがいい。たとえその先にどんな結末が待っていようと、今の自分の決断を後悔するようなことはあってはならぬぞ」

その言葉は怒りか激励か。長老は最後にセガルを一瞥《いちべつ》すると少しだけ頬を緩め、海に飛び込んで消えていった。そして、静かに謡《うた》う潮騒《しおさい》だけがその場に残された。

「さあ。行こうか。リリ。きっと僕たちなら幸せな家庭を築ける」

セガルがリリの手を握る。人間となったメロウが幸せそうな笑みで握り返す。最後にウィルたちにお辞儀をすると、その二本の脚で地面を踏みしめ、そのまま去って行った。そして、夕暮れの闇に沈みかけた港でとうとう残されたのはウィルとビビだけになってしまった。嵐のようにやって来て、嵐のように去って行った騒動の後で、二人ともしばらくは呆然《ぼうぜん》として、水平線の向こうに落ちていく太陽を静かに見守っていた。

そして、どちらからともなく、二人とも喧嘩《けんか》中だったことを思い出す。

「あ、ビビ」「あ、ウィル」

声が重なる。どうしていいか分からず、二人して少し慌てる。そしてもう一度、意を決す。

「ごめんなさい！　ウィル！」「ごめん！　ビビ！」

また声が重なる。また今度も、二人とも少し驚いて、お互いの顔を見る。

「何で、ウィルが謝っているの？」「ビビが謝ることなんてないぞ」

さすがに可笑《おか》しくなって、お互いの顔を見ながら笑った。

「いや。俺さ、一人でイライラしていて。思わず、ビビに当たったんだ。なんか、ちょっと格好悪いよな。だけど、ビビさえ良ければ、あの……その……。さっきのこと許してくれないか」

頭を下げると、ビビが慌てる。

「や、やめてよ、ウィル。悪いのは私なんだから。ウィルがイライラするのだって分かるよ。あの……私、見たの。日記。悪いとは思ったけど。ウィルが書けなくなったのって、妖精に盗まれたのが原因なんでしょ。なのに私。無責任にウィルを傷付けるようなことを言って……」

「別に知らなかったのなら仕方がない。それより俺たちも暗くなる前にさっさと町に戻ろう」

ウィルが手を伸ばす。その手を握り返そうとして、ビビは少しだけ躊躇《ちゅうちょ》した。そして、胸に手を当てて、意を決したように口を開く。

「あの……笑わないで聞いてくれる？　私って、『夏夜《ヴァルプルギス》の囁《ささや》き』が好きでしょ？　私があの話が好きなのはね、ティターニアが好きっていうシシリアスの気持ちと、シシリアスのことが好きっていうティターニアの気持ちがとても澄んでいて綺麗《きれい》だから。でもね、私自身はね、そういう気持ち、本当はよく分からなくて。ただ、そういうものに憧れているだけなんだと思う」

神妙な面持ちで何を言い出すかと思えば。「恋に恋する乙女《おとめ》」とも言うくらいだ。恋を知らなくても誰だって、恋物語には夢中になるものだ。「初恋もまだです」なんて、ビビくらいの年頃の女の子ならみんな、恥ずかしいと思うのかもしれない。けれども幸いというか、ウィルはそういうことには無頓着《むとんちゃく》なので、それがおかしいこととは全く思わない。

「別に笑うような話じゃない。人それぞれだろ。無理に他人と自分を比べることもないさ」

しかし、ビビは悲しそうな顔で首を横に振る。ウィルは自分がまた知らず知らずのうちにビビを傷付けたのではないかと慌てた。何しろビビくらいの年頃の少女は皆、精緻《せいち》な硝子《ガラス》細工のように傷付きやすいから――。

「そうじゃないの。私はね、たぶん、この先。ティターニアの気持ちも、シシリアスの気持ちも本当のところで分からないまま、そうやって死んでいくと思うの」

――死ぬまで？　何をオーバーな。恋愛に奥手なのは分かるが、さすがにそこまで悲観することもないだろう。何しろ人生はこの先、長いのだから。

「あ。私の説明が悪かったね。最初にちゃんと言わなきゃ、分からないもんね」

敢《あ》えてここまで核心に触れず口にしなかったのは、まだ心のどこかで踏ん切りがついてなかったからなのかもしれない。小さく息を吸って吐いて。彼女はようやく自分の秘密を吐き出す。

「私が妖精に盗まれた大切なものってね……えっとね。恋……をする心なの」

ウィルは目を見開いて、ビビを見た。苦しい作り笑いで、これ以上、暗い雰囲気にならないように頑張っているのが分かる。聞き返すウィルにビビが答える。

「私が盗まれたのは、誰かを好きになったり恋をしたりする心。だから、私は死ぬまで誰かを好きになったり、恋したりすることはないの」

「……何で俺に教える？　本当はそんなこと、喋《しゃべ》りたくないからずっと黙っていたんだろ？」

「私だけウィルの秘密を知っているのってフェアじゃないでしょ。それに——」

その後の言葉は敢《あ》えて言わなかった。彼女が言おうとしていたのは、口にするのも憚《はばか》られるようなことかもしれないとウィルは勝手に思いを巡らす。たとえば、そう——。

《私はあなたのこと、好きにならないから、あなたも私のことを好きにならないでね》

今、彼女が言おうとしているのはそういうことではないのだろうかと、ウィルは思いを巡らす。

「……ウィルは笑わないの？　だって変だよね。恋をできない女の子が、恋のお話に夢中になるなんて可笑《おか》しいでしょ？　私だって分かっているんだ。すごく滑稽《こっけい》なことだって」

「……笑うもんかよ。ビビが苦しんでいるのにさ。俺だって分かるし。自分の中の大事なものがある日突然なくなる苦しさが。俺は。正直、死のうと思っていたんだ。雪の多い町まで行けば、凍えて楽に死ねるとか本気で考えていたんだ。見事に今まで生き延びているけどな」

「ウィル……行っちゃやだよ」

ウィルの上着の裾をビビが摑《つか》んだ。ウィルが独りでどこかに行ってしまわないように。

「……行かないさ、どこにも。今は独りじゃないもんな。それはビビもそうだろ？」

「うん……私だって前は息をするのも辛かったよ。勿論《もちろん》、自分で死のうだなんて思わなかったけど。でも、やっぱり生きるのが辛かったし苦しかったよ。けど、今は生きていて良かったってすごく思うんだ！」

何故《なぜ》、と尋ねるとニヤリと、口元《くちもと》をだらしなく緩ませた。

「生きていたら美味《おい》しいもの、いっぱい食べられるし！　あーあ。おばあちゃんのアップルパイもいいけど、『馬の尻尾亭《しっぽてい》』のあのフリカッセももう一度食べたいなぁ……」

「……ああ、そうか、そうか。そうだよな、その方がビビらしいもんな」

相変わらずの食い意地に呆《あき》れる。が、ちょうどいいタイミングでぐぅと、二人の腹の虫が鳴るものだから、二人してお腹《なか》を抱えて笑い合った。

「じゃあ、何か食いにいこうか。お嬢さん、何かリクエストは？」と訊《き》いたら、待ってましたと言わんばかりに勢いよくビビが答えた。

「お魚料理！」

四月二十日（木）　ビビ
昨日は色々あって疲れちゃったね。リリさんとセガルさん。あの後、どうしたんだろう。やっぱり、愛し合う二人で駆け落ちとか憧れちゃうなー。二人以外に誰も入り込めない、みたいな？　幸せになってほしいよね、やっぱり！
幸せになれるよね……？　ティターニアとシシリアスみたいに。

四月二十日（木）　ウィル
うん、まあ。そう信じたいよな。でも、未来のことなんか、誰も分からないし。人の気持ちだって、すぐに変わってしまうものだと思う。

四月二十一日（金）ビビ
えー。ウィルってば、相変わらず冷めているなー。愛し合う二人が二人きりなんだよ！　幸せじゃないわけないよ！　だって、そうじゃないと。そう信じないと、私。救われないよ。何のために一生懸命になっているか分からないよ。
やっぱり最後はみんなが幸せになる大団円じゃないとね。いつか私にも来るといいな。

第三幕　運命を告げる女　――バンシー

あの頃はいつもあの子と一緒だった。

ビビの故郷は初夏を迎えると小麦畑が金色に燃え盛った。まるで王様やお姫様を迎えるのに家来たちが敷く黄金の絨毯《じゅうたん》みたいに。夏の薫りを漂わせながら、その中を走ると自分もお姫様になったような気持ちがした。自分の背丈よりも高くそびえる麦穂《むぎほ》の中にあの子と一緒に隠れては、大人たちが自分を探す姿を見てクスクスと笑っていた。

小麦畑を見渡す小さな丘があった。そこが二人のお気に入りの場所だった。

「ねえ、ビビ！　待って、待ってよ！」

ゆさゆさと二股に束ねた髪が揺れる。それは麦穂《むぎほ》と見分けが付かないほど綺麗《きれい》な黄金色だった。触るとシルクの糸のように優しく、指先を流れる。あの綺麗《きれい》な髪がビビは羨《うらや》ましかった。

二人で丘を上ると、自分たちの村が一望できた。とは言っても、小麦畑と古い教会、そして小さな孤児院しかない村だったけど。彼女はとても手先が器用で、丘一面に生えた白詰草《しろつめくさ》を摘むとその茎をつなぎ合わせて小さな花冠をつくってくれた。

「ほら、ビビに似合うよ。わぁ。まるでお姫様みたい！」

「そうかな、そうかな。えっへへっへっへ」

照れて笑って、今度はその花冠を同じように目の前の少女の頭に載せる。

「ほら、似合っているよ。うん。綺麗《きれい》なお姫様みたい」

「ビビがそう言ってくれるなら嬉《うれ》しいな。私に優しくしてくれるのビビだけだから……」

僅かに俯《うつむ》く少女の手をビビは握った。

「大丈夫だよ。私たちはずっと友達だよ！」

その言葉に少女が笑う。彼女が自分だけに見せてくれるこの世界で最も美しい笑顔——。彼女の優しさが、美しさが自分だけに向けられている。とても大切な人を独占できるなんて、自分はなんて幸せ者なのだろうと、あの頃の自分は本気で思っていたものだ。

「ねえ、ビビ。おばあさまと一緒にエディンバラの劇場に行ったんでしょ？」

「ごめんね……私だけ。ああ、二人一緒だったらもっと楽しかったのに！」

「それは仕方ないよ。ビビはフェアリーテイルのおばあさまの仕事の付き添いで行ったんだし。それならお話だけでも聞かせて、エディンバラの劇場。どんなお芝居をやっていたの？」

「王都で人気の『夏夜《ヴァルプルギス》の囁《ささや》き』の舞台！　とても素敵だったよ！」

少女の前でビビはティターニアとシシリアスの物語を一人二役で演じて見せる。

「そう、その時！　シシリアスは王様の前で宣言するの！　愛に種族は関係ない……ってね。格好よかったなぁ。シシリアス！　彼はね、王様から聖剣をもらうと、ティターニアのために妖精王オベロンと戦うの。こうやって剣をバサーって振るって。すっごく格好いいんだから！」

「……そうなんだ」

興奮気味のビビとは対照的に、この日の彼女は終始、元気もなく俯《うつむ》きがちだった。

「どうしたの？　あ、ひょっとしてこの話。つまんなかった？」

「ううん！　そうじゃないの！　そうじゃ……。ただ、いい台詞《せりふ》だなって思って……」

「愛に種族は関係ないというところ？」

少女が頷《うなず》く。ビビは彼女の横に座りもう一度、その感触を確かめるようにその手を握った。

「大丈夫だよ。私たちはずっと友達。大丈夫。大丈夫だから……」

その言葉をお互いに言い聞かせるようにして繰り返した。

やがて日が暮れかけた頃、二人は丘を下る。麦畑に挟まれて小さな清流が集落を横断している。僅かに聞こえるせせらぎが心地よい涼しさをもたらしてくれる。その小川の上に架けられた石組みの橋を渡る。深紅の夕日が石畳の上にかかり、血のような赤が空に広がっていた。

今にして思えば、それは裏切りの夕日の色だった。その鮮烈で残酷な色の光景は今でも悪夢として胸の奥深くにまで刻まれている。裏切りの色。今も夕日を見る度に思い出す。

「ビビ。……ごめんなさい」

橋の上で少女が立ち止まる。そして振り向くと、その両手でビビの細い腕を逃げないように掴《つか》み、唇を強引に奪った。ただ一瞬の出来事だった。

ねえ。どうして。どうして。こんなことをするの。私たち、友達でしょ。

そう問い掛けるべき口は今、完全に塞がれている。口から口へと感じる甘い吐息。互いの唾液が艶《なま》めかしく、口腔《こうこう》の中で混ざり合う。

——ずっと、ずっと。私たち、友達だって……そう言ったよね？

答える人はいない。その日、少女は彼女の前から去り、癒えない傷痕だけが残された。

四月三十日（日）

「ほら、ビビ。着いたぞ。起きろってば」

馬車の座席でぐーすかぴーすか、寝息を立てるビビをウィルが身体を揺すって起こそうとする。ほっぺに涎《よだれ》を垂らし、乙女《おとめ》にあるまじき醜態を晒《さら》している。ウィルは溜息《ためいき》を吐いた。

「うへっへっへ……もお、食べられなぁいよぉ」

「……何が『うっへっへ』だ。おっさんか。ロスリンだぞ。君の故郷なんだろ」

「うへへへ……うわあ、アップルパイの匂いがするー」

確かに、言われてみれば少しだけ風に甘い薫りがする。別にパイをどこかで焼いているわけではないのだが、花の蕾《つぼみ》と生い茂る緑の匂いをたっぷり含んだこの季節特有の風が、そんな風に感じさせるのかもしれない。

「お客さーん。もう着いているんで、早く下りてください」

御者《ぎょしゃ》に注意されてしまった。仕方なくビビを背中に負ぶり、ウィルは馬車を降りた。

予《あらかじ》め、ロスリンという小さな村がどんな場所かと言うことをビビに聞いていたので覚悟はしていたが、確かに何もない場所だ。草原のように広がる青い麦畑とそれをつなぐ細い農道。村を横切る小川に、古い教会。見えるのはそれだけだ。しかし、だ。そもそも話がまるで違うではないか。ビビは見栄《みえ》を張ってエディンバラの隣村だとか主張していたが、その実、ちっとも隣なんかではなかった。安い駅馬車の固い座席で長時間、座り続けるのは結構、しんどかった。

さて、これからどこへと向かおう。肝心の水先案内人《ナビゲーター》が爆睡中なので、どうにも困ってしまった。まあ、どこに行っても麦畑しかないのなら、どこに行っても同じだろう。たまには何も考えずに歩いてみるのもいい。隣で無口なブラウニーが困り顔をしながら付いてきている。

「なあ、ポロ。お互い、心労が絶えないよな」

こくりと、ポロが頷《うなず》く。喋《しゃべ》らないだけでこいつはこいつで、かなりの正直者だ。

「うへっへっへ。アップルパイ、お腹《なか》いっぱい食べるのが夢だったんだぁ」

これは、今起こしたら逆に恨まれかねない。背中に負んぶするビビは、本人には言えないが、そこそこの重量だ。荷物も一緒に担《かつ》いでいると、結構きつかったりする。汗の粒が頬を伝って地面に滴《したた》り落《お》ちる。まだ昼前だと言うのに、照りつける太陽が熱い。二週間前まで雪の中で凍えていたというのに、陽射《ひざ》しだけは随分と駆け足で夏を迎えようとしていた。

「そうは言っても、明日は五月祭《メイフェア》か。そりゃあ、暑くもなるわけだ」

と、いうことは、今夜は《ヴァルプルギスの夜》。ウィルは一人で自嘲気味に笑った。

古来より季節の変わり目でもある《ヴァルプルギスの夜》は神秘の夜だと言われてきた。この日に丘の上で、妖精の踊り《フェアリーダンス》に加わると自由がきかなくなり、次の年まで踊り続ける羽目になるという。インチキ臭い言い伝えだが、フェアリーダンスの形跡は結構、色々なところで見つけることができる。妖精たちがいるという丘に時として、キノコが丸い円を描いて連なるように生えていることがある。これを古い人は妖精たちが踊った跡——つまり、フェアリーサークルだと考えたのだ。しかし、いくつかの種類のキノコは放射状に菌糸を伸ばして成長し、こうした「菌輪」をつくることは現代では多くの人が知っている。

それはともかく《ヴァルプルギスの夜》は古く、生者と死者の境が曖昧《あいまい》になる時間だとも言われた。その死者の魂を追い払うため、あちこち大きな篝火《かがりび》が焚《た》かれるのだ。そして、その神秘の夜が終わると、いよいよベルティナ——つまり、暦が夏へと入っていくというわけだ。

五月祭《メイフェア》にはイチジクとサンザシの枝でつくった飾りを家の前に飾り、男女が喜びのダンスを踊るのが定番。とは言っても、こんな小さな村でそんな大きな祭りがあるのかは知らない。

蘊蓄《うんちく》はさておき。ポロがウィルの裾を引っ張って、東の方角を指差した。あちらへ行けという意味だろうか。案内されるままに、乾き切った土の道をウィルは進んだ。

そして、少し変わった場所を見つけた。土色の煉瓦《れんが》に嫌でも目立つ赤い屋根の屋敷《やしき》。敷地《しきち》と農道を隔てる壁も柵もなく、きゃっきゃっとした幼い子供たちの声が響き渡る。木から吊《つ》り下《さ》げられたお手製のブランコや広場の端にある砂場に子供たちが群がり、夢中になって遊んでいる。二階建ての屋敷《やしき》の前には物干し竿《ざお》に吊《つ》るされた白いシーツが風に靡《なび》いている。

ここは何だろう。疑問に思ったその時。前から大きな洗濯籠を担《かつ》いだ少女がやって来た。

「ひょっとして、ビビ……？　ビビじゃないの？」

ビビの知り合いらしいが、当の本人はウィルの首元に涎《よだれ》を垂らしている。

「さすがにそろそろ起きろ、ビビ」

「ふぇ……アップルパイ……両手いっぱいのアップルパイが消えていく」

目をこすりながら、惰眠を貪《むさぼ》る眠り姫様がようやく目を覚ます。

「おはよ。ビビ。相変わらずお寝坊さんね」

「ふぁ……夢でも見ているのかな、私。ミレイの顔が見える」

と言って、また目を閉じて夢の中へと落ちていく。呆《あき》れ顔の少女は何かを思いついたように屋敷《やしき》に駆け足で戻ると、今度は鉄の鍋とおたまを手に持って現れた。

「あのですね、お兄さん。この子はいつもこうしないと起きないんですよ」

少女は鍋とおたまをガンガンと銅鑼《どら》のように打ち鳴らす。透き通るような初夏の青空に無骨な金属音が響く。思わず耳を塞ぎたくなるような大音量。さすがの眠り姫も二度寝はできまい。

「朝よ！　ビビアン！　十秒以内に起きてこなかったら、おやつのアップルパイ、抜きよ！」

「きぇぇ！　おばあちゃん、それだけは勘弁をぉぉお！」

奇声を上げてビビがウィルの背中から跳ね起きた。なるほど、これは効果覿面《てきめん》だ。

「おはよう、ビビ。久しぶりね」

「ほへ？　何でミレイがここにいるの？　うん？　ここ、どこ？」

ビビは寝ぼけた目で周囲をきょろきょろと窺《うかが》う。

「どこって、あなた。自分が生まれ育った場所を忘れちゃったの？」

「え？」と呟《つぶや》いて、赤い屋根の建物を見上げる。

「あ、アップルパイ！」

目が覚めても、どれだけ食い意地が張っているのか、とも思ったが、入り口に立て掛けられた小さな看板を見て納得した。『アップルパイ孤児院』とそこにはあった。

「あ……ただいま」

「はい。お帰りなさい。あ、そちらのお兄さんも。えーと……」

「ウィルソンです。ウィルって呼んでいただければ」

「申し遅れました。私、ミレイと言います。一応、この孤児院の院長代理ということになっています」

その肩書きを聞いて少し驚いた。ビビとそれほど歳《とし》も変わらないように見えるが、それに見合わぬ落ち着いた大人の雰囲気を醸《かも》していた。確かに立場が人をつくるともいう。

「私もここの孤児院で育った者ですから。ビビはご覧の通りですし、ここでは私が年長者なので小さな子たちの面倒を見ているだけです」

「ねえ、ミレイ？　なんか、引っかかる言い方しなかった？」

「そんなことないってば。ほらほら、入って入って！　みんな！　ビビお姉ちゃんが帰ってきたわよー！」

ミレイの声にブランコや砂場で遊んでいた小さな子供たちが一斉にこちらを振り向いた。そして、間髪《かんはつ》いれずに「わーい」と、まるでヌーの大群のように大挙し押し寄せた。

「ビビだービビだー」「おばかのビビだー」「食いしん坊のビビが帰ってきたー」

子供は実に正直者だ。ビビも随分、好かれている。精神的に近いというのもあるのかもしれない。ビビが子供たちと戯《たわむ》れているのをウィルは遠くから見守るつもりだった、が……。

「おい、この兄ちゃん、誰だ。ビビのこれかー」と、七、八歳の少年が中指を立てた。たぶん、小指を立てるのが正しいのだろうが、彼は意味を分かっていないのだろう。

それに続いて四歳くらいの女の子が引っ付いてきて「肩車してー」とせがんできた。それを見ながら、ミレイが両手を合わせてこちらに何かを伝えるジェスチャーを見せる。それは「ごめんなさい」なのか「お願いします」なのか分からないが、とにかくウィルはそのまま、子供たちに連行されて鬼ごっこの鬼役をやらされた。その後は、小さな女の子たちに袖を引っ張られて、ままごとに強制参加をさせられた。

「じゃあねーウィルちゃん。赤ちゃんの役ね」と四歳くらいの女の子に言われた時には、どう反応すればいいのか困った。すると、今度は後ろから年上の男の子たちに引っ張られる。

「なあ、兄ちゃん。ままごとなんてつまんねぇだろ。こっち、来いよ」と、ぼろぼろになったフットボール用のボールを押しつけられる。立ち上がろうとすると、今度は女の子の方が、涙ぐんだ目でウィルのことを見るから困ってしまう。そこへビビが助け船を出す。

「ウィルはね、運動音痴だから。無理よ、無理」

そう言って、ウィルからボールを取り上げると、右脚で大きくボールを蹴り上げた。空高く跳ぶボールを少年たちが声を上げて追いかける。

「ね?」と、ビビが振り向きざまにウィルにどや顔を見せつける。ウィルは少し悔しかった。

それから日が高くなるまでの二時間程度。とにかく、子供たちにくたくたになるまで引《ひ》っ掻《か》き回《まわ》された。日頃、運動とは無縁のウィルには拷問に等しかった。幸いにも、ミレイの「ご飯よー」という一声でヌーの群れは屋敷《やしき》の中へと大移動し、ウィルたちはようやく解放された。

「ああ。子供と遊ぶのって結構、体力を使うんだな……」

「ははは！　ウィルって体力ないんだなー。そんなんじゃ、厳しいこの世界を渡り歩くことはできないよ！　ほら、見てよ、私を！　まだまだ全然、力が有り余っているよ！」

ビビは上機嫌にその場でぴょんぴょんと、飛び跳ねてみせた。ここにもう一人、随分と大きな子供がいるみたいだと思ったが、敢《あ》えて口にはしなかった。

なるほど、ビビはこんな場所で育ったのか。ここの経営者は余程の人格者だと確信した。というのも、いまのご時世、全ての孤児院が子供にとって良い場所だとは限らないからだ。王都では「救貧院」という貧しい人たちを養い、自立できるよう支援する施設がある。だが、福祉施設とは名ばかりで実際にはかの有名な「バスティーユ監獄」と並び称されるほどの悲惨な場所だ。浮浪者を収容するための牢獄《ろうごく》と言えば分かりやすいか。そんな訳で、救貧院の傘下《さんか》で経営されている孤児院も相当に酷《ひど》いものだと聞いている。劣悪な環境で十分な食事も与えられず、そればかりか二束三文で子供を売り飛ばす施設まで出てくる始末だ。

「いい所じゃないか。ビビの育った場所は。小さな子供が笑っていられるんだから。でも、この世界。そう簡単じゃない。王都の子供はみな路上でかびたパンを売ったり、煙突掃除人の親方の元で毎日煤《すす》だらけになったりして。みんな生きるのに必死で笑っている暇なんてない」

幼くして母親を亡《な》くしたウィルはしかし、孤児院に入れられることも煙突掃除の仕事を強要されることもなかった。それはほとんど会ったこともない父親から経済的な援助を受けていたおかげではある。その点では多少の感謝はあるが、それだけだ。父らしいことを何かしてもらった記憶はない。そればかりか、父の子であることを公言することも禁じられている。それが経済的な庇護《ひご》を受けるための条件。要は親子であることを金で口止めされているのと同じだ。

「この孤児院はね、おばあちゃんが建てたの。それで身寄りの無い私たちを引き取ってくれた恩人。だから、私、おばあちゃんにはすごく感謝しているんだ」

「おばあちゃんって……フェアリーテイルだったっていう……」

ビビは頷《うなず》いて、両手を背中の後ろに組んで立ち上がった。

「うん。すごい人だったんだよ。キッパーヘリングさんと同じくらい有名なフェアリーテイルで、領主様や村長さんも何かあると、みんな、おばあちゃんの所まで相談しに来ていたんだよ。しかも教会の司教様まで！　フェアリーテイルを一番、目の敵《かたき》にしているはずの教会が！」

世俗の領主と教会権力が後ろ盾にあるのだ。この孤児院に経済的な余裕があるのもきっと、そのおかげなのだろう。この辺りの地方は割と最近まで人々が妖精の存在を信じていた……というのも大きいかもしれない。まあ、それはつまりはど田舎《いなか》ということなのだが。

「そうか……尊敬できる人だったんだな」

「そうだよ！　おばあちゃんは私の憧れの人。私もおばあちゃんみたいなフェアリーテイルになるんだ。ああ、おばあちゃんが元気なうちにもっと話を聞いておけばよかったなぁ……」

聞く限り、そのおばあちゃんからはフェアリーテイルとしての心構えも知識もろくに教わらなかったのだろう。教えを受ける前に先立たれてしまったのかもしれない。だから、ビビはわざわざキッパーヘリングの下に弟子《でし》入りをしようとしたのだろう。

「二人ともー食事できているわよー」

屋敷《やしき》からミレイが声を掛ける。ちょうどお腹《なか》も空いたところ。これも誰かさんのおかげで重いものを背負って重労働させられたせいだ。屋敷《やしき》に入ると、子供たちと一緒の背の低いテーブルに慎《つつ》ましやかな豆のスープが一皿置いてあった。隣でやんちゃ坊主《ぼうず》がウィルたちの分も失敬しようと、こっそり手を伸ばそうとしているところだった。「こら、ジーモ。止《や》めなさい」と、ぺちんとミレイが小さな手を叩《たた》く。賑《にぎ》やかそうな食卓で何よりだ。

「ねえ、ねえ。ウィルちゃんとビビって、どういう関係なのー？」

席に着くと早々に、一緒にままごとをやったお母さん役の女の子が正面から切り込んできた。

「こいびとー？　二人は愛し合っているのー？」

子供だから悪気はないのだろう。しかし、その言葉はビビの心を間違いなく傷付けるものだ。ウィルがビビの恋人であるはずがない。ビビにかけられたある種の呪い――それ故に彼女は生涯、誰も愛することができない。ミレイも子供を相手に怒るに怒れず、どうしようかと困っている様子だったが、肝心の本人はけろりとしていた。

「もう。ラーニャもしばらく見ないうちにおませさんになったんだねー。でも、残念。二人ともそんな関係じゃありませーん」

別に動揺した様子もなく、さらりと言い放つので、それはそれでウィルは少し傷付く。

「そうだよ。ラーニャ。ビビに恋人ができるわけないだろ！　ビビのぺちゃんこおっぱいなんて好きになる奴《やつ》なんていないないだろ！」

……子供を実に伸び伸びと育てる教育方針、大いに結構。けたけたと笑うやんちゃ坊主《ぼうず》の手の甲にビビが本気でフォークを刺そうとしたので、ウィルが止めておいた。

「じゃあ、じゃあ。二人はどんな関係なのー？」

ラーニャは目を輝かせて、答えを聞くまではこうして食い下がるつもりでいるらしかった。

「フェアリーテイルとその助手だよ！」「できそこないのフェアリーテイルとそのお守《も》りだな」

二人して、声が揃《そろ》ったのは「フェアリーテイル」の部分だけだった。

「ひ、ひどーい！　ウィルってば、私のことをそういう風に思っていたんだ！」

「ビビこそ何だよ、助手って。俺、そんなもんになったつもりはないんだが……」

「じょ、助手でしょ！　どう見ても！」

「あのさあ。助手だったら、ビビが雇用主ということになるよな。助手にお給金を一銭も払わないどころか、食費も旅費も全部支払わせる雇用主ってどうかと思うぞ？」

ぐ、ぐぬぬぬ……と、口を歪《ゆが》ませるビビの隣で男の子と女の子がひそひそ話をしている。

「ねーねー。こういうのって、なんて言うんだっけ？」

「紐《ひも》って言うんだろ？　いや、綱だったっけ？」

「違うよーカネヅルって言うんだよー」

やんちゃ盛りの子供たちにかかれば、大人なんて誰も彼も、ただの玩具《おもちゃ》にしか過ぎない。年《とし》端《は》もいかぬ子供たちにすっかり手玉に取られて、ビビの顔は今にも噴火の寸前だった。

「ねえ、ビビ。お墓にはもう行った？」

さすがミレイ。何ともいいタイミングで話題をすり替えてくれたのをウィルは感謝した。

「ううん。まだだけど……」

「それなら、これから子供たちを昼寝させて、こっちも手が空くから。そうしたら、ウィルさんと一緒に行ってきなよ」

——そうか、子供たちはこれから昼寝の時間なのか。助かった。助かった。本当に……。

「え？　いいの？」

「別に気を遣わなくてもいいわよ。だって、久しぶりに帰ってきたんだし。顔くらい見せてあげなきゃ、でしょ？」

「それもそうかな。うん、分かった。行ってくるよ」


青い穂が風に揺らぐその先にちょっとした小高い丘があった。途中でビビは綺麗《きれい》な花を二、三本摘むと、その丘の上へとウィルを案内した。村を一望するように、小さく切り出された石碑がそこかしこに地面から生えていた。そこには一人一人の名前と死んだ年が刻まれていた。古くからこの場所にあるこの村の墓地なのだろう。しかし、ビビが歩いていくのは、見晴らしのいいその場所から更に奥。人目を避けるかのように、林を抜けた先にあった。

やはりそこも墓地だった。しかし、その場所には墓石が一つだけぽつんと、誰も身寄りもないように寂しく立っているだけ。墓石に刻まれた名前も、死んだ年もない。風化したのではなく、最初から何もそこには刻まれていなかったのだ。死者として最低限の尊厳さえも軽んじられているようにしか見えない。ビビは何も語らず、その名もなき墓の前に花を手向《たむ》けた。

「えへへ。ごめん、久しぶりだよね」

その言葉に返答する者は誰もいない。ただ草木を揺らす風よりほかは。

「私、フェアリーテイルになったんだよ。……まだ見習いっていうか、駆け出しだけどね」

墓石に向かい両手を合わせて、ビビは静かに瞼《まぶた》を閉じる。ウィルも連られて手を合わせる。

「ここに私の大切な人が眠っているの」

頬をさする微風《そよかぜ》のように穏やかな声でビビは言った。ウィルは敢《あ》えて尋ねず、頷《うなず》いた。

「私がフェアリーテイルになったのもこの人のおかげ」

摘んだばかりの花びらが風に揺れる。彼女の大切な人――。それは両親かそれとも。

「あのさ。ウィルもいつかは私を置いてどっかに行っちゃったりするのかな」

不意に口にする彼女の言葉にウィルは虚を衝かれた。何をいきなり言い出すのかと思えば。

「さあ。どうかな……そんな未来のこと分かるわけないだろ」

別に二人、夫婦でもなければ恋人でもない。友人だからといって一生、添い遂げるものでもない。彼女の言葉がとても重かった。しかし、ウィルは名前のない墓石が目の前にあることを思い出して思わず、自分が不用意に口にした軽々しい言葉を後悔した。

「ふふ。ウィルってば、やっぱり正直者だよね。でも、裏切られるよりそっちの方がいいかな」

――裏切り、と彼女は言った。その言葉がナイフのようにウィルの胸を深くまで抉《えぐ》った。

「す、すまない。もう少し、言い方を変えればよかった」

日記に文字を書くのと違って一度、言ったことはもう取り消せない。これだから自分は人と上手《うま》く接することができないのだ。今までもこれからも。そんな自分をビビは赦《ゆる》してくれた。

「別にいいんだよ。でもさ、それなら少しくらい私の昔話に付き合ってくれてもいいかな。うん、別に私が話したいだけ」

それは言うまでもなく、この墓に眠る名前の無い人のこと。そして、彼女を裏切り、彼女の前から姿を消した人のこと。聞いて楽しい話ではないことくらいは想像もつく。

「ここに眠っている人がね、私から《恋する心》を盗んだの。ちょうど、三年前にね」

――え。思わず、ウィルは言葉を失った。

ウィルがリャナンシーに才能を盗まれたように、ビビにも恋心を盗んだ者がいるはずなのは分かっていた。しかし、その犯人がまさかもう墓の中で眠っているとは思いもしなかった。

「ケイと私はね、幼なじみだったんだ。ちょうど同じ頃にこの孤児院に引き取られて、歳《とし》も同じだったからずっと一緒に育ってきたんだ。とっても可愛《かわい》いツインテールの子。あまり、自分の思っていることを口に出すタイプじゃなかったけど、私のことを一番に理解してくれた」

まるで実の姉妹みたい、と誰かに言われたこともあった。しかし、ビビもケイも、姉妹というよりはもっと血を濃く分け合った双子だと互いに思っていた。身体も二人で一人。食事の時もお風呂《ふろ》の時も、夜寝る時も一緒にベッドで手をつないだ。このまま、永遠に自分たちの心と体が分かたれることはないと信じていた。

「でもね。一つ、私たちには違うことがあったの。ケイは人間じゃなかった。妖精だったの」

■

――ニンフという妖精は一見すると、人間と見分けがつかない。しかし、その容姿は人間よりも美しく、時として人と恋をして子供をもうけることも昔からあった。その生まれた子は人間ではなく妖精となり、大概は悲惨な運命を辿《たど》る。妖精と人との間の子は周囲から歓迎されなかった。人々は妖精が悪さをすることを恐れ、親から引き離すとその子供を殺してしまうか、どこか山奥へと捨ててしまうことが多かった。ケイもまた、そうやって親から引き離されたニンフの娘。それがフェアリーテイルのいる孤児院に引き取られたことは幸運なことだった。

妖精と言ってもニンフのように普通の人にも見えて、人間社会の中でごく自然に暮らしていく者はそう珍しくない。同じ孤児院に引き取られたビビとケイが仲良くなるのは自然な成り行きだった。だが妖精の少女にとって、人の中で暮らすことは幸せなことばかりではない。

いつだったか、使い古しの農具で〝武装〟した大人たちが孤児院に押しかけたことがあった。

「ばあさん。いくらフェアリーテイルでも、妖精の子供を匿《かくま》うのはやりすぎなんじゃねぇか」

お鍋の兜《かぶと》を被《かぶ》った男が脅すようにエマンサー――ビビたちのおばあさんに言った。

「つい先日もこいつの家の子が麻疹《はしか》にやられてな。妖精の子供が病気を振《ふ》り撒《ま》いたんじゃないかって、村の連中が怯《おび》えているんだ」

言い掛かりにも程がある。だが、時代から取り残された小さな村だ。しかも今では珍しいフェアリーテイルがいて、村の中を本物の妖精が歩いてさえいる。悪い意味で古くからの考え方を引《ひ》き摺《ず》ったこの特殊な小集落では、妖精は人に仇《あだ》をなす存在だとなお強く信じられていた。

その場では何とかエマンサがやり過ごして事なきを得たが、ケイは部屋の奥で震えていた。

「ねえ、ビビ。あなたは大きくなったら何になりたい？」

その夜。棒が二本並んでいるみたいに、ビビとケイは小さなベッドで身を寄せ合った。

「私？　うーん。やっぱり、おばあちゃんみたいにフェアリーテイルになりたい」

「そうかぁ。ビビは偉いなぁ。将来のこととか、しっかり考えているんだから」

「そんなことないと思うけどなぁ。ケイはないの？　大人になったら何になりたいとか」

「私かぁ……ないかな。私には。未来なんて」

ケイの肩が震えているのがビビには分かった。昼間の出来事を引《ひ》き摺《ず》っているのだ。言いしれぬ将来への不安、そして自分の過去の境遇に対する行き場のない悲しみと憎しみ。ただでさえ、孤児院の子供は白い目で見られる。加えて、集団の中で異物でしかないケイは村の誰からも忌《い》み嫌《きら》われる存在。知らない子から石を急に投げられて怪我《けが》したことだってある。

一緒に語れる未来なんてない。きっとケイはそう思っていたに違いない。だからビビはそっと、彼女の手を握った。安心してよ、私はここにいるよ、とこの身体で彼女に伝えるために。

「それならね、ケイは将来、私のお嫁さんになればいいよ！」

子供ながらどこまで本気だったのか。自分でもよく分からないが、とにかくずっとずっと、ケイと一緒にいたいという思いだけは本物だった。当然、ケイは面食らった様子でこちらを見る。当たり前だ。女の子同士で結婚だなんて、と。

「すると、ビビがお婿さんになるの？　うーん、ビビがお婿さん……似合わないなぁ」

「えーそうかなー」

「うん。似合わないよ。ビビが私のお嫁さんになった方がいいって！」

そうきたか、とビビは少しだけ嬉《うれ》しかった。少なくとも、二人きりでいられるこの時間だけが、外の世界の嫌なこととかを忘れさせてくれる。ケイがビビの手をぎゅっと握り返す。

「一緒だよ。ずっと。私とビビは。えーっと……『私の半身はあなたの半身』」

「『あなたの半身は私の半身』」

「で、この後、シシリアスは何てティターニアに言うんだっけ？」

「『この身は二人で一つ』」

「『死がこの身を引き裂くまでは』」

最後の台詞《せりふ》は二人、声を揃《そろ》えて吟じた。そして顔を見合わせ、くすくすと笑い合う。

　しかし、その身が引き裂かれる日はそれからすぐに訪れることになる。

　それは初夏の夕暮れだった。この日もいつものように二人で丘に上って遊んだ。その帰りに
ふと、ケイが橋の上で足を止めた。

「ねえ。前にビビ、私のお嫁さんになってくれるって言ったよね。あ、お婿さんの方だっけ」

「うん。でも、どうしたの。急に」

「ずっと一緒だよね。私たち。この身は二人で一つ」

「うん。一緒だよ、ずっとずっと。私たちは」

「ねえ。ビビ。私のこと、好き？」

「うん。好きにきまってるでょ。でも、急にどうしたの」

「……私のことが好きなら。今から私があなたにすることも赦《ゆる》してくれるよね」

　その答えを返す前に、ケイの唇はビビの口を塞いでいた。彼女が何をしようとしているのか、曲がりなりにもフェアリーテイルを志しているビビには分かった。

「ビビ。……ごめんなさい」

　最後に彼女の声を聞いたのはその一言。ビビはそのまま気を失い、その場に倒れ込んだ。それだけならまだ良かった。しかし、運の悪いことにその瞬間を数人の村人に見られたのだ。

「あの妖精の餓鬼！　孤児院の子供を襲ったぞ！」

　ケイの足元にビビが倒れているのを見れば、誰だってそう思うに違いない。ケイがその場で

弁解をすることもなく逃げ出したことが、事態を更に最悪の方へと動かすこととなった。逃げるということは自らの罪を認めているのも同然。少なくとも村の大人たちはそう考えた。

逃げる獲物を追いかけるのは狩人《かりうど》の本能でもある。すぐに村人総出の山狩りが始まった。

ビビが目を覚ました時、すでに孤児院のベッドに寝かされていた。外傷もないし、具合が悪いこともない。しかし、エマンサがベッドの横でビビに連れ添い、ずっと涙を流していた。

「ごめんなさい。ビビ。私がもうちょっとしっかりしていれば……」

その涙の意味をすぐに理解することはできなかった。それからしばらくして、ビビは二つの過酷な事実を突きつけられる。心の中に何か抜き取られたように、ぽっかりと大きな穴ができているのは自分でも漠然と感じられた。その正体をフェアリーテイルであるエマンサが伝える。

「ビビ。ケイがあなたから盗んだものは……いい？　落ち着いて聞いてね。あなたのね、恋をする心なの」

意味が分からなかった。恋をする心を盗む？　そんなことを言われたって、今まで自分は誰かに恋とか愛をしたこともない。ないものを盗めるわけがないではないか。

「いえ、そうじゃないのよ、ビビ。これはね、これから将来、あなたが誰かに出会って恋をして、愛し合って結婚して、子供を産むのに必要なものなの。ビビ。あなたはこれから死ぬまで、誰かのことを本気で好きになることはないの。あの子が盗んでいったのはそういうものなの」

そんなことを言われて飲み込めるわけがない。それに盗まれたと言っても、ケイならすぐに返してくれるはずだ。ビビはまだ楽観的だった。これはケイのちょっとした悪戯《いたずら》に違いない。

　しかし、エマンサの言葉がビビの希望を一縷《いちる》の望みすらもなく、無惨《むざん》に引き裂いた。

「ケイは……亡《な》くなったわ」

　その時。ビビは自分の世界が壊されて、真っ暗闇の中に堕《お》ちていくのを感じた。こんな冗談を優しいおばあちゃんが言うだろうか。ケイが、ケイが死ぬわけない。だって、ずっと一緒だって約束したではないか。ケイが約束を破るわけがない。自分のことを裏切るわけがない。ビビは生まれて初めて、エマンサの言葉を突っぱねて、外へと飛び出していた。

　雨が降っていた。本当なら夏至《げし》の前に降る雨は恵みの雨だ。大きく実った麦穂《むぎほ》に大粒の雨《あま》雫《しずく》が染《し》み込む。けれども、今はただただ、恨めしいほどに冷たい。

「ケイ！　ケイ！　出てきて！　私、全然、怒ってないよ！　だから出てきて！」

　地面を叩《たた》く雨音が鼓笛隊の打ち鳴らす大演奏のように空に響き渡る。風はますます冷たくなって、ビビから体温を奪う。指先が凍り付くように感覚を失いつつあった。

「ケイ！　ケイってば！　どこ！　出てきて！　約束したでしょ！　ずっとずっと、一緒だって！」

　丘の上を目指して走った。けれども、そこにも彼女はいなかった。ただ。白詰草《しろつめくさ》が咲き誇る中に、ケイがつくってくれた花冠が無造作にそこに落ちていた。きっと何人もの人に踏まれた後なんだろう。花はぐちゃぐちゃに潰されて、この雨の中でみすぼらしく泥だらけになっていた。ようやくビビは、もう彼女がこの世にいないことを悟った。

「ケイ！　ケイの嘘《うそ》つき！　…………裏切り者！　死ぬまでずっと一緒だって言ったじゃない！」

花畑の上に突っ伏すとただひたすら、嗚咽《おえつ》した。地面を跳ね上がる雨に泥だらけになりながら。涙も雨と一緒に流れて、泥の中に吸い寄せられていった。

後から知った話だ。ビビを襲った後、ケイは村人たちに追われ続け、最後は追い詰められて逃げ場がないと知ると、自ら崖の底へと飛び込んだらしい。

ケイの遺体とは結局、ビビは対面することもなかった。エマンサが最後まで会わせてくれなかった。その彼女の遺体も最初、村人たちはそのまま野晒《のざら》しにカラスの餌にでもしようとしていたらしい。それをエマンサが必死に説得して、同情的な数人の村人が彼女のための墓を掘ってくれたのだ。そして、名前のない墓石を立てることだけが許された。

■

「あ、お帰りなさい。二人とも。あ、そうだ。おばあちゃんに会っていく？　最近は少し体調も良くなってきているから」

孤児院に戻ってすぐにミレイが出迎える。

「うん、勿論《もちろん》、会うよ！　おばあちゃん、私が大きくなって驚くかなー」

「別に対して大きくなってないでしょ」

と、いうやり取りを聞きながら、ウィルはかなり驚いていた。

ビビたちのおばあちゃんって、もう亡《な》くなっているものとばかり——。二人に聞かれないよう一人、ぼそっと呟《つぶや》いた。だいたい、ちゃんと説明しないビビも悪い。確かに彼女はおばあちゃんが死んでいるなど、これまで一度も喋《しゃべ》ってはいなかったが……。

「あ、ウィルさんはおばあちゃんのこと、ご存知ないですよね。名前はエマンサ・アールグレイ。若い頃はそこそこ有名なフェアリーテイルだったみたいです。歳《とし》をとってからはこの孤児院を立てて、私たちを引き取ってくれました。でも、もう随分な歳《とし》ですから。今はもう部屋から出てくることもほとんどなくなりましたが……」

小さな屋敷《やしき》の二階の奥にエマンサの部屋はあった。ミレイがとんとん、とドアをノックする。返事はないが、ミレイは構わずドアを開ける。

小さな寝室だ。開け放たれた窓から春と夏の境目の風が吹き込む。古びたベッドで半身を起こす老婆の姿があった。ドアの音に反応して一瞬、こちらを見るがそれ以上の反応はない。ビビはベッドの傍《かたわ》らまで歩み寄って、耳打ちするように挨拶する。

「おばあちゃん、久しぶり」

けれども、エマンサの反応は不自然なほど悪い。手塩にかけて育てた我が子も同然の少女が久しぶりに会いにきたというのに。どこか焦点の合っていない瞳がビビの顔を覗《のぞ》き込《こ》む。

「あれ、どちらさまだったかしら？」

「もう、やだなー。私だよ、ビビだよ。ビビアン・カンタベリー」

「まあ、ミーサなの。随分と大きくなったわね」

「もう、おばあちゃんったら。ミーサは昔、飼っていた猫の名前でしょ？」

「猫？　ああ、そう言えば知っているかしら。この前、軒下にいた母猫に子供が生まれたのよ」

「うん、そうなの。じゃあ、赤ちゃんにミルクをあげないとね」

「まあ、こうしてはいられないわ。雨が降るわ。雨が降ったらみんな流されてしまうわ。大変」

「大丈夫、大丈夫。今日は雨なんて降らないよ。こんなにいい天気なんだもの」

「あら、そう。で、あなた、どちらさま？」

支離滅裂。やりとりを聞いていて、ビビの気持ちを考えると胸が張り裂けそうだった。

「おばあちゃん……もう自分の名前も覚えていないんです」

「……いつからですか？」

「二年くらい前から徐々に。私たちのことが分からなくなったのは一年前から。ビビがフェアリーテイルの仕事を継ぐんだって言い出したのもこの頃でしたね」

老年による認知症も昔は一律に妖精の仕業だと考えられてきた。妖精に記憶を盗まれたのだと言われたが、医学も進んだ今、そう考える人はほとんどいない。盗まれたわけでもないものを取り返すことはフェアリーテイルにもできないのだ。

「ねえ。おばあちゃん。私ね、おばあちゃんと同じフェアリーテイルになったんだよ」

「おお、そうかい。そうかい。ミーサはいい子だね。お腹《なか》は空いてないかい？　クッキーでも食べるかい？　おや、おかしいね。ここにあったはずなのにね……」

言葉だけを聞いていると、とても優しそうなおばあちゃんだ。しかし、現実に目の前にいる老婆は窓辺にある植木鉢に手を伸ばしてそれをひっくり返そうとしている。放っておけば、土の塊をクッキーと勘違いして食べてしまいかねない。だから予《あらかじ》め、ビビが植木鉢を取り上げる。

「ありがとう。おばあちゃん、いっぱい、クッキー食べたよ。相変わらず、おばあちゃんの焼いてくれたクッキーはおいしいよね。アップルパイも。私、いっぱい、いっぱい食べたよね」

彼女の頬に細い涙の筋が流れるのをウィルは見た。

「そうね、おいしかったのね。よかったわ。えーっと……」

「ミーサ。ミーサだよ」

「ええ、そうだったわね。かわいいミーサ。もっと、その顔を見せておくれ。ミーサ。あなたはどこから来たのかしら」

ミレイがウィルの手を引いた。一旦、この部屋から出ようということだ。ビビが泣く顔をウィルに見せまいとしたのだろう。部屋を出てドアを閉めると、二人の会話はもう聞こえなくなった。あのドアの向こうでビビは嗚咽《おえつ》しているのだろうか。ウィルはまるで自分のことのように胸を締め付けられる気がした。

自分を育ててくれた人が、自分の最も尊敬する人が、ある日突然、自分のことを忘れてしまったら。そして、自分の言葉はもうその人には届かない。永遠に。

言葉は支離滅裂で、思考回路の歯車は噛《か》み合《あ》ってすらいない。大概の妖精とはそもそも会話が成立することすら難しい。雪山で出会ったカリャッハ・ヴェーラのように。それでも意思疎通を図るのがフェアリーテイルの役割で、つまり、何が言いたいかと言うと、今のビビにとっては育ての親と会話するということは、妖精と話をしているのと一緒なのだ。

エマンサがビビの名前を忘れた日。ビビは何を思い、フェアリーテイルになろうと決意したのだろう。ひょっとしたらビビは妖精を通しておばあちゃんと話がしたかったのかもしれない。

「ごめんなさい。ウィルさん。変なところを見せてしまって……」

「いや、それは別に……。寧《むし》ろビビのことを少し知ることができました」

「そうですか……。あの、私が口を挟むような話ではないと思いますが……その……ビビのことをよろしくお願いします」

ミレイがウィルに頭を下げる。逆にそれでウィルは困ってしまった。「ちょっと、変わったところもある子ですけどね」と付け加える。ウィルも思わず、笑ってしまった。

「ちょっと、どころじゃないですけどね」

「ふふ。そうですね。あの子。昔から私たちには見えないものが見えているみたいで。だからちょっと羨《うらや》ましいと思ったこともあるんですけどね」

「妖精が見えることが？」

「ええ。ほとんどの妖精は私たちには見えない。もちろん、中には普通の人にも見える妖精もいるわけなんですけどね。ケイみたいに……」

――ケイ。ビビから恋心を盗んだ妖精の少女。かつてはミレイたちと一緒にこの孤児院で暮らしていた。立ち入ったことを聞くことは憚《はばか》られた。しかし、ウィルは知りたかった。

「ケイは……どうして、ビビのことを裏切ったんですか」

――裏切った。その言葉が正しいのかも分からない。しかし、彼女がビビから大切なものを盗んでいったことは確かだ。案の定、ミレイは困った顔をしていた。

「ビビが喋《しゃべ》ったんですね……でも、ごめんなさい。私たちにもよく分からないんです。どうして、あんなことになったのか。どうして、あの子がビビを裏切るようなことをしたのか。だって、二人はいつも一緒で、本当に一心同体だったから。ウィルさんは自分の右手が左手を裏切ってナイフで刺すとか、そういうこと、想像できます？」

ミレイもなかなか極端な例え話を持ち出してきたものだ。でも、言いたいことは分かる。

「二人ってそういう関係に見えたんです。だから、あんなことがあって、私たちもすごく混乱したんです。周りの何も知らない大人たちはケイが妖精だから、簡単に人間のことを裏切るんだって言っていました。それが私、すごく悔しくて」

ミレイが声を落とす。

「本当にそう思う？　妖精だからケイはビビを裏切ったんだって……」

「……私には分かりません。きっと、おばあちゃんは何か知っていたと思います。でも結局、ビビにすら何も話さないまま……」

もう、エマンサが真実を語ることはないだろう。だから、誰も何も分からないまま記憶は風化していき、心の傷と、大切なものを永遠に失った少女だけがこの世界に取り残され続ける。

しかし、絶望はそれだけでは終わらないのだ。

『死んだ妖精からは盗んだものを取り返すことはできないんだよ』

名前のない墓の前でビビは昔話の最後にそう言った。彼女は知っているのだ。自分が無くしたものは、もう二度と取り返すことのできないものだと。世界は実に残酷だ。失ったものはもう元には戻らない。でも、それなら彼女は何のためにフェアリーテイルになろうと思ったのか。

でも、少し分かる。ウィルが文才を失っても四年間欠かさず日記を書き続けたように、ビビにも抗《あらが》いたい気持ちがある。だから簡単に諦めたりしたくはなかったのだろう。それに――。

「たぶん……本当は盗まれたものを取り返すというのは二の次なんだと思います。ビビはただ知りたいだけなのかも。ケイが自分を裏切った本当の理由を」

ミレイの言葉が夕闇に溶けて消える。死んだ人に尋ねることができないなら、自分であちこち探して答えを見つけるしかない。彼女がフェアリーテイルになった理由も本当はその答えを見つけるためなのかもしれない。すでに子供たちの歓声も静かになる時間。あれだけ騒々しかったのが嘘《うそ》のように、今では風が葉っぱを揺らす音も静寂の中で良く聞こえる。

「うえん。うえん」

……そっと耳をそばだて、やっと聞こえるほどの声。外で誰かが泣いているみたいだ。

「いけない。誰か、外で泣いているみたいですね」

「……え、本当ですか。ウィルさん。私には何も聞こえませんが。誰かしら」

階段《かいだん》を下り、玄関から外へと出る。周囲を見渡して、ミレイが「何も聞こえませんが」と首を傾げる。しかし、ウィルの耳には聞こえた。どこかで女の人が嗚咽《おえつ》しているのを。

うえん。うえん。うえぇぇぇん。

「ミレイさん。聞こえないんですか？」

ミレイは頷《うなず》く。不思議なものだ。これだけはっきりと声が聞こえているというのに。園庭の片隅に、大きなブナの木があった。その大きな枝からはロープで小さなブランコが吊《つ》るされていた。子供たちに人気の遊び場所だ。そのブナの根元に、女性が一人、蹲《うずくま》っていた。

目に付いたのはその人の格好。葬式の帰りなのか、真っ黒い喪服を纏《まと》い、肩までかかったその長い髪はぼさぼさに乱れている。ベールで顔を半分覆ってはいるが、とても若い人のようだ。ウィルたちが近づいても、構わずずっと泣いている。きっと大切な人が亡《な》くなったのだろう。

「あの……どうしました？」

声を掛けたが、黒衣の女性は振り向きもせず、相変わらずおんおんと泣いている。こういう時はそっとしておいてあげた方がいいのか。でもこんな場所で泣かれると、子供たちもびっくりすると思うし……さて、どうしたものか。ミレイと相談しようとも思ったが、しかし。

「どうしたんですか、ウィルさん。そこに誰かいるんですか」

さすがに冗談で言っているわけではなさそうだ。本当にミレイの目には、目の前の彼女の姿が映っていないのだ。それならつまり、考えられる可能性は一つしかない。

「ウィルー！　ミレイー！　誰か泣いているの？　怪我《けが》でもしたの！」

大声で今度はビビが走り寄る。ブランコから誰か子供が落ちたのだとでも思ったのか。そして、木の根元で蹲《うずくま》る女性を見て、目をぱちくりとさせる。

「えっと。この人は……どなた？」

「俺に聞くなよ」

それでも女の人は泣き続けている。泣くことが自分の存在意義だと主張するかのように。

「ねえ……二人とも私をからかっているの。誰もいないじゃない」

少し不機嫌そうにミレイは屋敷《やしき》へと戻っていく。そして、その場に残された二人は顔を見合わせる。間違いなく妖精だ。見てくれは人間そのものだから、すぐには分からなかった。しかし、泣いてばかりの妖精とは……。そうしているうちに、黒衣の女はおもむろに立ち上がり、こちらを振り向こうともせず、そのままふらっと歩いてどこかへと消えていった。

「何、あれ。やっぱり、慰めてあげた方がよかったのかな」

「慰めるって……どうやって？」

「おばあちゃんのアップルパイだったら、泣いていてもすぐに笑顔になると思うよ」

「それで泣《な》き止《や》むのはビビだけだと思うけど。いや、それよりも。何か嫌な予感がする。そうだ、キッパーへリングの事典だ！」

「あ、うん！　そうか、荷物はポロが持っているんだっけ。ポロー。ポロー。どこー？」

しばらくして木陰で休むブラウニーを見つけて、事典を渡してもらった。

「えーと、えーっと。どれかな。ルサールカ？　ううん、違う。別に泣いたりする妖精じゃないし……じゃあ、シルキー？　ううん、違いそう」

ページをめくり悪戦苦闘をするビビ。それを横から見ていたウィルが偶然、見つける。

「これなんじゃないか。バンシー。『この妖精が家の前で泣いていると、その晩のうちにその家から死者が出るであろう』……だってさ」

きょとん、と二人して互いの顔を見合わせる。そして再び、紙の上に書かれた文字に目を落とし、もう一度、声に出して復唱する。この妖精が現れると、その家には死者が出る、と。

「ええええええええ！」「何だってぇぇぇぇぇ！」

今までもさんざん、妖精には酷《ひど》い目に遭わされてきたが、今回はさすがに度が過ぎている。

いくら何でも、盗むものが「命」とは。しかも、それがビビの生まれ育った孤児院で。ここにいるのは老人と子供ばかりなのだ。狙われているのは彼らの命ということになる。

「まるで死神だな……」

「ど、ど、ど、ど……どうしよう！　このままだとみんなが殺されちゃう！」

「お、落ち着けって。対処法があるはずだ。こういう時のための妖精事典だろ！」

二人で深呼吸して再度、事典のページを読み上げる。「バンシー」の項《こう》は先ほど読み上げた一文で終わっていた。時々、こうなのだ。この事典は。おそらくキッパーヘリングはこの「バンシー」という妖精にはあまり興味もなかったのかもしれない。彼は自分の興味がないことには徹底して、手を抜くタイプだったのだろう。おかげで今、ウィルたちは途方に暮れている。

「ああ……おばあちゃんだったら。おばあちゃんだったら、分かるかも……」

そんなことを言い出すなんて、余程、頭がパニックになっているのだろう。

「落ち着けって。エマンサさんにはもう聞けないんだろ！」

「うう……こんなことなら、おばあちゃんが元気なうちにもう少し、ちゃんと教えてもらって勉強しておけばよかった。うう、私、やっぱりできそこないのフェアリーテイルだ！」

今度はビビの方が泣き出しそうだった。でも、そんなことをしている余裕はない。

「今は後悔している時じゃないだろ！　考えるんだ。何とか死神を退治する方法を」

「でも……でも……」

「ここにいるのは君の家族じゃないのか！」

こんなところで二人しておたおたしたところで事態が良くなるわけではない。俯《うつむ》いていたビビがようやく頭を上げる。不安を押し殺し、震える足で精一杯に身体を支える。

「う、うん！　とにかく。やってみる！」

とにかく、事典を漁《あさ》って似たような妖精がいないか、その弱点になるようなものがないかを調べる。何か一つでも手がかりになれば、と祈る気持ちで。既に日が落ちる。ここから遠く丘の上に篝《かがり》火《び》が燃えるのがかすかに見えた。もくもくと立ち上る黒煙が暗闇の中に消えた。ヴァルプルギスの夜。死と生が交錯する夜とも言われる。徘徊《はいかい》する死者を追い払うため、夜の闇の中に篝《かがり》火《び》が焚《た》かれる。その悪夢の夜に死神が忽然《こつぜん》と姿を現す。その意味を考える。

「ひょっとして……狙われているのはエマンサさんなのかも」

ただの直感だ。生と死の狭間《はざま》とはつまり、片足を棺桶《かんおけ》の中に突っ込んでいる状態のことだ。命や魂を盗むなら生命力が有り余っている子供より、身体が弱り切った老人を狙う方が理になっている。酷な言い方かもしれないが。ビビの顔は見る見るうちに青ざめていく。

「させないよ！　そんなこと、絶対にさせない！」

きっと長い夜になる。二人は互いの決意を確かめ合うように頷《うなず》き合った。

赤い炎が闇の中に揺れている。すでに子供たちも寝静まる時間。鉄の籠の中に松の枝を組んでランプオイルを上からかける。勢いよく燃え盛る炎が孤児院の赤い屋根を照らす。

「こんなもので、本当に魔除《まよ》けになるのかね……」

ウィルは独り呟《つぶや》く。自分でも半信半疑。孤児院を取り囲むように四カ所に小さな篝火《かがりび》を焚《た》いた。言い伝え、というか迷信を信じるなら、これで死者はこの敷地《しきち》内には足を踏み込むことはできないはずだ。では死神は？　妖精は？　突っ込みどころは満載で、せいぜい、気休めにしかならない魔除《まよ》けの炎を見ながらウィルは欠伸《あくび》をした。今日は寝ずの番を覚悟している。

日付を跨《また》げば、暦の上でも夏に入るものの、実際にはまだ夜は少し肌寒《はださむ》いくらいだ。ひんやりとした夜風に身体を縮こませ、ウィルは屋敷《やしき》の中へと戻る。

食卓やリビング、バスルームなどがある一階は既に真っ暗に静まり返っていた。寝室は二階に集まっている。階段を上ると廊下のあちこちに塩の山が盛られていた。廊下に並ぶ部屋のドアの前にはニンニクと十字架が吊《つ》り下《さ》げられている。廊下の奥、木の椅子の上にビビが腕を組んで陣取っていた。頭に巻いたハチマキには魔除《まよ》けのサンザシの枝を挿して、まるで紛《まが》い物《もの》のエクソシストといった出《い》で立《た》ちだ。悪霊《あくりょう》を迎え撃たんという目が暗闇を睨《にら》み続けている。

「あんまり、気を張りすぎると、後で疲れるぞ」

「お、おう！」と威勢良く返事をしたかと思うと、また相変わらず、眉を吊り上げた厳しい表情で廊下の向こうを見張る。だが、顔は完全に緊張で強張《こわば》っている。

「一応、外は火を焚《た》いてきた。効果があるのかは知らないけど……」

「お、おう！」

椅子に座っているだけのはずが、踏ん張る両足がさきほどからガタガタと震えている。

「ビビ。明日のおやつ抜きな」

「お、おう！」

気を張りすぎて、こちらの話はてんで耳に入っていない。気持ちは分かるのだが、このままでは朝まで身が持たなくなるのは目に見えている。案の定、一時間も経《た》つとうつらうつらと舟を漕《こ》ぎ始める。そして二時間も経《た》つとポロを枕代わりにしてビビは寝息を立てていた。昼間、あれだけ寝ていたはずなのだが、困ったものだ。可哀想《かわいそう》に、枕にされた無口なブラウニーは重い、重いと手足をジタバタともがいていた。

窓から月の明かりが差し込む。幸いなことに今日は満月。雲もほとんどない。明かりには一晩、困ることはなさそうだ。すやすやと寝息を立てるビビの横顔を見る。

「こう見ると、本当に大きな子供にしか見えないんだけどな……」

それでも、彼女が抱え込んでいるものはウィルよりも遙《はる》かに大きいのかもしれない。幼少期に盗まれた心。大事なものを欠落した彼女は誰にも恋することは永遠にない。そして、病床に伏した育ての親は自分のことさえもう覚えていない。そして、あの墓──。

神様という野郎は大概、性格が悪い。幸せな者にしか幸せを与えず、不幸な者にしか不幸を与えない。彼女をこれだけ傷付けておいて、更にまだ試練を与えようというのか。

「できそこないのフェアリーテイルさん。君はどんなに悲しくても、いつも気丈に振る舞っているんだな。でも、君が傷付いた分だけ、君には幸せになる権利があると思うんだ」

無意識に。寝ている彼女の髪の先に指を伸ばしていた。指先が彼女の白い肌に触れる。初めて雪に触ったときのように、冷たくて、そして柔らかい感触が感情を昂《たか》ぶらせた。

——いったい何をしているんだ、俺は。

ウィルは我に返る。これは同情であり、憐《あわ》れみだ。それ以外の何物でもない。だから、それ以外の感情を抱いてはいけない。そうでなければ、お互いにきっと傷付くだろう。

——私が妖精に盗まれた大切なものってね……えっとね。恋……をする心なの。

あの日、彼女に言われた言葉が過《よ》ぎる。あれは明確な拒絶の言葉だった。だから、ウィルも彼女のことを好きになったりしてはいけないのだ。自分たちはそれぞれ、自分の目的のために一緒に旅をしている。しかし、それだけだ。目的は二人一緒でも、そこから先はお互いに踏み込んではいけない、目に見えぬラインが明確に存在しているのだ。

ウィルは手持ち無沙汰《ぶさた》に二人の日記帳を開いた。ランプの光を頼りに、ビビの元気な文字を探す。日付は今日。まだ読んだ記憶がなかったので、ビビがついさっきに書いたものだろう。

四月三十日（日）ビビ

本当を言うとね、私。実家に帰るのは今でもちょっとだけ辛いの。ううん、私は孤児院のみんなは大好きだよ。ミレイもラーニャもジーモも、それにおばあちゃんのことも。

ここの風はね、アップルパイの匂いがするの。いつもお腹《なか》を空かせて帰ってきた時とか、ケイと喧嘩《けんか》して落ち込んだ時とか、いつも決まっておばあちゃんがアップルパイを焼いてくれるの。二人で一緒にアップルパイを食べて仲直りするの。だから、私にとってアップルパイの味はね、いっぱいの「大好き！」っていう気持ちが詰まっているものなの。

ウィルだってあるでしょ、そういうの。確か、フリカッセがお袋の味だって言っていたもんね。うん、今でも四日に一回は食べるくらいだもんね！

だからアップルパイの匂いって、とても懐《なつ》かしくなる。でもね、ほんのちょっとだけ、私、辛くなるの。この場所に残っているのはいい思い出ばかりじゃないから。もう取り戻せない時間を思い出すから。だから、今はちょっとだけ、アップルパイは苦手かも。


フリカッセがお袋の味とか、ビビはどうでもいいことを覚えているものだ。幼い頃、亡《な》くなった母がよく作ってくれた。ただそれだけ。でも、それはウィルにとってはもう取り戻すことのできない遠い日々の記憶。たぶん、ビビにとってはそれがアップルパイなのかもしれない。

「思い出の味、ね……」

平和なビビの寝顔を眺めながらウィルは呟《つぶや》く。ウィルだって思い出は楽しいものばかりじゃない。ビビと一緒に旅をするようになってはや半月。あれだけアップルパイ、アップルパイ、と言っていた割に、彼女がアップルパイを食べているのを見たことがなかった。

「『今はちょっとだけアップルパイは苦手』か……」

緊張感のない丸文字のはずなのに、そこには彼女の悲痛な叫びが込められている気がした。その文面からウィルには彼女が自分に助けを求めているようにも思えた。

その時だ。風も吹いていないのに不意にオイルランプの光が揺らぐ。壁に映し出された二人の影絵が奇妙に歪《ゆが》んだ。そして、聞こえてくる女のすすり泣く声。やはり来たか。

「ビビ。起きろ。来たぞ」

本当はミレイみたいに鍋を叩《たた》いて起こしたかったが、部屋で寝ている子供たちまで起こす訳にはいかない。幸いウィルが少し肩を揺すっただけで、ビビは跳ね上がるように起き上がった。

「ほえ……うぃ、ウィル？　わ、私……ひょっとして寝てた？」

「まあな。それよりも準備するんだ。お待ちかね、死神の奴《やつ》が来やがったぞ！」

ビビが顔を青ざめさせる。魔除《まよ》けの篝火《かがりび》もばらまいた塩も案の定、何の役にも立たなかったようだ。女の泣き声はまだ屋敷《やしき》の外、遠くから聞こえる。それがゆっくりと屋敷《やしき》へと近づき、そして、ぱたん、と小さく玄関のドアを開ける音が聞こえた。

ぎい、ぎいと、一歩ずつ踏むたび、古い階段が軋《きし》んで悲鳴を上げる。女の嗚咽《おえつ》はすでにそこまで迫っていた。ランプの明かりと満月の光が薄暗い廊下を照らす。

黒いベールに隠された顔。それでも首筋を伝う涙の筋は見えた。

「えぇぇぇん。えぇぇぇん」

女はなおも泣き続けている。両手で顔を覆いながら、ゆっくりと廊下を奥へと進む。途中の子供部屋には一切、目をくれない。やはり、目的は最初からエマンサだろう。

「だめ！　させない！　おばあちゃんは殺させない！」

ビビは腰から提げた皮袋に右手を突っ込んだ。そして、両手いっぱいに白い粉を掴《つか》むと、それを黒衣の女に向かってぶちまけた。

「ひぇ！　ひぃぃぃ！　ふえぇぇぇぇぇん！」

いきなり、知らない人から塩を掛けられたら、誰でも泣きたくなるだろう。いや、最初から泣いているか。女は更に激しく泣き散らしたが、ビビは袋の塩を投げるのを止《や》めない。

「ここは通さない！　ここは通さない！」

修羅の形相に、死神の方が寧《むし》ろビビのことを怖がった。驚いて女が床に尻餅をつくと、その頭上から更にビビが容赦なく塩を掛ける。すでに二袋目。が、その攻勢を緩める気配はない。

「ふえぇぇぇぇん！　ふえぇぇぇぇぇん！」

泣き叫ぶ女は床を這《は》って壁際《かべぎわ》にまで逃げるが、もう後はない。塩まみれになった頭を両手で庇《かば》い、がくがくと肩を震わせる。二袋目も終わって、三袋目の口の紐《ひも》を解こうとした時。無口なブラウニーが女の横に歩み寄って、彼女の頭の上に掛かった塩を両手でぱっぱっと払った。

「ふぇ。ひっく、ひっく……」

肩に掛かった塩も丁寧に払いのける。女は顔を上げて、その紳士的なブラウニーのことを見詰めた。その光景にウィルもビビも正気に戻される。これではどちらが悪役なのか分からなくなる。別にこちらが死神を虐《いじ》めている訳ではない。が、そもそも何かおかしいのだ。

「こいつ、本当に死神なのか？」

当たり前の疑問。ウィルの知っている死神とは、髑髏《どくろ》の面をつけて、魂を刈り取る大鎌を手にする者たちのことだ。そして、闇の中で不気味に笑うおぞましい姿——。だが少なくとも、目の前にいるのは、ただの気弱で泣き虫のお姉さんにしか見えないのだ。

「で、でも！　キッパーヘリングさんの事典にそう書いてあったし！」

「いや……『死神』とは直接に書いてあったわけじゃないだろ。こいつが泣いていると、その家で死人が出るって書いてあっただけで……」

そもそも、自分たちの理解が逆だったのでは。

「でも、それってこの妖精がその家の人のことを死なせるってことなんじゃ……」

「それにしたって、少し変じゃないか。何で、この妖精は泣いているんだ？　俺には寧《むし》ろ、人が死んで、それを妖精が泣いて悲しんでいるだけのようにしか見えない」

たぶん。順序が逆なんだと、ウィルは今更気付く。もしそうなら自分たちは、この妖精にとても酷《ひど》いことをしているということになる。

「でも、でも！　私は守らなきゃいけないの！　おばあちゃんを！　この孤児院のみんなを！」

　ビビは意固地になっている。頼りない使命感が彼女から冷静さを失わせている。新しい塩の袋を開けて、右手を突っ込む。しかし、その時。不意に寝室のドアが開いた。この騒ぎで誰かが起きたのかとも思ったが、違う。何しろそれは本来、開くはずのない部屋の扉だったから。

「おやめなさい、ビビ。その子は悪い妖精さんではありませんよ」

　——そこに立っていたのはエマンサだった。ビビもウィルも我が目を疑う。寝たきりであるはずの老婆が立っているのだ。その二本の脚でしっかりと。

「お、おばあちゃん……ど、どうして！」

　まさかの信じられぬ光景に驚愕《きょうがく》するビビとは対照的に、エマンサはとても落ち着いていた。

「ビビ。その子はね。教えてくれるだけなの。これから起きる別れの運命を。泣き女と言ってね、悪い子じゃないのよ。だから、ビビ、意地悪はしないであげてね。……この子はね、今夜、私の所に来てくれた大切なお客さんなんだから」

　老齢のフェアリーテイルが言う通り、バンシーは死神ではない。彼女が泣いている理由はただ単純。誰かが死ぬのが悲しいから。その人とお別れするのが辛いから。そう。その人がこれから死んでしまうという運命を知っているから、彼女はあれだけ辛そうに泣くのだ。

「おばあちゃん……おばあちゃん！」

　気付いたら、バンシーよりもビビの方が余程、盛大に泣きじゃくっていた。迷子になった小さな子がやっとお母さんに出会えた時みたいに。背丈も随分と大きくなったはずのビビが老婆に飛びついて、その胸の中で大崩れして涙に咽《むせ》んだ。

「おばあちゃん！　おばあちゃん！　ふえぇぇぇぇぇぇぇん！」

彼女の号泣の叫びがウィルの胸を引き裂こうとしていた。エマンサはビビの名前を呼んだのだ。ミーサ、とかいう昔飼っていた猫の名前ではなく。

「あらあら。相変わらずの泣き虫さんね、ビビは。大人の素敵な女性になるって、今日、話してくれたばかりなのに」

しわくちゃの手が生まれたての赤ん坊を愛《め》でるように、ビビの頭を優しく包む。

「だって……だって……！　やっと会えたんだよ、私の知っているおばあちゃんに！　ずっと会いたかったの。会って、もっといっぱい、お話をしたかったの。おばあちゃんと！」

ああ見えて、ビビはずっと無理をしていたのだ。泣きたいのに無理をして笑って。誰にだって、誰かに甘えたくなるくらい心が弱り切る時はあるはずなのに。

「今夜はヴァルプルギスの夜。妖精たちが奇跡を起こす一夜……ビビ。もう一度、こうしてあなたと話すことができてうれしいわ。おや、あなた。随分、背が高くなったのね」

「え。そ、そうかな……。自分じゃ、そういうのよく分からないから」

涙の雫《しずく》を頬にべったりと付けて、ようやくちょっとだけビビが笑った。

「立ち話もいけないわ。子供たちが起きてしまうものね。そちらはウィルさんでしたよね。妖

精のお二人も、部屋の中に入ってちょうだい。うふふ。変な気分だわ。バンシーさんを自分の部屋にお招きするなんてこと、一生に一度あるかないかですものね。こんな体でなければ、お茶でもお出ししたいところだけど……」

冗談めかして言うその柔らかな笑みは、やっぱりビビを育てた人だと思わせた。エマンサはビビに身体を支えられながら、ゆっくりとベッドの上へと戻る。本来なら寝たきりで、自力では起き上がることもままならないはずだ。ベッドに再び横になったエマンサはひどく疲れた様子にも見えた。それでも優しい瞳をビビに向けたまま、その頬に皺《しわ》だらけの手を当てた。

「そう言えば、エマンサさん。どうして、俺の名前を？」

「昼間にビビから聞きましたよ。遠路はるばる、ようこそ。ビビがお世話になっています。この子の相手は大変でしょう？　ずぼらでお気楽者で、それに結構な食いしん坊さんだから、食費がいっぱいかかるしね？」

「ええ。毎日、財布が悲鳴を上げていますよ」

エマンサが笑う横で、ビビが紅潮して頬を膨らませる。

「でも、この子と一緒にいるのはきっと、楽しいでしょう？　ビビはね、誰でも笑顔にできる子なの。それがたとえ人間でも妖精でも——」

エマンサの言う通りだ。僅か半月前、ウィルはずっと孤独の世界の中にいた。けれども彼女との出会いで今、こうして自分はこの広い世界に立っている。ビビ本人がどれだけ、そのことを意識しているのかは分からないが、少なくともウィルはビビに感謝していた。

部屋の隅っこで、膝を曲げてバンシーはまだ泣いている。それをポロが頭を撫《な》でて一生懸命に慰めている。何だか微笑《ほほえ》ましくも見える光景にエマンサが目を細める。

「ビビ。妖精さんって色んな子がいっぱいいるでしょう？　悪戯《いたずら》ばかりする困った子もいれば、人を思いやれる優しい子もいる。うふふ。ここで育った子たちと一緒ね」

この孤児院でエマンサはこれまで何十人という子供たちを育て、そして羽ばたかせてきたのだ。その彼女からしてみれば、人間の子供も妖精もさほど変わらないのかもしれない。

「うん……そうだね。色んな子がいっぱいいるよね……おばあちゃん」

エマンサの身体にしがみつき、それでもビビにはどこか覇気がない。でも、仕方がない。彼女だってこの先の運命が分かっているのだから。元気を出せと言う方が難しい。

本当はもっとみすぼらしく泣いてもいいのだ。でも、ビビは途中まで大泣きした後は、必死に涙を堪えている。もう子供じゃないんだと、エマンサに見せるために。

「ねえ、ビビは妖精さんのこと、好きかしら？」

ビビは一瞬、答えることを躊躇《ちゅうちょ》する。そして、間を空けて静かに頷《うなず》く。

「そうよね。ビビは小さい頃から好きだったものね、妖精さんのこと。でも、周りの子たちには妖精さんは見えないから、辛い思いも色々としたわよね……ああ、そうそう。こんなことがあったわね。ビビが四つか五つの頃だったかしら。ビビったら、蝶々《ちょうちょ》と間違えて、虫かごにピクシーを捕まえて帰ってきたことがあったわよね。ええ、覚えているわ。ビビったら、『おばあちゃん、綺麗《きれい》な蝶《ちょう》々《ちょ》を捕まえたよ！』って」

その絵柄を想像するだけで思わず、ウィルは吹き出しそうになった。

「でも、他の子にはピクシーは見えないから、空の虫かごを見せつけて自慢げなビビのこと、みんなで不思議そうな顔をして見ていたわ」

「お、おばあちゃんってば。そんな昔のこと止《や》めてってば」

「虫かごの中でピクシーさん、泣いていたわよね。それを見たビビは可哀想《かわいそう》って言って森に帰してあげたわよね。うふふ。ビビは昔から優しい子だったのよね」

そんな風に面と向かって言われれば、ビビだって顔を赤くするしかない。

「……ビビ。あなたも私と同じようにフェアリーテイルの道を行くのね。昔、あんなことがあって、あなたはもう、フェアリーテイルにはならないものだと思っていたわ。私、ずっと、あなたに謝りたいと思っていたわ。あなたにとても辛い思いをさせたのは私のせい……」

──あんなこと。それはつまり、三年前にビビとケイの間に起きた事件のことだ。

「ううん。謝らないでおばあちゃん。あれは誰も悪くないの。誰も……」

声が擦れる。堪え切れなくなった涙がこぼれ落ちる。親友に裏切られた。それは放っておけば死にも至る絶望という傷だ。それをビビは一生、抱きながら生きていかなければならない。

「ビビ……。あなたはケイのこと。恨んでいる？」

エマンサが尋ねた。それは彼女の心の一番、核心を問う鋭い投げ掛けだった。

「わかんない……おばあちゃん。私は……。やっぱり、ケイは私のこと。裏切ったのかな」

「ビビ。ケイのことであなたに言わないといけないことがあったわ。でも、どうしても今まで言い出せなかったの。ごめんさい……。でも、今こそ言わなきゃいけないわね」

残された時間は少ない。そう覚悟したからこそ、それを明かす決心をしたのだろう。長い時間を生きてきたはずの彼女が犯した過《あやま》ち。それをこれまで口にしなかったのは、ビビが真実を知れば、更に深く傷付くと思ったからかもしれない。

「事件の二日くらい前。私、聞かれたの。ケイに。彼女の両親のこと。愛し合ってケイを産んだ二人がその後、どうなったのかを」

「ケイが……？」

「少しだけ迷ったわ。真実を言うべきかどうか。でも、ケイの目は真剣だったわ。きっと嘘《うそ》を言っても彼女には分かってしまうかもしれない。だから、私は彼女に敢《あ》えてありのままを話すことにしたわ。でも、それはきっと間違いだった。あの子に恨まれてもいいから、真実なんて墓まで一人で持って行けばよかったんだわ。だから、ケイが道を誤ったのは私のせい。あの子のことを恨まないであげて。恨むなら私だけにして」

「わ、わかんないよ、おばあちゃん。そんなこと急に言われても……」

「……ケイのお母さんはね、お父さんに捨てられたの。ケイを産んですぐに」

現実は美しい恋愛物語ではない。ケイの父親は妖精との子をもうけたことが怖くなって、彼女の母親を捨てた。「夏夜《ヴァルプルギス》の囁《ささや》き」のように、種族を超えた愛なんてただの物語に過ぎない。

それを知ったケイはきっと傷付いたに違いない。そして、考えたはずだ。妖精は人間と添い遂げられるものではないと。もし、これから先、ビビの前に格好いい白馬の王子様が現れたとする。女の子はいつまでも「恋に恋する」だけの乙女《おとめ》ではいられないのだ。ビビは王子様と恋に落ちたら、さっさとケイのことは捨てて王子様についていくだろう。たとえ、本人にその気はなくても、それは彼女の父が母を捨てたのと同じ——裏切りでしかない。

「ケイの馬鹿……。私があなたのこと、裏切るわけないじゃない……」

震えるビビをエマンサが両手で抱き留める。

「お願い。ケイを恨まないで。あの子はね、本当にあなたのことが好きだったの。だから、赦《ゆる》してあげて、ケイのこと……」

「赦《ゆる》すも何も……私だって。ケイのこと、好きだったよ。ずっと一緒にいたかったよ！」

考えてみれば、身勝手な話なのかもしれない。ビビを誰かに盗《と》られるのが嫌で、彼女が誰も好きにならないように、彼女の《恋の心》を盗んだのだ。確かに、ケイのやったことは自分勝手な理屈だ。でも。たぶん。誰かが誰かを好きになるって、そういうことなのかもしれない。

「ビビ。覚えておいて。妖精はね、みんな不器用な子たちばかりなの」

そう言ってエマンサは、部屋の隅で仲睦《むつ》まじく座るバンシーとポロを見て微笑《ほほえ》む。窓の外からは朝を告げる小鳥の囁《ささや》きが聞こえた。ヴァルプルギスの夜がもうじき明けようとしていた。

ビビも覚悟していた。だからエマンサの手をぎゅっと握る。最後の最後、その時を迎えるまで、そのぬくもりを感じていたかったから。

「ケイはね、あなたのことが好きだった。いえ、恋していたのね。とても傷付きやすい子だったから、あなたを誰かに奪われたくなかったの。ビビ。フェアリーテイルなら知っておくべきよ。いい？　妖精にとっての恋は、束縛することと奪うこと、そして自分自身を傷付けることなの」

――束縛と簒奪《さんだつ》、そして自傷が妖精たちの恋。それは人間の感覚からしたら、少し外れたものかもしれない。一方で、ウィルにはその気持ちが分かるような気もした。

「本当はね。妖精たちはみんな、人間のことが好きなの。妖精たちが人から物を盗むのも、何か悪さをするのもね、みんな人間のことが好きだからなの」

「……うん」

本来なら請《こ》うことさえできなかったフェアリーテイルの教え。最初で最後になるだろうそのレッスンの、その言葉の一つ一つをビビは聞き漏らすまいとした。

「やんちゃな男の子が気になる女の子に悪戯《いたずら》したり、きつい言葉を向けたり、ちょっかいを出すのと一緒ね。うふふふ。似たような光景、この孤児院でもいっぱい見てきたわね」

「……うん。そうだね。分かる。分かるよ」

窓から差し込む光が闇を追い払うにつれて、エマンサの言葉は更に弱くなっていく。

「あの子たちは知らないの。誰かに恋をした時、その気持ちをどうやって相手に伝えればいいのか分からないの。そもそも恋という気持ちを持て余す子もいるわ。妖精はね、とっても不器用なの。だから、妖精たちの恋はいつも、行き場をなくして宙を漂っている。でもね、ビビ。それを橋渡しするのがフェアリーテイルの役割よ」

フェアリーテイルの仕事とは、妖精から盗まれたものを奪い返すことでも、悪い妖精を懲らしめることでもない。ぷかぷかと、行き場もなく川面《かわも》に浮かぶ水泡のような儚《はかな》い妖精たちの想《おも》い。その想《おも》いを掬《すく》い上《あ》げ、時に道を示すことこそがフェアリーテイルの使命だと彼女は言った。

「おばあちゃん、おばあちゃん。私、いっぱい勉強して立派なフェアリーテイルになるから。たくさんの好きを、たくさんの想《おも》いをつなげる。そんなフェアリーテイルになるから。だから、だから……見ていて。私のこと。ずっと……」

いつの間にか、あれだけ泣きじゃくっていたバンシーは姿を消していた。ポロは窓から茜《あかね》色《いろ》に染まる朝焼けの空を静かに眺めていた。そして、最後にエマンサはウィルの方を向く。

「ウィルさん。あなたにも妖精に盗まれたものがありますね。もし、奪われたものを取り返したいのなら、ビビと一緒に王都に行くといいでしょう」

「……王都に?」

「ええ。その霧の都に、あなたが望むものも、ビビが望むものもきっと、あるはずです。あなたたちの旅もその場所で終幕《カーテンコール》を告げるでしょう。だからお願い。この子が……ビビが道に迷わないように導いてあげて」

「ええ。分かりました。ビビのことは任せてください」

その言葉にエマンサは安心したように、もう一度、ビビの方に顔を向ける。

「ビビ。おばあちゃん、話していたら少し疲れたわ。横になるの手伝ってくれるかしら」

「……うん。おばあちゃん」と、エマンサの背中を手で支えて、上半身をゆっくりとベッドの上に寝かせる。そして、上からそっと毛布を掛ける。

「ビビは本当に優しい子ね。その優しさをずっと忘れないでね」

そして、二人は毛布の上で手を握り合う。

「うふふふ。こんなにお喋《しゃべ》りしたの久しぶりだったから疲れたわね。もう歳《とし》よね。ビビ。悪いわね。おばあちゃん、疲れたから寝かせてくれるかしら」

最後の最後。止めどなく流れる涙でビビはエマンサの顔がよく見えなかった。でも、あの優しい笑顔はずっとずっと瞼《まぶた》の奥にも焼き付いている。

「……うん。お休み。おばあちゃん」

死にいく者とそれを看取《みと》る者。その光景にウィルは既視感を抱いていた。

真っ白い何もない病室。開け放たれた窓から吹き込む風。そして、次第にぬくもりを失っていく、その人の手。ウィルの記憶の底に、まるで昨日のことのように残された景色だ。

——ウィル。あなたは心に剣《つるぎ》を持ちなさい。決して折れぬ強い剣《つるぎ》を。前へ進むことを怖がらないで。

死にゆく床でその人は言った。その言葉の意味も今なら少し理解できるようになった。

それはウィル自身の過去。思い出そうとすれば胸が張り裂けそうになる悲痛な記憶。それが今、目の前の悲しい光景と重なり合う。

——母さん。

誰にも聞かれないようにウィルはそっと呟《つぶや》いた。

ビビはそのしわくちゃの手をずっと握り続けていた。何度も自分を抱いて、辛いことがあったら慰めてくれたそのぬくもりは今、ゆっくりと失われていく。

「ビビ。おばあちゃんね。ビビのおばあちゃんで幸せだったわ」

「私も。おばあちゃんの孫で幸せだったよ。また、おばあちゃんの焼いたアップルパイが食べたいな。ねえ、起きたら、またアップルパイ、焼いてくれる？」

「うふふ。相変わらずの食いしん坊さんね。いいわよ。いっぱい、いっぱい。ビビのために焼いてあげるわ」

アップルパイが嫌いだなんて、嘘《うそ》だ。本当は大好きだ。おばあちゃんが焼いてくれたパイだったら、いくらだって食べられる──。本当はそう言いたかった。けれども、カラカラに渇いた喉からはこれ以上、言葉を捻《ひね》り出《だ》すことはできなかった。

ずっと自分のことを見守ってくれた、その瞼《まぶた》がそっと閉じる。東の空から伸びる暁の光が燃えるような黄金色に小さな寝室を照らす。日の出とともに躍り出した小鳥が一斉に囀《さえず》り、騒がしくも愛らしさのこもった大合唱を始める。魔除《まよ》けの篝《かがり》火《び》もその役割を終えて燃え尽きていた。

夜が終焉《しゅうえん》を迎え、そして、また新しい一日が始まる。今日は五月一日。夏の到来を告げる特別な暦だ。窓の隙間から吹き込む風は香《かぐわ》しい緑の薫りを運んでくる。ビビはベッドの横で、静かに眠る祖母の手を最後まで握り続けていた。

その手はすでに冷たくなっていた。八十七年を生きたその人はとても穏やかな表情で静かに息を引き取った。

五月四日（木）　ビビ

今日、おばあちゃんのお葬式がありました。ケイの時はそういうのなかったから、誰かを弔うの、私は初めて。棺《ひつぎ》に入ったおばあちゃんの顔はとても穏やかで、とても綺麗《きれい》で。でも、私はとても悲しかった。お墓で一人ずつ、棺《ひつぎ》の上に土をかぶせるの。私もやったよ。涙が全然、止まらなかった。でも、少しだけ踏ん切りがついた気もする。

前にね、おばあちゃんが言っていたの。フェアリーテイルはね、昔から教会とよく喧嘩《けんか》して、教会の人からにらまれているから、天国の門の前に行っても追い返されちゃうんじゃないかって。でも、そうしたら、おばあちゃんは代わりに妖精の国に行くって言っていたよ。

ひょっとしたら、このままフェアリーテイルを続けていたら、妖精の国に行っておばあちゃんとまた会えるかな？

五月四日（木）　ウィル

ビビはすごく頑張ったと思うよ。俺はあまり力になれなかったけど、ビビはすごく頑張っていた。でも、我慢するだけじゃなくてさ、何でもいいから俺にできることがあったら言ってくれていい。アップルパイでも何でも焼くからさ。味は保証できないけど。

まあ、とにかく、エマンサさんと再会した時に恥ずかしくないように立派なフェアリーテイルにならないとな。

第四幕　鉄馬を盗む悪戯兎　――グレムリン

五月二十八日（日）

あの日以来、ビビはあまり笑わなくなったと思う。いや、相変わらず能天気に笑うのは笑うのだが、たまにぼうっとしていたり、笑っていたと思ったら急に押し黙って、この世の終わりに立ち会ったような絶望に満ちた顔をしたりするのだ。

エマンサを弔ってもう一月近く。ビビはずっと塞ぎがちだったが、今はとにかく前を向いていたかった。だから早々に荷物をまとめて村を後にした。自分たちには行くべき場所がある。偉大なるフェアリーテイル、エマンサは亡《な》くなる前に自分たちへ道標《みちしるべ》を示してくれた。

――もし、奪われたものを取り返したいのなら、ビビと一緒に王都に行くといいでしょう。霧の王都。ウィルにとっては生まれ育った故郷でもある。ビビとは違って、ウィルは故郷にいい思い出なんか一つもない。そもそも自分はあの街からこそこそ隠れて逃げ出したくらいなのだから。その場所にこうしてもう一度、旅することになろうとは思いもしなかった。

エディンバラから街道を南に向かって、リヴァプールへ。そこからは鉄道でマンチェスターを経由して一路、王都に向かう。そこまでわずか数日。便利な時代になったものだと思う。

リヴァプールは元々、人口数百人程度の小さな港町に過ぎなかった。しかし、この国が海の向こうに多くの植民地を抱えるようになると、貿易の中心として飛躍的な発展を遂げた。そのリヴァプールと内陸のマンチェスターの間に鉄道が敷設《ふせつ》されてもう三十年。鉄路は更にマンチェスターから王都まで延伸し、高まる投資熱から多くの民間会社が参入した。結果、イングランドの隅から隅をまるで全身を巡る血脈の如《ごと》く、鉄の轍《わだち》が張り巡らされるに至る。長距離を専門とした駅馬車や郵便馬車は徐々に鳴りを潜めて、北方《ほっぽう》の田舎《いなか》に追いやられ、今や消えていくのを待つだけの運命だ。その点で言えば、妖精たちと似ているかもしれない。

「うわぁ……。お城みたいな大きな建物ばかり！」

馬車通りの真ん中で、ビビは口をあんぐりと開けて、聳《そび》え立《た》つ石造りの建築群を見上げた。装飾華美なバロック様式に彩《いろど》られた銀行の建物と、赤煉瓦《れんが》と大きな窓を特徴とした新時代の建築様式が一つの大通りに共存している。ここまで旅してきた田舎風景にはなかったものだ。

「そんなところに突っ立っていると馬車に轢《ひ》かれるぞ」

すぐ向こうから大型の乗合馬車《オムニバス》が走り寄るのが見えて、慌ててビビの手を引っ張った。これまで通ってきた街のどこよりも賑《にぎ》やかで騒がしく、行き交う人集《ひとだか》りはまるで荒波のようだ。ビビが迷子になると困るので、手を強く握って離さないようにする。それなのに当の本人は全然関係のない場所で立ち止まっては、吸い寄せられるように寄り道をしようとするのだ。

店々にショーウィンドウが現れるようになったのは近年のことだ。強度のある硝子《ガラス》が生産されるようになったことで、それだけ大きなウィンドウにスペースを割くことも可能になった。

通りから堂々と商品が見られるようにすれば、それだけ客足を店内に引き寄せることができる。案の定、その魔法にかかったビビはあちらの店、こちらの店と吸い込まれていく。

大概はケーキやお菓子の店だった。時計を見ると、汽車の時間までそう余裕はなかった。名《な》残惜《ごりお》しそうにショーウィンドウを覗《のぞ》くビビを引《ひ》き摺《ず》って、ウィルは駅舎を探した。

ライム・ストリートの駅舎は河川敷《かせんしき》沿いの通りから東に少し歩いた場所にあった。王都中心部のユーストン駅までつながるその駅舎はまだ日の浅い鉄道の歴史の中でも比較的、古株に当たる。宮廷を思い起こさせる荘厳《そうごん》なたたずまいと、ホームを覆う特徴的な三角屋根。広々とした正面のホールは待合室となっていて、列車の到着を待つ紳士淑女たちでごった返していた。

人の波が打ち寄せるホールの中心に立派な時計台が立っていた。列車の切符は前日までに手に入れていたので、まだ多少の時間の余裕があった。これから夜を挟んで少し長めの列車の旅になるのだ。色々と入り用になるだろうし、少し買い出して準備をした方がいいだろう。とは言っても、またビビを連れて大通りに戻ったら、それこそまた寄り道をして列車の時間に間に合わなくなるかもしれない。ウィルは時計台の横の座席にビビを座らせると言った。

「ビビ。ちょっと俺は席を外してくるが、君はそこで待っているんだ。いいか、この場所から一歩も離れないように。こんな大きな街ではぐれたら一生、会えなくなるかもしれないから」

「う、うん……」

「知らない人について行っちゃ駄目だぞ。いや、それでも不安だな。いいか、知らない人に話しかけられても口を利《き》いちゃ駄目だぞ。田舎《いなか》暮らしの長かった君には分からないかもしれないけど、この国の都会ではいい人よりも悪い人の方が、数が多いんだから」

何だか子供扱いをされているような気もするが、ウィルの脅すような言い方にビビは少し震えた。都会怖い。都会怖い。そんな場所で今から自分は一人、置いていかれようとしている。

「悪い人に話しかけられたら、目を合わせず、聞こえない振りをするんだ。耳を塞いでもいい。とにかく相手にしちゃいけない。もし、それでも相手が絡《から》んでくるなら大声を出すんだ。警備員がすぐに駆けつけてくれる。いいね？　ポロもビビのことをしっかり見ていてくれよ」

ビビの隣にちょこんと座ったブラウニーは相変わらず無言で、ウィルの言葉に頷《うなず》いた。ポロはああ見えて、結構なしっかり者だ。ビビがふらふらと席を立とうとしたら止めるぐらいのことはしてくれるはずだ。念を押すだけ押して、ウィルは駅舎を出た。

そしてビビは駅の中に一人、取り残された。ビビにとって大きな街と言えば、エディンバラぐらいしか知らない。しかし、このリヴァプールの活気は更に桁《けた》が違う。これだけ人が多い場所に放り込まれると、妙に気持ちがそわそわして落ち着かなくなる。しかも、ウィルにはすっかり脅されていた。都会には悪い人がいっぱい。人間不信になりかけると、目の前を行き交う紳士淑女が皆、魔女の森の中をうろつくゴブリンやインプの類に見えてくる。

「やだなぁ……ウィル。早く帰ってこないかな……」

そう思うと、時計の針が進むのがとても遅く感じられる。悪い妖精たちが闊歩《かっぽ》する魔女の森の中で、ビビはただただ孤独だった。すると、どうだろう。本当にやって来たのだ。向こうから。

　オークが。

「畜生！　とんだ依頼主だ！　届け物が傷んでいたから報酬の全額は払えないだと！　あれを手に入れるのにどれだけ苦労したか分かっているのか！　そんなもん、口実に決まってら！　あのペテン野郎！　最初から報酬なんてまともに払う気がなかったのさ！」

　大鬼の咆哮《ほうこう》のような豪快な声を上げながら、巨漢がビビの隣の座席にどかっと座った。七フィート（約二・一メートル）近くあるかもしれない。袖をまくった腕からは毛むくじゃらの体毛がぼうぼうと生えて、顎髭《あごひげ》もちょびちょび。厳《いか》つい顔つきはそれだけで威圧感たっぷりだ。

「オ……オークが来た」

　自分としては小さな声で呟《つぶや》いたつもりだったのが、その大男はビビを向いて大声で笑った。笑い声も豪快で、周囲の人々が驚いて一斉にこちらを向いてしまうくらいだった。

「がっはっはっは！　嬢ちゃん、面白いことを言うねぇ！　オークか！　違わないな！　熊や獅子《しし》と言われることはあるが、今時、オークと言われることはないな！　がっはっはっは！」

　何が楽しいのか分からないが、笑った顔も威圧感たっぷりだ。横に座るその巨体が絶えず、その存在の力だけでビビを心理的に圧迫してくるのだ。今にもぱっくり、頭から齧《かじ》られてしまいそうな雰囲気にビビはすっかり怖《お》じ気《け》づいてしまった。

「スターゲイザー君。淑女《レディー》に向かって、そんな大声で話しかけるものではありませんよ。見なさい、彼女。すっかり、あなたの声に怯《おび》えてしまっているではないですか」

そこにもう一人の男がやって来る。見た目はオークの男とは正反対。すらりとした長身で身なりも典型的な紳士のそれだが、この季節にしてはいささか不釣り合いな厚手のサックコートに、縦縞《たてじま》模様の長ズボン。そして、とても知的に見える銀縁の眼鏡《めがね》。その眼鏡《めがね》の紳士はやや背の低いシルクハットを脱ぐと、ビビの前に腰を折り大男の代わりに謝罪した。

「申し訳ございません。淑女《レディー》。私の連れがとんだ失礼を働きました。ですがこの巨体の醜男《オーク》、見てくれこそ鬼か化け物のように見えるかもしれませんが、決して無闇やたらに人に危害を与える猛獣などではありませんので、どうかご安心ください」

見た目通り、紳士の模範たる立ち振る舞いだったので、ビビの緊張も僅かに緩んだ。

「ああ、そうさ。俺はな、こんな荒くれ者のようななりだが、女子供に手を上げたりせん。ドナンソンからも説明してくれ。俺は、本当はとても優しい奴《やつ》で、趣味は園芸と裁縫だとな！」

オークが洞窟の奥で針子をやっている姿を想像してビビは思わず吹き出しそうになった。

「園芸って……何を育てているんですか」

「おう！　よく聞いてくれた！　王都にある事務所でな、サボテンを育てているんだが、これがまた可愛《かわい》いんだよ！　ああ、サボテンって分かるか。こんな丸っこい身体にハリネズミみた

いな棘《とげ》が生えているやつなんだが……」

洞窟の奥でサボテンに欠かさず水やりをするオークを想像して、また笑いそうになった。

「それにしても珍しい組み合わせですね、淑女《レディー》。あなた方、二人だけで旅を？」

「そうです。王都までウィルと……」と言い掛けて、慌てて口を塞いだ。ウィルから知らない人とは口を利《き》くなと言われていたのだ。ビビは正面に向き直し、針で縫ったように固く口を閉ざした。当然、男二人はそれを怪訝《けげん》そうな顔で見る。

「どうした？　嬢ちゃん、急に。お腹《なか》でも痛くなったのか？」

心配してくれているのに黙るのは悪いとは思いながらも、ウィルとの約束なのだ。都会の人の二人に一人が悪い人、と言うのなら、この二人組もどちらか片方が悪い人ということになる。でも、どっちが悪い人だろう。どっちもいい人に見えるので、ビビは尚更《なおさら》辛かった。

「淑女《レディー》。我々があなたの気に障《さわ》るようなことを言ったのであれば、謝らせていただけないでしようか」と、眼鏡《めがね》の紳士がまた、ビビに頭を下げる。ビビはますます困ってしまった。そうだ、こういう時は耳を塞げとウィルに言われているんだった。

「そ、そうじゃなくて！　ウィルから知らない人と喋《しゃべ》っちゃ駄目って言われているから！」

耳を塞ぎながら叫ぶと、今度は男が二人、顔を見合わせて大笑いした。

「な、何で笑うんですか！」

「がっはっはっ！　これは傑作だ！　君のその彼というのは随分と束縛するタイプなんだ

な！」

オークが毛むくじゃらの腕で膝を叩《たた》いて大笑いをする。何がそんなに可笑《おか》しいのだろうか。

「スターゲイザー君。そんな言い方は失礼でしょう。淑女《レディー》。お連れの方は余程、あなたのことが大切なのでしょう。それに結構な心配性のようですね。いえ、貶《けな》しているわけではありません。そんなにあなたのことを大事に思ってくれている方がいるのはとても素晴らしいことです」

「まあ。そういう男っていうのは案外と嫉妬《しっと》深いもんだ。君が俺たちと話しているのを見たら余計な勘ぐりをしてしまうかもしれないしな。ここで俺たちはお暇《いとま》させてもらうさ！」

「ええ、そうですね。淑女《レディー》よ、ありがとうございます。あなたの貴重な時間を我々のために割いてもらって」

「がっはっはっは！　じゃあな、嬢ちゃん！　そこの三角頭巾の君も。またどこかで会えたら、その時は三人一緒に耳を塞がないで喋《しゃべ》ってくれると嬉《うれ》しいぜ！　がっはっはっは！」

そう言って、嵐のような男二人組は駅の雑踏の中に消えていった。


一方、その頃。ウィルは来た道を戻りながら、店を探していた。そして、ようやく一軒の店を見つけた。途中でビビが足を止めた場所だ。ショーウィンドウに飾られているのはとても甘そうなケーキやらお菓子やら。食べ物で釣るというのもどうかとも思いながら、それでもウィルはビビを他に元気づける方法を思いつかなかった。

少なくとも、食べている時くらいは嫌なことを忘れられる。ウィル自身も経験はある。それなら両手で抱え切れないくらいお菓子を食べれば、悲しいこと、全部、忘れられるかもしれない。何しろ、いつも食べているときはあんなに幸せそうな顔をしているのだから。

そして、店の中に入って色々考える。多少、安くても量があった方が喜ぶかもとか、食べ過ぎると虫歯になるかもしれないからなるべく、甘さ控えめのものを選んだ方がいいか、とか。別に優柔不断な方ではないが、少なくとも貸本屋で本を探すのと同じくらいの時間を自分で食べもしないお菓子選びに費やした。気が付けば列車の時間が迫っていた。結局、買ったのは銀貨二枚分。さすがの量に店主も驚いていた。ビビはつくづく食費がかかる子だ。

そして荷物を手に駅舎に戻った所で、男が二人、ビビと何かを話しているのが見えた。やっぱり絡《から》まれていたかとも思ったが、二人はすぐにその場から立ち去った。

「ビビ。今の二人は？」

「あ。ウィル。ううん。私、サボテンの話しかしてないよ！」

「サボテン……？　まあ、いいや。もう時間もないからさっさと汽車に乗ろう」

ウィルがビビの手を引こうとした所で、彼女が足を止める。

「ねえ。ウィルって、ソクバクするタイプなの？」

「……束縛？　何のこと？」

「ううん。何でも。それより列車に乗ろうよ。私、乗ったことがないから楽しみ！」

ホームにはすでに巨大な黒鉄《くろがね》の列車が停車していた。煙突から黒煙を吐き出す機関車を先頭に、二両目は石炭を積み込んだ炭水車《テンダー》。三両目からが客車だ。個室を備えたのが一等客車で、二等客車には固い木製の椅子が並ぶ。三等客車となると昔は貨物車両と区別も付かない屋根のない車両に乗客は立ったままで運ばれたが、今では法律も整備されて乗客が雨風に野晒《のざら》しにされるということもない。運賃も一マイル当たり一ペニーで乗れるようになり、今や鉄道は貴重な庶民の足としてすっかり定着していた。おかげで元々狭いこの国の国土は更に縮まった。

「すごーい。乗り心地、どんなものかな。馬車みたいに揺れるのかな」

「馬車よりかは幾分、乗り心地はいいはずさ」

ビビは子供がはしゃぐようにぱたぱたとホームを走り、列車に乗り込む。ウィルたちの客室は七両編成の七両目。個室でやや窮屈さもあるが、座席は革張りで座り心地も申し分ない。これなら快適な鉄道の旅が楽しめるだろう。

荷物を下ろし、腰を掛けたところで汽笛が鳴り響く。そして、先頭車両の煙突からもくもくと白煙が吐き出され、黒鉄《くろがね》の馬が軌条の上を走り出す。蹄《ひづめ》の代わりに車輪を駆動させて走るその脚力は、駅馬車とは比べようもない。ビビが窓を開けると、疾走する風が小さな客室に涼やかな空気を送り込む。窓から興奮気味に首を出し、ビビは駆け抜ける景色に歓声を上げた。

「楽しんでもらえて何より。でも、それだけじゃないんだな」

「どうしたの、ウィル。ニヤニヤして？」

サプライズのつもりで彼女には何も言わず、紙袋を手渡した。それを開けて中を覗《のぞ》き込《こ》むと、案の定、ビビの目は爛々《らんらん》と輝き出した。

「お、お菓子がいっぱい！　どうしたの、こんなにいっぱい！　食べていいの、全部？」

チョコレートに飴《あめ》にビスケット。どれを最初に食べようかと迷っているみたいだった。キラキラした目で紙袋を覗《のぞ》き込《こ》み、取り出したのは大きめのガラス瓶。そこに詰め込まれたのは、星の形をした小さな砂糖菓子。一つ一つが色も形も少しずつ違い、赤や青、黄色といった星々が小さな瓶詰めの中に瞬《またた》いている。

「わあ、きれい。私、これ、気に入っちゃった！」

確かに見た目は綺麗《きれい》だが、はっきり言って安物だ。ビビはガラス瓶を大事そうに抱え、蓋を開けてお星様を一つ取り出す。橙色《だいだいいろ》の砂糖の塊は口の中に入れると、舌の上でじわりと滲《にじ》むように溶けていく。――やっぱり、食べている時だけは幸せそうだ。

懐《ふところ》は痛んだが、ウィルにとってはこれで良かったのだと思った。列車は市街地を抜けると、緑色の草原を駆け抜けるように走った。

「ねえ。ウィルって昔、王都に住んでいたんでしょ？　どんな所？」

砂糖菓子を舌の上で転がしながら、ビビが切り出した。半日もすれば、その王都だ。駆け抜けていくように過ぎていく車窓に正直、旅の余韻なんて微塵《みじん》も存在しない。

「どんな、と言われてもな……汚い街さ。濁った川からはヘドロの臭いがするし、スモッグに汚された空気が霧みたいに一年中、街を覆っている。あんなところにずっといたら肺が病んでしまう。正直、ベン・ネヴィスの方が空気も綺麗《きれい》だし住みやすい」

ウィルの答えはビビの期待には応えてはいないだろう。

「ウィルは自分の故郷が嫌いなの？」

好きか嫌いかではっきりと色分けもできない。複雑なものがあった。

「さあな。自分でも分からない。でも、俺は逃げたんだ。あの街から。虚飾の街。貴族が見栄《みえ》を張って威張りちらしているし、貧しい人間は決して手に入らない豊かさのために身を粉にして働くか、脱落して自堕落な日々に堕《お》ちるかの二択だ。虚栄があの街ではまかり通っている」

我ながら女の子を相手に何とつまらない話をしているんだろうと思った。都会に憧れる彼女を楽しませるような話題なんて探せば、いくらでもあるはずなのに。

「楽しいことだってあったでしょ。その街でウィルが書いたお芝居をみんなが喜んでくれた」

悪気があったわけではないだろうし、寧《むし》ろウィルのことを思って言ったのかもしれないが、その一言はウィルの胸に渦巻く黒い炎に油を注いで燃え盛らせた。

「それこそ幻想さ。あれは……『夏夜《ヴァルプルギス》の囁《ささや》き』はろくに人生の苦労も知らない子供が大人に認められたくて少し背伸びして書いただけの……はっきり言って駄作だ」

この本音をウィルは今まで誰にも喋《しゃべ》ったことはない。彼女が初めてだ。

「ウィル……」

「嫌いなんだ。あの物語に出てくる登場人物がね。……ビビには悪いけどさ」

まさか作者本人からそんな告白を受けようとは彼女も思ってもいなかっただろう。動揺が顔に表れている。しかし、一度、ウィルの胸に燃え始めた黒い炎は勢いを増すばかりだった。

「特にティターニア。気付いているかい？　あの物語で彼女だけが何もしていないのを」

勿論《もちろん》、ビビは首を傾《かし》げる。きっとあの芝居を見た大半の人は同じ反応をするはずだ。ウィルがそう思うのはきっと、彼が酷《ひど》く捻《ひね》くれているからだろう。

「ティターニアはさ、何もしていないんだよ。シシリアスに愛を語る以外は何も。彼が記憶を失った時も、悪い妖精パックに連れ去られる時も、妖精王オベロンが襲ってきた時も。彼女はシシリアスが助けてくれるのを待つだけで自分では何もしていないだろ？　彼女は運命を受け入れるばかりで、自分の力で立とうとすらしない。――まるで俺の母さんと一緒だ」

最後の一言は感情に任せるまま、口にしたことを後悔した。

「ウィル、駄目だよ。お母さんのこと、そんな風に言ったら。だって、ウィルのお母さんって……」

「ああ亡《な》くなったよ。五年前に。エマンサさんの最期《さいご》に立ち会った時にさ、母さんが死んだ時のこと、少し思い出したんだ。だから悪いけど、俺も少しナーバスになっているのかも」

記憶の中の景色が瞳孔の裏に映り込む。そこは真っ白い空っぽの病室で親子二人きりだった。

自らの手の中で静かにぬくもりを失っていく母の手の感触は今でも克明に覚えている。

「親父《おやじ》はとある有名な高級貴族だ。俺はいわゆる私生児ってやつだった」

「……私生児？」

「愛人の子供。つまり不貞の隠し子。親父《おやじ》にとっては俺の存在も母さんの存在も、公言できることじゃないんだ。生きるために必要な経済的な援助は勿論《もちろん》してくれた。でも、それだけさ。父親から認知もされない親子が幸せに生きていける訳ない。母さんは元々身体が弱くてさ、王都の毒の霧に肺をやられた。ハイランドの生まれの人だから、大人しく故郷に帰れば良かったんだ。そうすればさ、あんなに若くして死ぬこともなかった。なのに、母さんは病気が手遅れになるまで王都から離れようとしなかったんだ。何故《なぜ》だと思う？」

ビビは首を横に振る。当然だ。分かる訳がないだろう、大事なものが欠けている彼女には。

「親父《おやじ》がさ、自分を迎えにきてくれるかもしれないってずっと待っていたんだ。自分の体が病魔に蝕《むしば》まれているっていうのに、悠長に白馬の王子様が来てくれるのを待ち続けていた。来る訳がないだろ！　俺たちを迎えに来るってのは、親父《おやじ》が今の立場も名声も何もかも捨てるということなんだ！　夢を見すぎなんだよ。たかが平民の女なんかのために、全てを捨てる覚悟のある男なんている訳ないだろ！　俺、思うんだ。母さんこそシシリアスみたいに親父《おやじ》の所に押しかけて、みんなが見ている前で愛を叫ぶべきだったんじゃないかって。私はこの人の愛人です、隠し子だっています……って。そうやって全部、ぶち壊してやればよかったんだ！」

胸に渦巻く黒い感情が全身に広がっていくようだった。昂《たか》ぶる感情を今更、自分でも制御することができなくなっていた。

「ウィル。駄目だよ、駄目。自分のお母さんのこと、そんなに貶《おとし》めちゃ駄目だよ」

ビビの正論も、一度熱くなってしまったウィルの頭には入ってこない。

「……母さんだって、本当は自分で分かっていたんだ。だから、亡《な》くなる前に言ったんだ」

王都の郊外の病院。もう救う手立てのない患者のために割り当てられた一角に、ウィルの母は数か月を過ごしていた。いよいよ病状が深刻になっても見舞う者は他におらず、親子は二人きりで最期《さいご》の別れを迎えようとしていた。ちょうど今と同じくらいの初夏の季節。病室の窓から流れる緑の匂いを孕《はら》んだ風が気持ち良かった。ただそれも、あの時ばかりはその心地よさが恨めしかった。骨と皮だけになった痩《や》せ細った手が最期《さいご》までウィルの手をつないでいた。

『ウィル、ごめんね。お母さんが弱いせいで、ウィルには色々、苦労もかけたよね』

本当は謝ってほしいわけではなかった。結局、死ぬまで王子様は顔も見せようとしなかった。

『ウィル。あなたはお母さんのようになってはいけないわ。お母さんは弱かったの。だから、目の前の運命を受け入れることしかできなかった。でも、きっと、待っているだけでは幸せなんて来ないのよね……ウィル、お願い。あなたは。あなただけは強く生きて』

握る手はどんどん弱くなっていくのに、その言葉だけは強い力を感じさせた。最期《さいご》に一瞬だけ燃え盛るという命の灯火《ともしび》をその一言一言に全て注《そそ》ぎ込《こ》んでいるかのように。まるでお芝居の台詞《せりふ》のような言葉を母は最期《さいご》に遺《のこ》した。

――ウィル。あなたは心に剣《つるぎ》を持ちなさい。決して折れぬ強い剣《つるぎ》を。前へ進むことを怖がらないで。冷たい雨に濡《ぬ》れて吹き付ける風の前で挫《くじ》けそうになっても、あなたの背中を押してくれる愛を。お母さんの代わりに見つけて。……だから。ウィル。愛している。

そして、蠟燭《ろうそく》の灯火《ともしび》が掻《か》き消《け》されるように、最期《さいご》のぬくもりが失われた。

あの日以来、ウィルは「夏　夜《ヴァルプルギス》の囁《ささや》き」が嫌いになった。

「……そもそも。恋愛とかさ、十一歳の子供に分かるわけないじゃないか。『夏　夜《ヴァルプルギス》の囁《ささや》き』はただのませた餓鬼が垂れ流した妄想さ。それを大人たちはみんな、馬鹿みたいに口を揃《そろ》えて『神童だ』とか言って褒《ほ》め称《たた》えたんだ。皮肉なもんだ。母さんみたいな生き方をあれだけ嫌っていたのにさ。俺も同じように現実から逃げ出したんだから血は争えないな。だから俺も母さんみたいにさ、きっと無駄な人生を過ごして生きていくんだろうなって思うんだ」

こんな所で自分は何を語っているのだろう。こんな醜い本音はクローゼットの奥にでも隠しておけばいいものを。何故《なぜ》、それを今になって口にするのか。それもよりによって彼女の前で。

「ウィルってさ……やっぱり、どっか擦れているよね」

それっきり。彼女は何も口にしなかった。

気付かないうちに手が震えていた。油断したら、瞳から涙がこぼれ落ちそうだった。ビビの前で泣いたりしたら、それこそすごく格好悪い。彼女から目を逸《そ》らすためにウィルはわざとらしく、窓の景色へと首を向けた。

そして、重い沈黙の中、風の音と汽車の警笛が虚《むな》しく鳴り響いた。

今、自分が最低に情けないことは自覚している。ビビに元気になってもらいたくてお菓子を買い集め、この客室だってわざわざグレードを上げたりもしたのだ。だと言うのに自分からわざわざ、また重苦しい空気をつくってしまったのだから。

車窓から見える草原は夕焼けに燃えていた。夜の帳《とばり》がもうじき下りる。列車は暗い闇の中をこれから走って行くのだ。——何、しているんだろ、俺。

暗がりの中へと飛び込んでいく車窓の風景を眺めながら溜息《ためいき》を吐く。陰鬱《いんうつ》な時間が窓の外を駆け抜けていく。だが、その時、急に汽笛が狂ったように泣き喚《わめ》いた。

それは異常を報《しら》せる合図だ。急ブレーキがかかり軌条と車輪が互いに身を削り合い、悲鳴を上げた。鉄と鉄とが擦れ合う不快な金切り声とともに、列車は減速し、やがて車輪が完全に停止する。殺し切れなかった慣性の力が、乗客を乱暴に客室の壁へと叩《たた》きつけた。

「いたたた……な、なに？　何が起きたの？」

床に散らばったビスケットを恨めしそうに見ながら、ビビは窓の外を見る。当然、外は夜の闇の中。月の明かりに、長閑《のどか》な田園風景が僅かばかりに見えるだけだ。何かのトラブルか。でもそれならそのうち、運転も再開されるだろうと席に座り直して待つことにした。

がたん、と車体が音を立て、列車がもう一度走り始めるが……。

「ウィル。何か様子、おかしくない？」

今度はがくんと下から突き上げられる衝撃、そこから続いて車体が右向きにありえない角度で傾く。列車がカーブを曲がっているにしても、違和感を拭えなかった。ウィルは窓を開けてランプの光を当てた。列車は相変わらず、煙を吐き出しながら草原の上を走っている。だが。

「線路が……ない！」

先ほどの衝撃は車輪が軌条を跨《また》いで脱線した時のものだろう。黒い鉄の馬はその自由を謳歌《おうか》するかのように、夜の草原のど真ん中を気ままに疾走していたのだ。

「ねえ、ウィル。これってどういうこと……？」

「聞かれても、俺だって分かんないよ！」

鉄の馬車は草原を駆け抜けると、今度は深いオークの森へと飛び込んでいく。木々を薙《な》ぎ倒し地面を削り、草花を潰し道なき道を切り開いていく。車内はもう滅茶苦茶《めちゃくちゃ》だ。左右に車体が揺さぶられる度にウィルたちは客室の壁に叩《たた》きつけられる。窓の外はなおも深い森が広がり、大きく枝葉を伸ばした木々が絶え間なく窓硝子《ガラス》を叩《たた》き付《つ》ける。ビビは震えていた。その肩にウィルはそっと手を乗せた。

「大丈夫だから。外の様子を見てくる」

通路では客室から慌てて飛び出した乗客たちで大騒ぎになっていた。

「おい、誰かいないのか！　これはどういうことだ！　外はいったい、どうなっているんだ！」

お腹《なか》が膨らんだ中年男が叫んでいた。しかし、それに答えるべき乗務員の姿はそこにはなかった。この場で騒いでいるのは皆、乗客で、誰もが窓の外の景色を見て慌てている。列車は相変わらず、木々の生い茂る森の道なき道を突き進んでいる。

「おう！　これはどういうことだ！　すごいぞ！　鉄道が森の中を走っているではないか！」

その巨体は人だかりの中でもひどく目立ったし、その大声が騒ぎの中でもよく響いて聞こえた。熊のような大男がウィルの横で窓を覗《のぞ》き込《こ》んでいた。

「……まさか。妖精の仕業……」

ぽつりと呟《つぶや》いたつもりが、大男の大きな耳はそんなものでもよく聞こえるようだ。いきなり、がしっと横から肩を摑《つか》まれた。

「よお！　そこの少年！　お前さん、まさか、妖精が見えるのか？」

この汚い無精《ぶしょう》髭《ひげ》とぼさぼさの髪。そして、ヒグマにも負けない立派な巨体。ウィルはどこかで彼を見たことがあるような気がした。……でも、どこで。

「ねえ。ウィル。外、どうなっているの……」

客室のドアを開けて出てきたビビと、その大男とが偶然、目を合わせた。

「あ。サボテン好きのオークさん」

「おお！　先ほどのブラウニーを連れたお嬢ちゃんではないか！」

そして、大男の隣にはもう一人。季節外れの外套《がいとう》を羽織った眼鏡《めがね》の男が立っていた。

「奇遇ですね。まさか同じ列車の同じ車両に乗っているとは思いもしませんでした」

眼鏡《めがね》の縁を上げながら痩身《そうしん》の男が言う。ひょっとして、二人ともビビと知り合いなのかと考えて、ふとこの二人が先ほど駅でビビに話しかけていたことを思い出した。

「それより。さっき、ポロのことが見えると言いませんでしたか？」

「ポロ？　ああ、そこの可愛《かわい》らしいブラウニーのことか！　そういう君は、お嬢ちゃんの言っていた連れか！　はっはっはっは！　ここはまず、お互いに自己紹介といこうではないか。俺の名はスターゲイザー。こんななりをしているがオークではないからな！　それと、このスカしていけ好かない野郎がドナンソンだ！　よろしく頼むぞ！　少年！」

スターゲイザーが眼鏡《めがね》の男を指して豪快に笑う。この勢いだけでも気圧《けお》されそうになる。

「ウィル。ウィルソン・シェイル。それと、彼女がビビアン。二人ともポロのことが見えるんですか。ということは、あなたたちもフェアリーテイル？」

「あなたたちも、とおっしゃるということは、お二人はフェアリーテイルなのですか」

紳士風の男が眼鏡《めがね》をまた上げ直しながら言った。

「フェアリーテイルなのはビビだけで俺は違います。ただの付き添いみたいなものです」

「ほう。そうか！　残念ながら俺たちもフェアリーテイルではない！　こいつの家系は昔、フェアリーテイルだったらしいが、今は廃業中さ！　がっはっはっは！」

豪快に笑うスターゲイザーを横目にドナンソンが小さく溜息《ためいき》を吐くのをウィルは見た。相棒に苦労させられているのは自分と一緒なのだろう。ご愁傷様《しゅうしょう》。

「……私は探偵です。彼は助手。とは言っても、やっている仕事は何でも屋に近いですがね。元々、私は軍医をやっていまして、その頃はスターゲイザー君も海軍《ネイビー》の兵士でした」

「がっはっは！　こう見えても昔は我が国海軍《ネイビー》一の強兵《つわもの》だったのだぞ！　七つの海を股に掛け、クリミアの高地ではロマノフのコサック兵を相手に死線を渡り合ったのだぞ！」

クリミアとは黒海北岸の半島。数年前までそこは列強国がぶつかり合う悲惨な戦場だった。

「今では二人とも退役しましたが、彼とはその頃からの腐れ縁みたいなものです。で、話を戻しますと、リヴァプールで少しばかり仕事があって、今は王都に帰る途中なのですが……」

「しかし、いったいこりゃあ、どういうことだ！　汽車が森の中を走っているんだぞ！　レールもないのに鉄道が走るものなのか！　ふむ。だが、これが妖精の仕業だと言うなら、納得もできるな！　がっはっはっは！」

ウィルにはスターゲイザーがその都度、笑う理由がよく分からなかった。

「ミス・ビビアン。あなたがフェアリーテイルだというのなら、これがどのような種類の妖精の仕業か、見当はつきますか？」

ドナンソンに尋ねられたが、ビビは答えることができなかった。列車を森の中に走らす妖精――？　キッパーヘリングの事典を探したところで、そんなに都合良く見つかる訳がない。

「えっと……うんと……」

――こんな時、おばあちゃんみたいにスパッと答えを出せたらなぁ。

ページをめくるたび、ビビは自分の無能さに嫌気が差した。無いも同然の知識を総動員してそれでも何も見つけることができず、代わりにウィルが男二人に尋ねた。

「……そう言うあなた方には何か心当たりがあるんですか」

「私も確たるものがあるわけではありません。しかし、恐らく妖精たちが盗み出そうとしているのは、この列車自体ではないでしょうか」

――列車を盗む？　何を馬鹿な、とウィルは思ったが、窓の外の風景を見ては何も反論できない。何しろ、この列車は今、軌条のない森の獣道を走っているのだ。これ以上に馬鹿げていることなど、そうそうありはしないだろう。

「そ、それはありえないですよ！　だって、妖精が一番、苦手なものって鉄なんです！　こんな鉄の塊、本当なら妖精は近づくのだって嫌がるんです！」

「それならば、ミス・ビビアン。あなたのその相棒……ポロ君と言ったでしょうか。ブラウニーであるはずの彼はどうして、この列車に乗っているのでしょうか」

ドナンソンに反論され、ビビは言葉に窮した。確かにポロは鉄を嫌うどころか、いつもリュックの中に鉄のフライパンも、キッパーへリングの遺品の鉄剣も持ち歩いているのだ。

「ポロはその……昔から変わった子で……」

正直、ビビ自身もポロが鉄を嫌わない理由が分からない。言われてみれば、家付きの妖精であるブラウニーがフェアリーテイルにお供して、一緒に外の世界を旅している訳なのだから、その時点でポロは相当な変わり種だということは分かる。

「ミス・ビビアン。何事にも例外はあります。世の中の全てが決められたレールの上を走っているわけではないんです。脇道も例外も、それこそ星の数ほど存在する。それを今、私たちは身をもって体験しているのですから、ご理解いただけるはずです」

「……はい。そうです。そうですすよね……ドナンソンさんの言う通りだと思います……」

フェアリーテイルが素人《しろうと》にあっさりと論破されてしまった。駆け出しとはいえ、これはビビにとっては相当な屈辱に違いない。ビビの肩が震えているのにウィルは気付いた。

「しゃらくせえ！　犯人がどんな奴《やつ》かだなんて、こんな所でうじうじ議論したって、始まらねえだろ！　さっさと前の車両に移動して車掌に話を聞けば、少しは状況も分かるだろ！」

「……不本意ではありますが、ここはスターゲイザー君の言う通りでしょう」

「がっはっは！　そうとなれば、善は急げだ！　行くぞ、ドナンソン！」

さっさと急ごうとする二人をビビが止める。

「ま、待って！　私も一緒に行く！」

この事態を引き起こしているのが妖精かもしれないのに、フェアリーテイルが黙っていて、素人《しろうと》に全部任せるわけにはいかない。それにビビにとってはリベンジというか、名誉挽回《ばんかい》をしたいというのもあっただろう。しかし……。

「ミス・ビビアン。あなたの気持ちは分かりますが、相手はこの鉄の列車を盗み出すほどの存在です。その力は強大でしょう。あなたに万が一、ということもある」

「で、でも！　わ、私！　放っておくことなんかできないよ！　そ、それに私、フェアリーテイルなんだから、私の知識がどこかで役に立つかもしれないし！」

……その知識というのも、ほとんどキッパーへリングの事典が頼みでしかないのだが。知識だけなら、きっとドナンソンだけでも事足りるだろう。

「しかし、な。ドナンソン。嬢ちゃんの言う通りだと思うぞ。今は猫の手も借りたいくらいなんだ。おっと、嬢ちゃんが猫だって言っているわけじゃないぜ」

「ふむ。スターゲイザー君もそう言うのであれば、分かりました。ミス・ビビアン。こちらからあなたに助力をお願いできますでしょうか」

「あ……はい！」

ビビの声がちょっとだけ、前向きに弾んだ。

「それとウィルソン君。君にも彼女《レディー》を守る騎士《ナイト》の役割をお願いできますでしょうか。いざとなれば、我々だけでは彼女を守り切れるとは限りません。でも君なら適任だと思います」

「元よりそのつもりです。いいか、ビビ。なるべく俺の後ろから離れないようにするんだ」

ウィルはポロのリュックサックからキッパーヘリングの剣を取り出す。こんななまくらの武器で正体も分からない敵に果たしてどれだけ通用するか。

「う……うん。分かった。お願い、ね……ウィル」

何か反応が妙によそよそしい。それでウィルはさっきまでビビと微妙な空気だったのを思い出した。すると、今度はこっちの気持ちが落ち着かなくなる。危険だからもっと自分にぴたりと貼り付けとは、なかなか言い出しにくい。ナイトはお姫様と微妙な距離感のまま、彼女を守らなければいけなかった。

「よし！　それでは行くぞ！」

元ネイビーが血気盛んに指揮する軍団はしかし、わずか数フィート先で進軍を阻《はば》まれた。

「何だ、これは！　開かないではないか！」

前の車両へとつながる連結部の扉が固く閉じられていた。それが押しても引いてもびくともしないのだ。立て付けが悪くなっているのではないし、鍵が掛かっているわけでもない。押し通ろうとしても、目に見えぬ力が跳ね返そうとしてくる。

「ふむ。これは妖精の張った結界でしょう。我々を車両の中に閉じ込めるためにね。呪詛《じゅそ》の媒介となるものがどこかにあるはずです。それを解呪することができれば……」

「しゃらくせぇ！　こんなもん、こうしてやりゃあ、いいだろ！」

眼鏡《めがね》の男が知的にフレームを上げている横で、ネイビー上がりの巨漢が扉に体当たりする。まるで、熊か猪《いのしし》のように。妖精たちの張る厳重な結界は扉の留め具ごと吹き飛ばされた。

「がっはっはっは！　結界が何だって？」

勝ち誇ったように笑うスターゲイザーをほかの三人は唖然《あぜん》とした顔で見ている。

「私が腐れ縁というだけで彼と付き合っているようにも見えるかもしれませんが、彼の思い切りの良さというのにはよく助けられます。色々、面倒な手間が省けますし。こんな風にね」

紳士がニヒルな笑いを浮かべる。何というか、不思議なコンビだとウィルは思った。

次の車両、つまり先頭から六両目も個室が並び、廊下に出た乗客たちが大騒ぎしていた。この状況で乗務員が誰も姿を見せないことに客たちは皆、苛立《いらだ》っていた。その車両のドアも例の如《ごと》く、封印が施されていたが、またもやスターゲイザーがドアごと破壊し道を切り開く。

「いったい、どういうことだ！　何故《なぜ》、車掌はこの状況を説明に来ないんだ！」

「そうだ、そうだ！　乗務員に誰か、説明させないと！」

後ろの車両の乗客たちも前の車両に行こうとして騒ぎたてた。それをスターゲイザーが両手を広げて止めた。

「ああ、悪いが、ここから先は部外者の連中は遠慮してもらおうか」

そう言ってスターゲイザーが群衆の前に見せたのはロイヤルネイビーの紋章があしらわれた黒革の手帳だ。海軍の上級士官しか携行を許されていない身分証だ。

「俺たちは今、王立海軍《ロイヤルネイビー》からの極秘ミッションでこの事件について調査をしているところだ。極秘だからつまり、すごく秘密という意味だ。この件に関しては他言する者や、作戦の邪魔をする者がいれば、問答無用で軍法会議にかける。いいな？」

言っている台詞《せりふ》は嘘臭《うそくさ》いし、酷《ひど》く胡散臭《うさんくさ》いのだが、スターゲイザーのがっちりとした体格が「ロイヤルネイビー」という単語に揺るぎない信憑性《しんぴょう》を与える。絵に描いたような荒くれ者の水兵の正体に疑惑の目を向ける者など、この場にはいなかった。

「あの……ドナンソンさんたちって、軍の極秘ミッション中だったんですか」と尋ねるビビに、眼鏡《めがね》の男は苦笑して答えた。

「まさか。仕事柄、ああいう小道具はいつも持ち歩いているんです。陸軍と王都警視庁《スコットランドヤード》の身分証もありますよ」

横から聞いていたウィルは思わず呆《あき》れてしまった。そして前から五両目。ウィルは目の前の光景に思わず足を止めた。二等客車には本来、数十人が乗っているはずなのだが、今、ウィルたちの前に乗客の姿は一人もなかった。

「こりゃあ、どういうわけだ！　誰もいないじゃないか！」

初めから誰もいなかったとは考えづらい。床には乗客たちの荷物が散らばり、複数に踏み荒らされたような跡が残っていた。まるで山賊の襲撃で全員が連れ去られたような……。

「これは予想以上にヤバい連中の仕業みたいだな……」

ウィルは後ろを振り返り、ビビを見る。その顔には緊張の色が濃く滲《にじ》む。正体不明の敵から
ビビを守り切れるか、ウィルにも正直、不安はあった。連結部の扉の前でドナンソンとスター
ゲイザーが同時に足を止める。確か、四両目には客席はなく、ラウンジ車だったはずだ。
「誰かいるな……」
「ええ。何者かの気配がします。よろしいですか、二人とも。準備はいいですか」
ここまで来て、今更逃げ帰るわけにいかない。鉄剣の柄《つか》を握る手が知らず知らず汗ばむ。
「うおりゃあ！」
例の如《ごと》く、スターゲイザーがドアに体当たりすると同時、奇襲を仕掛けるつもりで四人一斉
に車両に飛び込んだ。そして、真っ先に目に入るその光景にスターゲイザーが声を上げた。
「な、なんじゃあ、こりゃあああああ！」
こんなものを見せられれば、荒くれ者のネイビーだって白目を剝《む》いて驚くはずだ。何しろ、
消えたはずの乗客と乗務員数十人がまとめて、天井からロープで逆さに吊《つ》るし上《あ》げられていた
のだから。ちょうど、海辺で潮風を浴びて天日干しされたニシンの開きのように。
「し、死んでいるのか……」
「いえ。皆さん、気絶しているだけのようです。ですが、これは……何ということでしょう。
さすがにこれは目を覆いたくなります。この光景は……あまりに凄惨《せいさん》で……」
想像以上の酷《ひど》い有様《ありさま》にドナンソンも言葉を詰まらせる。酷《ひど》い、あまりに酷《ひど》い。被害者たちは

皆、その何者かによって蹂躙《じゅうりん》され、人としての尊厳を踏みにじられていたのだ。

だと言うのに、この惨状を目《ま》の当たりにしながら、ビビが不謹慎にも「ぷっ」と吹き出して被害者を指差して大笑いし出したのだ。

「ビビ！　笑うな。この人たちに失礼だろ！」

「でもお！　笑っちゃうでしょ、こんなの！　みんな、どうして顔中、落書きだらけなの！」

天井から逆《さか》さ吊《づ》りにされた人々の顔にはみんな、子供が描いたような落書きがされていた。綺麗《きれい》な女の人にはインクで髭《ひげ》が生えて、逆に厳《いか》つい男の人の顔には口紅やチークのお化粧がされていたのだから、相当見た目としては悲惨だった。食べられたり、無抵抗のまま槍《やり》で串刺しにされたりするよりは余程いいが、これはこれでむごたらしい光景だ。

「これ、やったのは妖精なのかな？」

「恐らくはそうだと思います。それも、ひどく悪戯《いたずら》好きのね」

悪戯《いたずら》好きの妖精とは、これはまた当てはまるものが多すぎる。ゴブリンもそうだし、プーカやコボルト、ピクシー、ブラウニーだってそうだ。ビビは事典をめくって探すが、対象を絞り込めない。やっぱりこの状況で何一つとして力になれない自分が悔しかった。

「おそらく犯人はグレムリンでしょうね」

ドナンソンは例の如《ごと》く眼鏡《めがね》を上げ、ビビには辿《たど》り着《つ》けなかった《回答》をあっさり口にした。

――グレムリン。ビビは事典のページをめくる。

「グレムリン。ゴブリンやボガードの仲間で、機械に悪戯《いたずら》をする妖精。好物はチューインガムや飴《あめ》やお菓子。甘い物にはどれも目がなくて、お菓子を巡って仲間と喧嘩《けんか》をすることも多々ある。一方で、苦手なものは太陽の光。普段は洞窟や森の中でひっそり、夜が来るのを待っている。飼うときは、虫歯になるので夜十二時を過ぎたら餌を上げないようにしましょう……」

事典の言葉を読み上げながら、はっとビビは気付く。

「機械とは大概、鉄でできているものです。そして、この汽車は相当な複雑な機械の集合体ですから、彼らにとっては最高の遊び道具でしょうね。そんな魅力がいっぱい詰め込まれた玩具《おもちゃ》箱ですから、自分たちの家に持って帰りたくなったとしても不思議ではありません」

だから、グレムリンはこの列車ごと盗もうと画策したのだ。なるほど見事な推理だ。ウィルは素直に感心したし、ビビはフェアリーテイルの見せ場を素人《しろうと》に取られて心の底から凹《へこ》んだ。

「しかし、敵の正体が分かったからと言って、肝心の相手がいなければ、喧嘩《けんか》はできんぞ！」

「せっかちですね、スターゲイザー君。少しくらい待つことはできないのですか。もう、すぐそこまで来ていますよ。彼らは」

おもむろにドナンソンはステッキを振り回すと、暗がりに向かって鋭く突き刺した。

「きぇ！」

素《す》っ頓狂《とんきょう》な悲鳴とともに、逆《さか》さ吊《づ》りの乗客の背後に隠れていた影が床の上に跳ねて転がった。

子供ほどの背丈だが、その毛むくじゃらの手足は人間のものではない。ぴん、と立つ大きな耳の端をぴくぴくと動かしながら、のそりとその小さな身体を起こす。

「か……かわいい！」と、ビビが目を輝かせたのも分かる。立ち上がったその妖精はまさに、二足で立つ野兎《ジャックラビット》そのものだったからだ。

「ほらほら、こっちにおいで。怖くないよー」

と、手招きをしながら、実際に近寄っているのはビビの方。二本足で立つジャックラビットは長い耳を揺らしながら、円《つぶ》らな瞳をこちらに向けている。その風貌を見る限り、とても人間に危害を加えようという気配は感じられない。

「いけません！　ミス・ビビアン！　そいつから離れてください！」

「やだなぁ。この子、噛《か》んだりしません……」

その時だ。一斉に車両の窓が割れて、夜闇の奥から無数の影が飛び込んできたのだ。突如として現れたその影は皆、子供くらいの背丈で、大きな耳をぴくぴくと震わせる。瞬《また》く間《たま》にウィルたちを取り囲んだ十数匹からなる野兎《のうさぎ》は皆、棍棒《こんぼう》やら竹箒《たけぼうき》やらを携えて武装していた。

「きぇ！　きぇ！　きぇ！」

敵を威嚇して自らを鼓舞するように、グレムリンたちは奇声を上げながら、ぴょんぴょんと飛び跳ねる。武装する野兎《のうさぎ》の群れの中心にいるのは、一回り大きい……とは言っても、身長はウィルの胸の高さくらいしかないのだが、首魁《しゅかい》と思われるグレムリンだった。片目を黒い眼帯で覆い、醸《かも》し出《だ》すオーラは周りの可愛《かわい》いだけの小さな野兎《のうさぎ》たちとは一線を画す。

「……あのグレムリン！　相当な修羅場をくぐっているぞ！」とクリミア帰りのネイビーが言うのだから本物なのだろう。片目のグレムリンが懐《ふところ》から取り出したのはリボルバー式の拳銃。撃鉄を引く瞬間、こちらを嘲《あざけ》るようにして笑うのを見た。

「あぶねぇ！」

スターゲイザーがウィルを弾《はじ》き飛《と》ばす。重く響く銃声。放たれた弾丸が頭上を僅かにかすめた。可愛《かわい》い顔をして本気でウィルを殺そうとしたのだ、あの兎《うさぎ》。

狙いが外れたのを見て、片目のグレムリンが悔しそうに唾を吐き捨てる。

「この野郎！　あぶねぇじゃねぇか！」

いきり立つ巨漢が敵陣に単身で切り込む。小さな野《の》兎《うさぎ》の頭部より大きな拳を一撃、また一撃と繰り出し、グレムリンたちを弾《はじ》き飛《と》ばす。あるいは耳を摑《つか》んで振り回す。しかし、彼らもまた、血気盛んなところではネイビーの水兵にも負けていない。手にした棍棒《こんぼう》や竹槍《たけやり》で、自らの倍以上の体軀《たいく》を持った巨漢へと敢然と、そして一丸となって立ち向かっていく。

「痛っ！　この野郎！　ぶつな！　寄って集《たか》って、こん畜生め！」

だが混戦になれば、こちらに好都合なこともある。味方に当たる可能性があれば、片目のグレムリンも安易に発砲できないだろう。と、思ったら、二発目の銃声が響く。仲間である別の兎《うさぎ》の背中に当たって、小さな身体が弾《はじ》け飛ぶように後ろに倒れた。放たれた弾丸は実はドングリの実。とはいえ、撃たれればただでは済まないことは先ほどのグレムリンが証明してくれた。

舌打ちをしながら片目のボスは仲間に弾が当たろうとお構いなしに、再び銃口を向ける。

「この野郎！　正気か！　味方の背中に銃を向けるとか、何を考えてやがる！」

「スターゲイザー君。妖精相手に正気を問うても意味のないことですよ。ウィルソン君！　協力してください。まずはあの厄介な玩具《おもちゃ》を取り上げないことには」

「わ、分かった！　ポロも行くぞ！」

こくり、と鉄のフライパンを持ったポロが無言で頷《うなず》いた。ウィルはキッパーへリングの剣をかざし、二本足の兎《うさぎ》たちの中へと切り込む。カリャッハ・ヴェーラとの戦いでは手傷を負わすこともできたが、鉄を苦手としないグレムリンが相手ではそこらへんの棍棒《こんぼう》とさして変わらない。ウィルは左側から兎《うさぎ》の群れを蹴散らし、片目のボス兎《うさぎ》の下へと目指す。反対側からはドナンソンが華麗な棒術でステッキを振り回し、襲いかかるグレムリンたちを次々といなしていく。破られた窓から援軍が次から次へと湧いて出る。気絶して倒れた仲間たちの身体を踏みつけながら、新手《あらて》が襲いかかる。それを剣で叩《たた》いて黙らせても、また、次の新手《あらて》が押し寄せる。

「畜生！　何だよ、こいつら！　いったい、どれだけの数がいるんだよ！」

戦況は徐々に、物量に劣るウィルたちの方が押し込まれていった。敵に四方を固められながら孤軍奮闘するスターゲイザーを助けに行くこともできない。

「きゃああ！　ウィル！　助けて！」

いつの間にか、ビビは兎《うさぎ》たちに取り押さえられ、手足をロープでぐるぐるに巻かれていた。

「ビビ！　待ってろ。今、行く！」

しかし、兎《うさぎ》たちの美しい毛並みの壁が行く手に立ちはだかる。

「きぃ！　きぃ！」と黒い眼帯のボスが号令を掛ける。完全に拘束されたビビは身体を十数匹の兎《うさぎ》に担《かつ》がれ、窓の外へと運び出されようとしていた。

「ビビ！　ビビ！　おまえら、今すぐビビを放せ！」

「ウィル！　ウィル！　助けて！　助けて！」

剣を構えて突撃し、とにかく、行けるところまで切り込むつもりだった。しかし、背中の後ろから十を超えるグレムリンたちに貼り付かれれば、どうすることもできない。取り押さえられ、身動きのとれなくなったウィルの背中の上で野兎《のうさぎ》たちが勝ち誇ったように飛び跳ねる。

「くそが！　この野郎！　おい、ウィル、大丈夫か！」

スターゲイザーが蕪《かぶ》を引っこ抜くように、ウィルの身体の上で跳ねる兎《うさぎ》の耳を摑《つか》んで放り捨てた。すると、今度はどういう訳か。これまで無限に押し寄せてきた兎《うさぎ》たちの波が切り返すように退《ひ》いていくではないか。気付けば、何十匹といた兎《うさぎ》たちの姿は残らず消えていた。

「どうやら助かった……という訳にはいきませんか」

ドナンソンもさすがに疲労困憊《ひろうこんぱい》した様子だった。一匹一匹は大したこともないが、あれだけの数で来られると、為《な》す術《すべ》もない。ウィルも息を切らしながら何とか立ち上がる。

「ビビが……ビビが……あいつらに！　畜生！　畜生！　俺がちゃんと守れなかったから！」

錆《さ》び付《つ》いた剣を杖《つえ》代わりに、倒れそうになる身体を何とか支えた。

「私も迂闊《うかつ》でした。まさかあの数で来られるとは思いもしませんでした。完全に彼らの戦力を見誤っていました。しかし……何故《なぜ》、彼はミス・ビビアンを攫《さら》ったのでしょうか」

「そりゃあ、嬢ちゃんが可愛《かわい》かったから……とか？」

最後に疑問符を付けながら首を傾《かし》げるあたり、本気でそう思っているわけではなさそうだ。

「いぇ……たぶん。ビビの鞄《かばん》の中に入っている……お菓子のせいかと」

ドナンソンとスターゲイザーが不思議そうに顔を見合わせる。

「お、お菓子だぁ？」

「最近、ビビ。元気がなかったから、大好きなお菓子で少しでも笑ってほしいと思って。リヴァプールで買ってプレゼントしたんです。銀貨二枚分のお菓子を。ビビって、好きなお菓子、リスみたいに鞄《かばん》いっぱいに仕舞って持ち歩く癖があるから……」

すると、スターゲイザーたちが合図したように一緒になって笑い出した。

「がっはっはっは！　そうか、そうか！　駅で嬢ちゃんが寂しそうに待っていたのはそういうことか！　しかし、嬢ちゃんもあの歳《とし》で男に貢《みつ》がせるたぁ、罪作りな女さ！」

何がおかしいのかをウィルはちっとも理解できない。

「何を笑って……そんなことより、早くビビを助けにいかないと！」

「ああ、そうだ！　お姫様を助けに行くのは騎士《ナイト》様の役だからな。お姫様も騎士《ナイト》様に惚《ほ》れてハッピーエンドさ！　がっはっはっは！」

「だから、別にそういうんじゃないってば。誤解があるようだけど、俺たちはそういう関係じゃない。そもそも、ビビは誰かを好きになることなんてない。あいつは昔、盗まれたんだ。妖精に《恋をする心》を。俺たちはそれを取り戻すために旅をしている」

「ほほう。それなら、何で嬢ちゃんのためにそんなにまでするんだ？　男が命を張るってのはさ。大概、レディーにこっちを振り向いてもらいたいからじゃないのか」

「別に見返りがほしいわけじゃない。そんなもの、今までも何一つ受け取った記憶は無い」

そう言うと、スターゲイザーの大きな手が肩の上に乗った。

「おお、そうか、そうか！　全部、あの子の笑顔のためだもんな！　がっはっはっは！」

「スターゲイザー君。あまり、彼を虐《いじ》めるものではないよ」

「虐《いじ》めてなんかいないさ。寧《むし》ろ、俺は感激している。ウィル。おめえさんは本当にいい奴《やつ》だ。きっと将来は悪い女に騙《だま》されるだろうよ！　でもな。男ってのは、そのくらい馬鹿で真《ま》っ直《す》ぐじゃなければ、人生、面白くないだろ！　がっはっはっは！」

先ほどもビビには捻《ひね》くれ者と呼ばれ、人から真《ま》っ直《す》ぐなどと評されたのは生まれてこの方、初めてだった。捻《ひね》くれ者にはこれが馬鹿にされているようにしか思えなかった。

「ウィルソン君。君は非常に良《い》い青年だ。だから、覚えておくといいでしょう。大事なものなら決して手放したりしてはいけません。手を離せばもう取り返すことのできないものもあるのです。……さて、行くとしますか。囚《とら》われの姫君が待ち焦がれているはずです」

ビビを連れ去ったグレムリンは窓から車両の外へと逃げていった。外を覗《のぞ》くと、列車はなおも木々の生い茂る原生林の中を走っていた。車輪が走るのは光の軌条の上。疾走する鉄の塊は木々を楽々と薙《な》ぎ倒《たお》し、更に森の奥へ突き進む。その中を三人は窓から外壁を伝い、車両の屋根へとよじ登る。元水兵はともかく、運動嫌いのウィルは悪戦苦闘するばかり。押し寄せる風と高速で体当たりをしてくる木々の枝葉に弾《はじ》き飛《と》ばされそうになるのを必死に耐えた。

列車を止めるためにはどのみち先頭の機関車両まで行かなければいけない。が、客車と機関車との間には石炭を積んだ炭水車《テンダー》があるため直接、中から行き来はできない。屋根の上から先頭車両を目指そうとしたところで、不意にウィルの鼻先をわずかに鉄の鏃《やじり》がかすめた。

表面を削り取られた皮膚から細い血の筋が流れる。炭水車《テンダー》の上で、グレムリンの弓兵たちが矢を番《つが》え、待ち構えていた。その奥で、えっちらおっちらとビビを担《かつ》いで運ぶ一団が見えた。

「ウィル！　助けてー！」

「畜生！　ビビを放せ！」

屋根から屋根へと飛び移ろうとすると、大弓を構えた兎《うさぎ》たちが一斉に矢を放つ。狙いはてんでバラバラで当たることはないが、これでは迂闊《うかつ》に近付くこともできない。加えて、片目のグレムリンが陣形の奥から拳銃を構えているのだ。

「うぬ！　これでは近付けぬではないか！　せめて、列車が止まってさえくれれば……」

列車から振り落とされないようにするのが精一杯なのに、前からは弓矢と弾丸が容赦なく襲ってくる。焦《あせ》る気持ちを抑え、ウィルはその場に踏みとどまるしかなかった。しかし、その時、徐々に列車の速度が落ち始めた。景色は一変し、大樹の幹と枝葉によって取り囲まれた巨大なドーム空間の中へと列車は迷い込んでいた。

「おい、おい！　何だってんだ、これは！」

スターゲイザーも一緒になって驚いて、その巨大なドームを見上げた。空を覆うように枝が球状に伸びて絡《から》まる。生い茂る枝葉に邪魔されて、空からは月明かりもほとんど届かない。けれども、そこが真っ暗というわけではない。代わりにゆらゆらと揺らめく鬼火が空中を漂い、巨大な空間をささやかな光で照らしていた。ドームを囲う木々の幹に小さな横穴がいくつも口を開いていて、小さなグレムリンたちが興味津々《きょうみしんしん》に黒鉄《くろがね》の馬車が走るのを覗《のぞ》いていた。

「どうやら、ここがグレムリンたちのアジトのようですね」

昔話でよく、妖精の国に迷い込んだ人の話がある。彼らが入り込んだ場所もきっとこういう所だったに違いない。ドームを中央から支えるのは巨大なトチノキ。その根元に祭壇があった。列車はその大樹の前に停車し、ビビを担《かつ》いだ一団が階段から祭壇へと向かう。ウィルも屋根から飛び降りてグレムリンたちを追う。ビビは手足を縛られたまま祭壇に捧《ささ》げられようとした。

「王サマー！　オ菓子ヲ持ッテ来タヨー！」

甲高《かんだか》い歓声を上げ、小さな野兎《のうさぎ》たちが祭壇の周りを取り囲んでぴょんぴょんと飛び跳ねた。

それが儀式の一つだったのだろうか。どこからか呻《うめ》き声が聞こえたかと思うと、大樹の根元に開いた空洞から巨大な影がのっそりと姿を現した。

「王サマー！」「王サマー！」「バンザイ！」「バンザイ！」

家臣たちの歓声に迎え入れられ、三十フィート（約九メートル）はあるだろう巨大な兎《うさぎ》がのそのそと亀のような緩慢な動きで祭壇に向かう。その王様が手にした巨大な棍棒《こんぼう》を肩慣らしに振り回した。その風圧だけでウィルは足元を絡《から》め取られ、無様に階段から転がり落ちた。

「王サマー！　命令通リ、汽車ポッポ、持ッテ来ター！　褒《ほ》メテ、褒《ほ》メテ！」

「オ菓子モ一緒ダヨー！　甘イ匂イ、イッパイ！　オ菓子ノ匂イノスル人間モ！」

そのお菓子の匂いをする人間とは間違いなくビビのことだろう。

「させるかよ！」

だが、そこに棍棒《こんぼう》を手にした近衛《このえ》の兎《うさぎ》たちが道を塞ぐ。おでこに十字傷のある、いかにも腕の立ちそうな野兎《のうさぎ》が木刀を持って斬りかかる。ウィルはキッパーヘリングの剣でその一撃を弾《はじ》くと、僅かに敵に隙が生じる。剣先を水平に構え、ウィルは即座に反撃を重ねる。十字傷のグレムリンはよろめいて、後ろにいた数人の仲間を巻き込んで階段を転がり落ちていった。

「人間風情《ふぜい》ガ！　宝物ヲ返スモノカ！　返スモノカ！」

王様の大兎《うさぎ》がウィルの前に立ち塞がり、棍棒《こんぼう》をウィルに向かって叩《たた》きつける。地面が揺れ、叩《たた》きつけられた大地に大穴が穿《うが》たれる。見た目は可愛《かわい》い兎《うさぎ》でも、その目は狂気を孕《はら》む大鬼だ。

兎《うさぎ》たちの大王が歩くたびに地面は波打って揺れる。そして、毛むくじゃらの腕を祭壇に伸ばして、まるで人形を愛おしむように、ビビの柔らかな肌に触れて鼻をひくつかせた。

「甘イ、甘イ、オ菓子ノ匂イ。鼻ヲカスメル、クッキーノ匂イ！」

お菓子の匂いがするのも当然。彼女の鞄《かばん》にはウィルが街で買ったお菓子がいっぱいに詰め込まれているのだから。だが、このままではお菓子と間違われて、ビビが頭からパクリと兎《うさぎ》に齧《かじ》られかねない。駆け寄ろうとするウィルを兎《うさぎ》の巨大な拳が飛び込んで邪魔をする。

ぱちん、と小指で腹部を弾《はじ》く。相手としては軽く弾《はじ》いただけなのかもしれないが、正拳で腹を貫かれたような重い衝撃がウィルを襲う。一緒に意識まで弾《はじ》き飛《と》ばされなかったのが不思議なくらいだった。全身から力が抜け落ちるように、ウィルは地面に膝を屈した。

「ウィル！　ウィル！」

自分の名前を呼ぶビビの声が遠のいていくようにも聞こえた。グレムリンたちの王は勝ち誇るかのように嗤《わら》い、ウィルを見下ろす。その気になれば、小さな人間など一撃で殺すこともできようが、敢《あ》えてそうしないのは、仔猫《こねこ》が獲物の小鳥やネズミを生きたまま、弄《もてあそ》ぶのと一緒だ。次はどう痛めつけてやろうかと、色々考えているのだろう。片手に握った巨大な棍棒《こんぼう》を持ち上げる。しかし、その時。ウィルは逆襲の一手が打たれるのを見た。

停車した列車の屋根に立っていたのは、馴染《なじ》みのブラウニーだった。いつも寡黙で大人しい旅の相棒は、手にするものを今、フライパンから弓に変える。ぴんと張った弦に矢を番《つが》え、驚くほど冷静沈着に狙いを定める。鏃《やじり》の根元に巻かれた白い布にはたっぷりとランプオイルが染《し》み込んで、赤い炎を纏《まと》わせている。弓柄《ゆづか》をしならせ、両手いっぱいに引いた弦から火矢を放つ。赤い炎は闇夜を両断するかの如《ごと》く一直線に、グレムリンの王の右膝へと突き刺さった。

「キ、キェエエエェ！　膝ニィイィ！　矢ガァアアァア！　膝ニ矢ガァアァア！　膝、矢ァアァア！　焦ゲルゥウゥ！　ボクノ毛ガ焦ゲテイルゥウゥ！」

棍棒《こんぼう》が手から滑り落ち、巨大な野兎《のうさぎ》は矢の刺さった膝を庇《かば》うように蹲《うずくま》った。矢の先に纏《まと》った炎が延焼し、立派な毛並みがぷすぷすと焦げ始めるから王様は大慌てだ。

「王サマァア！　王サマガ、火事ィイィ！　レスキュー！　レスキュー！」

「火消シ！　火消シ！　誰カ、誰カ！　ファイアーマン来テェエエ！」

王様の取り巻きまで取り乱し、王座の周りは一気に狂乱状態と化した。この好機にウィルは祭壇まで一気に駆け上がり、ビビを縛っていた手足のロープを解く。

「ビビ！　大丈夫か！　立てるか！」

「う、うん……。ありがとう、ウィル。信じていたよ」

涙ぐむビビの腕を強引に引くと、ウィルは祭壇の階段を一気に駆け下りる。しかし、執念深いグレムリンたちが二人をそのまま見逃してくれる訳がなかった。

「王サマノ仇《かたき》！　者共、出会エ、出会エ！」

見ると、グレムリンの王様は矢で撃たれた右膝を両手で擦りながら、ぐすん、と涙目を浮かべていた。王様の仇《かたき》を討たんと親衛隊の精鋭たちがウィルたちを取り囲む。いきり立った兎《うさぎ》たちの瞳はいつもにまして、真っ赤に燃えている。話して分かり合える状況ではない。黒い眼帯のグレムリンも銃口を構えつつ、こちらへとにじり寄る。鉄の棒と変わらないなまくらの剣一本で、彼らの包囲網を破ることなど果たしてできるだろうか。

「糞《くそ》……！　こんな所で！　せめてビビだけでも……」

するとどうしたことだろう。こんな状況で何を考えているのか、がさごそ、とビビは鞄《かばん》を漁《あさ》り始めたのだ。そして、取り出した大瓶の砂糖菓子。ずっと大事そうに食べていたので中身もほぼ残ったまま。星の形をした桃色の砂糖の塊を一つ、名残《なごり》惜しそうに口の中に入れる。

「ビビ！　いくらなんでも、こんな状況で何をやって……」

と、言うウィルの口に青色のお星様を無理矢理突っ込んだ。

「折角、ウィルが私のために買ってくれたのにごめんね？」

何故《なぜ》、謝るのか最初は分からなかった。ビビはもう一度、瓶の中に手を突っ込み、その小さな掌にいっぱい、色とりどりの砂糖菓子を摑《つか》み上げた。

「みんなー！　おやつの時間だよー！」

小さなお星様が、まるで本物の星空みたいに宙を舞った。赤や青、緑や黄色。わくわくするほど、カラフルな光を灯《とも》して。ビビが投げた無数の砂糖菓子は空中に踊って、純朴で食いしん坊な兎《うさぎ》たちを一斉に魅了した。そして、やがて、星が落ちると、凄惨な奪い合いが開始された。

「オ菓子ダー！　オイシソー！」

「甘イ甘イオ菓子ダー！　駄目ダゾ！　コレハ、ボクノ分ダ！」

庶民も、貴族も、王様の親衛隊まで混ざって、地面に落ちたお菓子目掛けて一斉に飛びかかる。まるで、餌遣《や》りに群がる公園の鳩《はと》だ。我先にと手を伸ばし、取り合いになると、兎《うさぎ》たちは互いに睨《にら》み合《あ》い、威嚇して、そしてあちこちで喧嘩《けんか》を始める始末。

「まだまだあるよー！」

新しいお菓子が投入されると、木の幹に隠れていた子供のグレムリンも元気に飛び出す。更にはあれだけ傷を痛がっていた王様も一緒になって、お菓子に群がる。甘い物の前には貴賤《きせん》も貧富も関係ない。お菓子が好きなことに国境も、肌の色も関係ない。それは人間と一緒だ。

まさに革命だ。お菓子を奪い合っての乱痴気騒ぎはまるで、ブルボン王家を打倒したかの有名なヴェルサイユ行進を彷彿《ほうふつ》とさせた。

「お菓子だよー！　みんな大好きなお菓子の時間だよ！」

ビビは鞄《かばん》の中身が空になるまでお菓子を撒《ま》き続ける。

「王サマー！　オ菓子ヨコセー！　パンガ、ナイナラ、オ菓子ヲヨコセ！」

「オ菓子ヲクレナイ王サマナンテイラナイ！　造反有理《ぞうはんゆうり》ダ！」

革命の混乱が渦巻く王国から脱走することは拍子抜けするほど簡単だった。

「ウィル！　嬢ちゃん！　大丈夫だったか！」

「二人とも、早くこちらへ！」

機関車からドナンソンとスターゲイザーが顔を出し、二人を出迎える。

「でも、どうやって、ここから脱出するの！」

「勿論《もちろん》、お二人にも手伝ってもらいますよ」

先頭の機関車に乗り込むとすぐに、ドナンソンから軍手を手渡された。意味が分からずウィルは呆《ほう》けていると、後ろからスターゲイザーに肩を摑《つか》まれた。

「おう！　ウィルは俺と一緒に火をくべる係だ！」

続いてスコップを渡され、火室の焚口《たきぐち》の前へと連行された。すでにポロがフライパンで投炭作業を始めていた。炭水車《テンダー》の石炭を逐次、炎が燃えさかる火室の中へと投げ入れる仕事だ。

「いいか、炭はムラがないように均一に敷き詰めるのがポイントだ！」

ビビはドナンソンとともに機関士席の前へと移動する。

「ミス・ビビアン。操舵《そうだ》の方はお任せします。私が窓から前方の確認をいたしますので、私の指示通りに舵輪《だりん》を回してください」

──操舵《そうだ》？　舵輪《だりん》？　船でもないのに、と思ったら、本当に運転席に船を操舵《そうだ》するのと同じ木製の舵輪《だりん》がくくりつけられていた。きっと、軌条のない場所を走るため、グレムリンたちが改造したものだろう。汽笛とともに、煙突から夜闇より濃い黒煙が吐き出される。ドナンソンが加減弁《レギュレーター》ハンドルを引くと、動輪がじっくりと駆動を開始する。

「発車します！」

ブラストが真っ白い蒸気を吐き出し、しゅうしゅうと声をかき鳴らす。列車は軌条なき道を静かに加速していく。ウィルはスターゲイザーにどやされながら、ひたすらスコップで掬《すく》った炭を火室へと投げ込み続ける。ドナンソンは窓から頭を出し、前方の障害物を確認する。

「前方に大きな木があります！　舵《かじ》を左十時の方向へ回してください！」

「あ、はい！」

言われた通り、ビビが舵輪《だりん》を動かす。車体を巨大なケヤキの幹にこすりながらも、列車はなお加速を続ける。軌条の存在しない獣道を走るのだから車両は振り子の如《ごと》く、何度も乱暴に揺さぶられた。こんな状態で巨大な鉄の馬がこのまま走り続けることができるのか、それはウィルにも分からなかった。ただ、このグレムリンたちの森から抜け出すには、ひたすら石炭をくべて、車輪を動かすしかないのだ。

さすがにお菓子に夢中だったグレムリンたちも、しばらくすると異変に気付く。

「汽車ガ！　逃ゲル！　逃ガスナ！」

たらふくクッキーを食い散らかしたジャックラビットの群れが烈風の如《ごと》く猛然と、汽車を後ろから追いかける。弓を持ったグレムリンが矢を次々と番《つが》えて放つ。

「ひぃぃ！」

窓を飛び越えて、鉄の矢が機関室の天井に突き刺さる。

「こら！　怖がっている暇はないぞ！　どんどん焚《た》け！　兎《うさぎ》に捕まりたくなかったらな！」

黒煙が更に勢いよく吐き出されて、森の静寂を侵食する。追いかけてくるグレムリンたちの中にはあの黒い眼帯もいた。相変わらず物騒な拳銃を手にし、立て続けに二発、銃声を鳴らした。狙いの悪さも相変わらずで、車輪がぱんぱんと、何かを弾《はじ》いた。

「狡《ずる》イ！　狡《ずる》イ！　人間ダケ！　美味《おい》シイオヤツヲ独リ占メシテ！」

「イイナ！　イイナ！　人間ダケ、甘イオ菓子ト、楽シイ機械！　ボク達《たち》モ欲シイ！」

グレムリンは見た目の通り、純粋な連中なのかもしれない。他人のものが羨《うらや》ましければ奪えばいい。他人の物が欲しければ盗めばいい。少なくとも、そういう風にして生きている連中は人間にもかなり多いはずだ。他人が羨《うらや》ましく思えて、嫉妬《しっと》して、自分も同じ物を欲しいと思うのは人間の性《さが》でもある。でも、だからといって――。

ウィルは一瞬、手を休めて窓の外に向かって叫んでやった。

「誰がやるもんかよ！　欲しけりゃ、自分で手に入れろ！」

ぱんぱんと、どこに向かってかも分からない銃声が虚《むな》しく響く。加速する列車はついにグレムリンたちの追撃をかわした。その後は驚くほど平穏に、鉄馬は森の中を走り続けた。木の幹や枝に接触するたびに車体がふらついて何度も横転しかけたが、弓矢や銃弾が後ろから飛んでくることに比べれば、十分、快適な鉄道の旅だ。やがて、前方に柔らかな光が差し込む。満月の光だ。列車はついに森を抜ける。黄金色の光に照らされるのは一面のライ麦畑だった。

「ミス・ビビアン！　加減弁《レギュレーター》を閉じてください！」

「あ、はい！」

ドナンソンがブレーキハンドルを押すと、鉄馬はゆっくりと足を緩めるが、間に合わない。柵に囲われた敷居《しきい》を破り、鉄の塊はライ麦畑の中へと突っ込み、そして五百フィートほど進んだところでようやく停車した。すでに投炭作業は止めていたが、煙突からはなおも黒煙が噴き出し、一部が機関室の中に流れ込む。四人で咳《せ》き込《こ》みながら逃げるように機関車を降りた。

「やったなぁ！　ウィル！　嬢ちゃん！　がっはっはっは！　俺たち、グレムリンの森から抜け出したんだぞ！　すげぇって、すげぇって！　やったんだぜ、俺たち四人でさ！」

興奮したスターゲイザーに熱烈なハグを受ける。熊のようながたいで、顔中が煤《すす》だらけで真っ黒になっているものだから、知らない人が見たら本気でオークか何かと勘違いするかもしれない。しかし、よくよく自分の頬も擦ると、指の先に真っ黒の煤《すす》がこびり付いた。

「はははは！　ウィルったら、顔、真っ黒！」というビビも髪から顔まで真っ黒になっているのだから笑うしかない。

「がっはっはっは！」「はははは！」

野太い男三人衆の笑い声と、鈴のような少女の微笑《ほほえ》みと。それから、風の息吹《いぶき》がとても平和に麦穂《むぎほ》を揺らす。そこに「あっ」とビビが何かを思い出したかのように服の裾で手を拭いて、鞄《かばん》をもう一度、漁《あさ》る。そして、無言で日記帳をウィルの前に差し出す。

この騒動で忘れかけていたが、さっきまで二人とも気まずい雰囲気だったことを思い出す。あの重苦しい沈黙の中でビビは書いていたのだろう。仲直りの言葉を。

五月二十八日（日）ビビ
ウィルからお母さんのことを聞きました。話をしている間、ウィルはとっても辛そうな顔をしていました。私もね、お婆《ばあ》ちゃんを亡《な》くしたばかりだから、ウィルの辛い気持ち、すごく分かる。分かるけど……でも、やっぱり言っておきたいことがあるの。

ウィルのお母さん、決して弱い人なんかじゃないって私は思うんだ。だってウィルのお母さん。亡《な》くなる最後まで、ウィルの手を握ってくれていたんでしょ。最後の最後までウィルのことを愛してくれたんだもん。きっと、それは強さだと思うよ。

ウィル、言っていたよね。昔、よくお母さんがフリカッセを作ってくれたって。うん。おいしいよね。なめらかに舌を滑るようなクリームソースとチキンの組み合わせ！　私も大好きだよ。だからね、今度は私がウィルのためにフリカッセを作ってあげる！　遠慮しなくてもいいんだよ。お菓子のお礼だよ！　今度は私がウィルの好きなものを食べさせてあげる番だから。

ふふん。実はね、「馬の尻尾亭《しっぽてい》」で食べたフリカッセが余りに美味《おい》しかったから、秘伝のレシピをおかみさんから教えてもらっているのです！　どう？　驚いた？　心配しないで、お袋の味を忠実に再現してみせるから！

……だからね、フリカッセを食べる時くらいは思い出してあげて。お母さんのこと。

顔を上げると、ビビは少し恥ずかしそうに目を逸《そ》らした。

実は自分がフリカッセ、食べたいだけじゃないかとも勘ぐったが、それ以上に、料理をしているビビの姿が想像できない。自分も碌《ろく》に料理なんかしないが、それにしても不安すぎる。目が合うとビビは拳を握って、自信満々の表情を向けた。自分に任せろ、と言わんばかりに。

「まあ……そういや。俺もビビにアップルパイ、焼いてやるって言ったんだっけ？　別に忘れているわけじゃないぞ」

「うん、そうじゃあ、一緒に作って交換しようよ！」

料理も碌《ろく》にできない不器用そうな二人が交わす約束。それだけで少し可笑《おか》しくなる。ウィルがビビの好物を作ってやって、ビビがウィルの好物を作ると。

「……まあ、確かに。それは面白そうかもな。怖くもあるけど……」

二人、気持ちを確かめ合うように笑みと視線を交わす。そこに徐《おもむろ》にビビが鞄《かばん》から空になった砂糖菓子の瓶を取り出した。いや、正確には空ではない。一つだけ、ころん、と桃色の星が転がっていた。

ウィルはそれをビビが食べるものだと思った。けれども、ビビはつまみ上げた最後の一個を、不意を衝くように、ウィルの口に入れた。煤《すす》だらけの口に、オアシスのような甘さが広がる。

「……いいのか、これ。最後の一個じゃないのか？」

ビビは首を振る。

「甘いお菓子はね。大事な人と分け合わないと、おいしくないんだよ？」

少女が煤《すす》だらけのみすぼらしい顔で笑う。麦穂《むぎほ》を揺らす夜の風も一緒に笑っていた。立ち上がる少女の背中を見詰めながら、その時、ウィルは自分の心がざわざわと、風に踊らされてざわつくのを感じた。それは砂糖菓子のように甘くて、切なかった。

六月十日（土）　ビビ

色々、あったけど、いよいよ王都だね！　明日、マンチェスターから列車に乗り直すんだよね！　楽しみ～。また、機関車の運転、できるといいな！　兎《うさぎ》さんはもう御免だけど！

王都ってどんな所なのかな？　美味《おい》しい食べ物あるかな！　色々、見てみたいものがいっぱいあるの。時計台にバッキンガム宮殿……それと、ドルリー・レーンの王立劇場！　後は、ウィルのお家《うち》も見てみたいかな。楽しみー楽しみー。今夜は寝られるか不安！

六月十一日（日）　ウィル

その割にいびきかいて、ぐーぐー寝ていたよな。

まあ、王都って言っても、おいしい料理なんてないから期待しない方がいい。寧《むし》ろ泥水を飲んだ方がマシだと思うかもな。それと観光のことなんだが、予《あらかじ》め言っておく。時計台は案外小さくて見たらがっくりすると思うし、王宮はそもそも近づくこともできないし、劇場は外から眺めても楽しいもんじゃない。更に俺の家を見たら、もっとがっかりするぞ。

六月十一日（日）　ビビ

ぶーぶー。ウィルのいじわるー。ひねくれものー！

第五幕　霧の劇場　──オベロン

六月十二日（月）

その名の通り「霧の都」は一年を通して、深い霧に覆われた街だ。昔から冬になるとテムズ川の河畔に霧がかかることはあったものの、ここまで酷《ひど》くなったのはごく最近。人々が機械を生み出すようになってからだ。人はより効率的に鉄を作り出し、蒸気機関によって鉄道を動かすようになった。高度な産業が花開き、より多くの労働力が必要とされた。かつては王都を取り囲んでいたオークの森は切り開かれ、その薪《まき》は燃料に、その土地は新たな居住地へと風景を変え、樹木の代わりに石と鉄の壁が大地に植えられた。ほんの数世紀前まではまだ長閑《のどか》だった街並みも一変し、膨れ上がる人口は今や三百万人にまで迫ろうとしている。

街を覆うスモッグは工場から吐き出されたものだけではない。数十万にも及ぶ家々でストーブやオーブンに炭が焚《た》かれた。質の悪い石炭から生み出される大量の煤《すす》が青い空を不気味な灰色で塗りつぶした。青く晴れぬこの街の空は豊かさを求める人々の罪業《ざいごう》の象徴でもあった。

ウィルたちはマンチェスターから汽車に乗り込み、いざ背徳の都へと向かう。汽車は黒煙を吐き出しながら、収穫の時期を迎えた小麦畑の田園風景を颯爽《さっそう》と駆け抜ける。やがて雲行きは次第に怪しくなり、突き抜けるような青空は薄暗い雨空へと塗り替えられた。窓に水滴がこびりついたかと思うと、激しい夏の雨が閑静な田舎《いなか》町の景色を濡《ぬ》らした。

「雨かぁ……お天気悪いのは嫌だなぁ……」

「大好きなビスケットが湿気《しけ》るからか？」

「違うってば。私、そこまで食い意地、張ってないってば。雨が降ったら、あまり遠くまで景色が見られなくなるでしょ。せっかく私、初めての王都なのに」

ウィルは本のページをめくり、車窓から雨の町並みを眺める。

「心配しなくたって、晴れていてもあの街じゃ何も見えないさ」

すでに汽車は王都の外周部へと差し掛かっていた。終点は王都中心部のユーストン駅。生まれ故郷へと近づけば近づくほど、陰鬱《いんうつ》になるウィルの心情を映し出すかのように、車窓の景色は分厚い霧の中に隠れていく。やがて、視界は完全に漂白される。四年前に暮らしていたよりも、スモッグはまた一段と酷《ひど》くなった。議会が厳しい環境規制を敷いたところで、そんなものを守る者なんて誰もいない。石炭を燃やせば燃やすほど生活が豊かになるのだから当然だ。

厚い靄《もや》に遮られ、街の様子はほとんど見えない。まだ朝方だというのにぽつぽつと霧の奥に瓦斯燈《ガスとう》が灯《とも》るのが辛《かろ》うじて分かるだけだ。そこから列車が終点に着くまではさほどの時間もなかった。それまでずっと窓を叩《たた》いていた雨粒がぴたりと消え列車は停止した。

「さあ。下りるか。ビビ。見たら、きっと驚くぞ」

首を傾《かし》げるビビの手を引き、列車を降りる。ホームと線路の上に覆《おお》い被《かぶ》さるように広がるのは驚くほど巨大な三角屋根だった。「トレイン・シェッド」と呼ばれる鉄骨で組まれたこの架構式の屋根は一種、ターミナル駅の象徴でもある。これだけでも、お上りさんは口をあんぐりと開けて驚くものなのだが、この駅には更に人を驚かせるものがいくつも存在するのだ。

「すごい、すごい！　ねえ、ここ、お城なの！」

ビビが大声で叫ぶものだから、ウィルは少し恥ずかしかった。ホームから出てすぐの正面ホール。王宮のエントランスを彷彿《ほうふつ》とさせる広々とした空間に行き交う人の数は、リヴァプールやマンチェスターの駅とも比較にならない。髭《ひげ》を生やした紳士と連れだって歩くバッスルスカート姿の貴婦人がこちらをちらりと見て、くすりと笑った。

「あまり、はしゃぎすぎると迷子になるぞ。それにもっとびっくりするものが外にある」

「え？　本当！」

ビビに傘を渡して、霧の立ちこめる雨の王都へと繰り出す。そして馬車通りに面して、威風堂々とそそり立つ古代ギリシャ式のアーチが二人を出迎えた。ブランデンブルクやエトワールの凱旋門《がいせんもん》とまでは行かないが、その荘厳《そうごん》なたたずまいは王都の新時代のシンボルでもあった。

「わぁぁ」。ビビは傘をくるくると回しながら、霧の中にぼやけるその巨大なアーチにしばし見惚《みと》れていた。そうこうしているうちに雨足は徐々に強くなる。

「さあ。急ごうか。雨に濡れるのは俺も好きじゃない」

「ねえ、ねえ。私、行きたいところがあるんだけど」

「どうせ、ケーキ屋やお菓子屋だろ。ああ、あそこの通り沿いの店、まだ、あるかな」

「だから、私。そんなに食い意地、張ってないって。そうじゃなくて、これ」

ビビが一枚のビラを手渡す。いつの間にか駅でもらってきたようだが……。

「ふぅん。夏夜《ヴァルプルギス》の囁き《ささや》、ねぇ……」

よりによってこれか。彼女、本当はウィルに恨みでもあるのかと疑いたくもなる。その演劇公演のビラはちょうど今週の日程のものだった。しかも、その公演場所というのが——。

「ドルリー・レーンの王立劇場！　私、行ってみたいなぁ……」

「言っておくけど、それほど立派な劇場じゃないぞ。くっついているのは『王立』という言葉だけで。今ならもっと大きくて、綺麗《きれい》な劇場なんていくらでも……」

リスのように頬を膨らませたビビがこちらを睨《にら》んでいた。

「わ、た、し、は！　ドルリー・レーンの劇場がいいの！　『夏夜《ヴァルプルギス》の囁き《ささや》』が初めて公演された、言わば聖地なの、聖地！　その同じ劇場でかの名作の上演が見られるなんて……」

ウィルはビビから目を逸《そ》らした。何かを期待しているような目だ。確かに聖地と言われれば聖地なのかもしれない。が、ウィルにとっては思い出したくない記憶の刻まれた伏魔殿《ふくまでん》のような場所でしかない。自分の知る人間がそこにいるかもしれない。懐《なつ》かしそうに声を掛けられでもしたら背筋がぞっとする。放っておいてほしい。自分はもうあの頃の自分ではないのだ。

「ねーねー。お願い、ウィル。私、行きたいの、ドルリー・レーン！　いいでしょーいいでしよー。私、何でもするから。掃除でも洗濯でも料理でも」

急に猫撫《ねこな》で声《ごえ》で喋《しゃべ》られると背中がむずむず痒《かゆ》くなる。しかも、掃除も洗濯も料理も、どうせポロにやらせるつもりだ。しかし、どうしたものか。確か劇場の支配人は数年前に代わったばかりだと聞いている。それなら、以前に自分が所属していたストラトフォード一座はどうか。奇《く》しくも今夜の演目はその同じ一座のものだ。だが考えてもみれば、俳優も裏方もまさか客席の顔を一つ一つ確認したりはしないだろう。となれば、守衛やウェイターが自分の顔を覚えているかもしれない——というくらいの不安しか残らなくなる。

「分かった、分かったから、その気持ち悪い声を出すの止《や》めてくれ」

「うひょひょひょ！　やったー！　さっすが、ウィルー！」

とても乙女《おとめ》とは思えぬ下衆《げす》っぽい笑い声を上げて、ビビが飛び跳ねた。ぬかるんだ路面に泥と水が弾《はじ》けた。

「今夜ね、今夜！　ああ！　夢にも見たドルリー・レーン！」

「はあ……。君は嬉《うれ》しいかもしれないが、俺は憂鬱《ゆううつ》だよ。昔の知り合いに会ったら、どう切り抜けるかで頭がいっぱい。それに俺は『夏夜《ヴァルプルギス》の囁《ささや》き』という作品が死ぬほど嫌いなんだ」

「えー。相変わらず、ウィルって捻《ひね》くれ者なんだよね。素敵だと思うけどな、自分が書いた作品を俳優さんが演じてくれるんだよ！　それを多くの人が観《み》てくれるんだよ！」

「それならさ。ビビは自分の書いた日記を大衆の面前で読み上げられても嬉《うれ》しいんだよな？」

「ほへ？」

ウィルは日記のページを開いた。そして一旦、喉を整えてから、その文字を読み上げる。

「『六月二日。今日は大きなスコーンに追いかけられる夢を見ました……』」

「や、やめてぇぇぇ！」

大慌てのビビに日記をひったくられた。

「ウィルの意地悪！　捻《ひね》くれ者！　悪魔！」

——その悪魔に懇願して、劇を観《み》に行こうとしているのは一体、どこの誰か。

「まあ、劇場に行くのは夜だし、今はさっさと雨宿りができる場所に行かないと」

「ウィルの家だね！」

雨の中、霧はますます濃く周囲から視界を奪っていく。通りに馬が嘶き、蹄《ひづめ》でぬかるみを蹴る音は聞こえても、肝心の馬車の姿は見えない。ウィルはビビとはぐれないように、手を引きながら瓦斯燈《ガスとう》の光を頼りに白い靄《もや》の中を進んでいく。南に向かって王立博物館の前を通り、テムズ川の河畔を目指す。王都はこのテムズ川の北岸を中心におおよそ三つの区域に分けられる。一つは金融のセンター街であるシティー。東側のイースト・エンドには貧しい人々の密集した住居が並ぶ一方で、西のウェスト・エンドは劇場や図書館などの文化施設が並ぶ。このウェスト・エンドでは近年、人口増加に伴って土地を所有する貴族が投機を目的に、住宅地《エステート》の開発を進めているのも特徴の一つだ。こうしたエステートには《スクエア》と呼ばれる公園広場を取り囲むようにしてタウンハウスが計画的に建てられた。ここに住むのは大概が富裕層か中産階級が大半だ。

ウィルの実家もそうした比較的、恵まれた住居環境の中にあった。川沿いの遊歩道を辿《たど》りながら、着いたのは古びたタウンハウスの前。もう四年もの間、留守《るす》にしていたのでもっと荒れ放題になっているかと思った。しかし、最後にこの玄関を出た時とほぼ変わらない状態で、飾り気のない赤煉瓦《れんが》の三階建ての住居が家主の久々の帰宅を出迎えてくれた。

再びこの鍵穴に鍵を通す日が訪れようとは思いもしなかった。久しぶりにドアを開けると、さすがに埃《ほこり》っぽくて思わず咳《せ》き込《こ》みそうになったが、意外なことにそれだけだった。床が抜けていたり、窓硝子《ガラス》が割れていたりしているのを覚悟はしていたが、それはいらぬ心配だった。これだけ長い期間を留守《るす》にしていたというのに、家の中はかび臭さというものも全く無かったし、床に積もった埃《ほこり》も四年という歳月を考えれば、あまりに少なかった。

「ウィルはこの家でずっと一人で住んでいたの？」

お客様は家主に断りもいれず、さっさとリビングのソファーに腰を下ろした。

「母さんが亡《な》くなってからはね。それからは一人で住んでいる。一応たまにだけど、親父《おやじ》からの使いだというメイドや執事がやって来て掃除とか洗濯とかやってくれることもあったな」

恐らくはウィルがこの家からいなくなった後も、彼らが家の管理をしっかりやってくれたに違いない。半年に一度か、一年に一度かというペースは分からないが、ウィルは彼らに感謝した。おかげで今夜はカビの臭いのするベッドで我慢しなければいけない、などということはなさそうだ。とはいえ、家の中は一カ月も掃除しなければ、すぐに埃《ほこり》まみれになってしまうことは変わらない。どこからか持ち出してきたのか、小さなブラウニーがハタキと箒《ほうき》を既に手にした。そして、ビビも彼のことを見習って、三角頭巾をかぶって戦闘態勢に入る。

「ああ、確か。掃除でも何でもするって言っていたよな……」

ポロはともかく、ビビにあまり下手《へた》に動かれて物が壊されないか不安だった。

「ねえ。ウィル。この家にミルクはない？」

「ミルク？　さすがにないけど。何で？」

「ブラウニーに家事をお願いする時はね、お礼にミルクをあげるの。夜、窓辺に置いてね」

昔、そういう風習があったのは何となく聞いたことがある。ブラウニーは元々、家付きの妖精だ。家人が夜寝静まる頃に、こっそりと家事をやってくれるありがたい奴《やつ》なのだ。しかし、お礼をしないと、不機嫌になって逆に家を散らかすこともあるとか。すでにポロは短い足を精一杯に伸ばして、戸棚の上をハタキでかけている。よくよく考えてみれば、ポロには随分と助けられているのに、お礼らしいお礼もしたこともなかった。

「分かった。どこか外で買ってくる」

そう言って、ウィルは帰ってきたばかりの家をまた後にする。外は相変わらず霧のせいで数歩先さえまともに見えず、降りしきる雨足もほとんど変わらない。この天気ではさすがにスクエアの広場にも人影はない。少し遠いが、アーケードまで足を伸ばすことにした。

買い物を済ませ家に戻ると、ウィルは驚いた。自分が間違って別のお宅にお邪魔してしまったのではと不安になるくらいに。たった数時間前、埃《ほこり》がこびりついて取れなかった床が今は真珠の如《ごと》き光沢を放っている。黒ずんだ壁紙も洗い立てのシーツのような真っ白さ。一階から三階まで、埃《ほこり》や染《し》みが残っている場所は一箇所もない。水回りもきれいに磨かれている。

「はっはっは！　すごいな、これ！　ポロ！　お前ってば、すごい奴《やつ》なんだな！」

さすがにこれだけの重労働は疲れたのだろう。絨毯《じゅうたん》の上に腰を下ろして、じっと座るブラウニーの姿があった。その横ではビビが竹箒《たけぼうき》を抱きかかえたまま、ソファーの上に涎《よだれ》を垂らして寝ていた。ポロ、こっちの方の大きなごみも片付けておいて良かったんだぞ。

「お疲れな。今夜はポロのおかげでいい夢が見られそうだ」

グラスにミルクを注いで手渡すと、ブラウニーは嬉《うれ》しそうにそれを両手で持って飲んだ。

夕暮れが近づくと、頭に目覚まし時計でも付いているのか、ビビが起き上がった。このまま夜まで寝過ごしてくれればとウィルは思っていたが、その望みは断たれた。

「行こうよ、劇場！　劇場！　ドルリー・レーンの劇場！」

幸いにも雨はもう上がっていた。相変わらずのぐずついた空模様だが、それはこの街ではごく当たり前のこと。代わりに霧が更に夕暮れの中に深く立ちこめていた。

ドルリー・レーンとは元々、通りの名前だ。昔、ここに「ドルリーさん」の家があったというだけの話。そのドルリーさんがどんな人だったのかまでは知らない。ウェスト・エンドの中心街に近く、一昔前まではスラム街で売春と犯罪の温床となっていた時代もあった。

この地に女王の勅命により、劇場が建てられたのは遡《さかのぼ》ること二百年前。その頃の建物は火事で既になくなり、今は四代目となる。清教徒《ピューリタン》が影響力を持っていた古き時代、王都ではこのドルリー・レーンとリンカーンズ・イン・フィールズの小劇場でしか演劇の上演を許可されてこなかったこともあり、この王立劇場は今でもこの王都の劇場文化の聖地であり続けている。

人気の公演——と、いうこともあるのか。白亜の宮殿の前には開演の数時間も前から既に人だかりができていたのだから驚きだ。

何しろ、かの傑作「夏　夜《ヴァルプルギス》の囁《ささや》き」を初めて演じたストラトフォード一座による久しぶりの同作の公演だ。「夏　夜《ヴァルプルギス》の囁《ささや》き」の生みの親である神童ウィルソン・シェイルの失踪《しっそう》から四年、一座では同作の公演も長らく自粛してきた。しかし、名作の復活を望む多くのファンの声は日に日に高まる一方。ついにその声に押される形で長年の封印を解き、一座は公演再開を決断。主演は新進気鋭の若手女優リャナツペチカ。消えた若き劇作家に今宵《こよい》の公演を捧《ささ》げる。

——と、チラシに書いてある。なんだかなぁ。あの団長、相変わらず商売がお上手《じょうず》のようで。

「ねえねえ！　今夜の公演をウィルに捧《ささ》げるって書いてあるよ！」

「そういうことを大声で言わないの」

既に一階席や桟敷《さじき》席など人気の席は完売していた。辛《かろ》うじて二階席の端を取ることができた。

ウィルは内心、安堵《あんど》した。桟敷《さじき》席はともかく、一階席の前の方だとステージからばれる可能性もあったから。しかも、二階席の端っこなどステージからまともに見たりはしないだろう。幸いにも、公演を捧《ささ》げる相手の顔をチケット売り場の係員も守衛も覚えていなかったようだ。

「ねえ、ねえ。ウィルってこの劇団にいたんでしょ。俳優さんとか知り合い、いないの？　わあ、主演って、あのリャナツペチカさんなんだぁ。すごいなぁ。ねえ、ウィルにお願いしたら、リャナツペチカさんのサイン、貰《もら》えないかな？」

「知らないよ。そんな呼びづらい名前の人。それに誰も俺のことなんか覚えていなかっただろ。俺はもう過去の人なの。興行的に勝手に名前を使われているだけで」

確かにリャナツペチカという名前は聞いた記憶がない。ウィルが去った後に劇団に入ったのか、あるいはウィルがいた頃には下積みの女優で目立った役ももらえてなかったのか。どちらにせよ、ウィルには関係のない話だ。しばらくして、午後六時ぴったりに幕が上がった。

居眠りでもして時間が過ぎるのを待とうかとも思った。が、隣でビビが身体を乗り出して、ステージを食い入るように観《み》ているので何となく寝づらかった。そもそも、あらすじも最後のシーンの最期《さいご》の台詞《せりふ》まで知り尽くした作品を今更観《み》て何が楽しいのか。

物語はとある村で起きた異変から幕が上がる。青年シシリアスは麦畑が荒らされた原因を調べるために妖精の森へと赴く。そして、その湖の畔《ほとり》で妖精たちの女王ティターニアと出会う。

ステージに現れたのは、深い黒髪の女だった。さすがに二階席ではそこまで顔ははっきりとは見えない。あれが新進気鋭の若手女優さんとやらなのだろう。妖精に馴染《なじ》み深い緑色のドレスを纏《まと》うその美しい人は湖畔で、シシリアスから愛の言葉を受ける。

ウィルは欠伸《あくび》をした。見飽きたステージだ。あの女優以外、自分がいた頃のステージと何も変わっていない。しかし、あの女優。どこかで会ったような気がする。どこだったか。ひょっとしたら昔、劇団にいた頃に会ったのかもしれない。

ビビは両手で拳を握りながら、恋人たちに試練が訪れるシーンに見入っている。シシリアスとティターニアの愛に嫉妬《しっと》し、二人に試練を与えるのは妖精王オベロン。オベロンとは多くの伝承の中にも登場する妖精たちの王だ。その本質は悪逆非道で嫉妬《しっと》心が強く、そして執念深い。彼は人々を拐《かどわ》かし、あるいは幻術を使い、絶望を与え奈落の底に突き落とす。

邪悪な妖精王オベロンはシシリアスからティターニアとの記憶を奪い去ってしまう。そしてティターニアも馬頭の妖精パックに連れ去られる。しかし、精霊たちの導きによって記憶を取り戻したシシリアスは国王から剣を授けられる。それはかつて、七王国《ヘプターキー》時代の英雄が湖の乙女《おとめ》から授かったとされる伝説の聖剣だ。彼は聖剣を携え、ティターニアを救う旅に出る。

第八章。妖精の森を彷徨《さまよ》うティターニア。舞台の照明が落とされ、暗闇の中に暗闇よりも深いかの女の黒髪が溶け落ちる。弱々しいスポットライトの中に漆黒のドレスが映える。これまでは緑色のドレスだったので気付かなかった。けれども、やはり何かが胸に引っ掛かる。

自分はこの女を知っている。けれども、いったいどこで。それ以上は思い出せない。まるで喉に刺さった魚の小骨のように、それがずっとウィルの中で引っ掛かったままだった。

その時。ステージから女がこちらを見たのだ。そして、くすりと妖艶《ようえん》な笑みを向けた。

「あ！　ウィル！　リャナツペチカさんがこっち見たよ！」

ビビははしゃいでいたが、間違いない。あの黒髪の女が見ていたのは自分だ。疑念がたった今、確信へと変わった。やっぱり。自分はこの女と会っている。それも四年も前に――。

あの時、エマンサは死の床で言った。王都へ行けと。彼女は知っていたのだ、この全てを。

シシリアスは王から授けられた剣でティターニアを救い、愛の言葉を誓う。しかし、それを良しとしないオベロンが再び、二人を引き裂こうとする。しかし、王から授かった聖剣によってシシリアスはオベロンを打ち払う。ラストシーンで彼はティターニアと結ばれ、ハッピーエンド。シシリアスはティターニアの手の甲に愛を誓うキスをし、舞台の幕が下りる。

最後は台詞《せりふ》もほとんどウィルの耳には入ってこなかった。ステージの上で観客の視線を独り占めするリャナツペチカという女。男ならば誰をも魅了する美貌と、艶《なま》めかしい肢体の線。美しさゆえに人間離れしている。ウィルの目にはもう、彼女のことしか見えていなかった。

「わー。感動したねーウィル！」

ビビに声を掛けられ、初めてステージが終演したことに気付いた。憧れの劇場で憧れの女優を見ることができてさぞかし満足しただろう。観客たちは皆、満足げに劇場を出て行く。

「なあ、ビビ。悪いけど、先に帰ってくれないか」

当然、ビビは怪訝《けげん》そうにこちらを見る。

「いえ、ちょっとな。古い知り合いに会おうと思って」

ここから一人で家に帰すのも不安だったが、ポロもついているので、まあ、大丈夫だろう。念のため辻《つじ》馬車を止めて、御者《ぎょしゃ》に行き先を伝える。

「うん。なるべく早く帰ってきてね……」

別《わか》れ際《ぎわ》にビビが不安げな表情を向ける。何かしら勘付かれているのかもしれないと覚悟したが、彼女はそれ以上、何も口にしなかった。馬車が走り去るのを確認し、ウィルは劇場の裏手へと回る。普段は関係者だけが出入りする場所だ。いわゆる、出待ちというやつだ。そこで、大女優さんが出てくるのを根気強く待つつもりでいた。見つかれば怪しい人間と間違われる可能性もあるが、最悪でもこの劇団なら自分のことを覚えている人間は少なからずいるはずだ。

とは言っても、トラブルは避けたいし、自分が王都に帰ってきていることを誰かにあまり知られたくない。物陰に隠れながらひたすら待った。終演から一時間、二時間と経《た》ち、ぽつぽつと関係者と思われる影が出て行くのを確認する。しかし、あの黒髪の女はなかなか出てこない。

それから三時間が経《た》った。さすがにもう帰ろうかと思った。だが、その時。黒髪の女が通用口から姿を現した。都合のいいことに付き人もおらず、彼女は一人で馬車通りへ向かおうとしていた。黒い髪も、喪服を思わせる漆黒のドレスも、夜の闇に紛れて見失いそうになる。足音を消して、ウィルは女の後をつける。路地を抜けて、彼女が向かったのは小さな公園だった。

後を付けているつもりでその実、自分の方が人気のない場所にまんまと誘い込まれたのだ。

「ファンの方かしら。サインはご遠慮していただきたいのですけど」

背中を向けたまま、リャナツペチカが首をこちらへと向ける。素人《しろうと》の尾行なんて最初から気付いて当然だろう。何しろ彼女は人間ではないのだ。背中に目が付いていても不思議ではない。

「白々しい。妖精が人間に化けて、俳優業とは時代も変わるもんだな」

くすり、とリャナツペチカが僅かに頬の先を緩ませて笑った。黒髪を宙に躍らせて、人のものとは思えぬ美貌がこちらへと向けられた。

「うふふふ。綺麗《きれい》でしょ、私」と言う。自分のことを美人だとちゃんと自覚しているのだから質《たち》が悪い。しかも、それが人間でないなら尚更《なおさら》のこと。これは男女の逢瀬《おうせ》ではなく、対決なのだ。ウィルは自らに言い聞かせる。どんなに見た目が美しくとも、心奪われてはいけない。目の前にいる彼女は心の清い乙女《おとめ》ではない。キッパーヘリングの事典には何と書いてあったか。

「魔性の女。リャナンシー」

「ウィルソン・シェイル。ずっと、この街から出て行ったと聞いていたけど、戻って来たのね。また、あなたに会えてうれしいわ。そう。こうして会ったのは四年前のあの雪の日以来よね」

あの日――雪の積もる冷たい夜だった。家の前に黒髪の女が蹲《うずくま》っていた。彼女はウィルから唇を奪い、彼の中にある《才能》を盗んでいった。その才能とは何かを生み出し、そして、芸術を表現する力であり、創造にまつわる独自の感性でもあった。その日以来、ウィルは創造力を失い、表現力を失った。それはウィルソン・シェイルという人間を構成する大事な要素であり、魂でもあった。魂を失った人間はもはや、生きる希望を失った抜け殻に過ぎない。

では、彼女がウィルから盗んだ《才能》はどこへと消えたのだろう。

「なるほど。俺から盗んだ劇作家としての《創造力》が今はあんたの中で、女優としての《表現力》となっているわけか」

舞台で観《み》た彼女の演技は確かに素晴らしいものだった。ティターニアの中に眠る黒々とした大人の女の妖艶《ようえん》さ、そして相反して併せ持つ幼き純白さ。その二律背反を抱え込んだ彼女の演技はウィルの脚本以上に、ティターニアという存在を生き生きとこの世界に表現していた。それは《夏夜《ヴァルプルギス》の囁《ささや》き》を書いたウィル本人も認めざるを得ない。舞台において主役とはあくまでも脚本ではなく、演ずる者だということを改めて認識させられた。

「ありがとう。お褒めの言葉と受け取るわ。私も感じていたのよ。二階の客席から熱烈に向けられたあなたからの視線。こう、身体が火照《ほて》るような――」

「冗談はいい加減にしろ。俺はあんたと仲良く語らうために来たわけじゃないんだ」

「それではあなたは私に何を望むのかしら。熱い口付け？　いいわよ、いつでも」

勿論《もちろん》、からかっているだけだ。彼女からしたらウィルはまだ子供。はぐらかすつもりかもしれないが、そうはさせない。そのために自分はこの街まで戻ってきたのだ。

「何故《なぜ》、あんたは俺から《創造力》を盗んだ？　自分が女優として成功したいからか？」

ウィルにとってこれは宿命の相手との決戦なのだ。騎士が剣を構えて宿敵と対峙《たいじ》するのと同じ。だと、言うのに、肝心の敵はひどく、退屈でつまらなそうに「どうして、そんなことを聞くの」と呟《つぶや》いた。彼女にとって、それは最初から分かり切ったことに過ぎない。植物が水を与えなければ、枯れてしまうのと同じように、誰もが知っている自然の摂理だと。

「ウィルソン・シェイル。私はあなたを愛しているの。あなたのその姿に、その言葉の一つ一つにこの胸が焦がれるほどにね」

「さすが女優だ。芝居っぽい台詞《せりふ》を言わせれば、愛さえ簡単に演じられるんだからな。でも、俺はさっきも言った通り、あんたと仲良くお友達になるためにここに来たんじゃない。返してもらうぞ。あの雪の日にあんたが俺から盗んでいったものを！」

どんなに美しくとも、ウィルは女の誘惑に屈するつもりはない。

「あなたは何故《なぜ》、私があなたの心を盗んでいったのか尋ねたわね。答えは簡単よ。ウィルソン。それは私があなたを愛しているからよ。あなたの容姿だけではないわ。あなたの才能が、あなたの生み出す言葉が、あなたの創り出す物語が。私の心を熱くさせ、身体を火照《ほて》らせるの」

まるで、「夏 夜《ヴァルプルギス》 の囁《ささや》き」に登場する芝居台詞《ぜりふ》のようだ。情熱的だが、ひどく回りくどい。

「愛していると、そいつから大事なものを奪っていくのか。あんたたちは。愛とはいつからそんな便利な窃盗の免罪符になったんだ」

艶《つや》やかな黒髪と翡翠《ひすい》色の瞳が覗《のぞ》き込《こ》むように、ウィルの眼前に近づいた。

「それはあなたが誰も本気に好きになったことがないから……と、言いたいところだけど。違うわね。私は知っているもの。あなたが私にくれた情熱的な言葉を。ああ、あの頃の純粋な想《おも》いを宿した男の子はどこに行ってしまったのかしら。今は――」

「ただの捻《ひね》くれ者になってしまったと言いたいんだろう。けどな、そんなのは子供《ガキ》の頃の話だろう！　あの頃のあんたはまだ、リャナツペチカという名前ではなかった。だから、俺もすぐには思い出せなかった。でも、今なら確信を持って言える。俺は昔、あんたと会っている。四年前の雪の日よりもっと以前に。そうだろう、リーゼ？」

――ウィルが十歳の時だ。母がまだ生きていた頃。見知らぬ老人が家までやって来て、自分たちを北の避暑地へと招待してくれたことがあった。それが父の計らいだと知ったのは母が亡《な》くなった後のことだ。今にして思えば、母は肺の病に侵されていて長くはないことを知っていたからこそ、父は親子の最後の思い出づくりにと豪華な別荘へと誘ったのだろう。勿論《もちろん》、親子の世話はすべて使用人任せで、父本人は一切、姿さえ現すこともなかったのだが。

その別荘地には妖精の森と呼ばれる深い森があった。幼いウィルは好奇心からその森へと入っていき、そして、湖の畔《ほとり》で水浴びをする黒髪の少女と出会ったのだ。

その二人は時を超えて今、深い霧の中で対峙《たいじ》している。

「またその名前で呼んでくれるのね、嬉《うれ》しいわ、ウィル。そうね。すぐに分からなくても、仕方がないわ。あなたが少年から青年へと変わったように、私の姿も随分と変わったでしょう？

妖精の少女時代は人間よりずっと短いの。でも、あなたに見合うほど私は美しくなったわ」

「ああ。とても美しくなったさ。でも、心はひどく醜くなった」

■

清らかな水辺で、濡《ぬ》れた華奢《きゃしゃ》な肢体が小さな光沢を放っていた。白い肌の上を滑る水滴が木漏れ日の光を吸い込んで、きらきらと乱反射する。黒真珠を溶かし込んだように綺麗《きれい》な黒髪が水面《みなも》に浮いて揺蕩《たゆた》う。まるでルネサンスの巨匠が描いた絵画のように美しいその少女の姿に、十歳の少年はたった一目で心を奪われた。

「ねえ。そこに誰かいるの」

「ご、ごめん！　覗《のぞ》くつもりはなかったんだ！」

水辺に近い草むらの中に隠れているのが分かってしまった。慌てて立ち去ろうとするウィルを今度は裸身の少女が呼び止めた。

「ねえ、あなたは人間なんでしょ？　どこから来たの？」

「どこからって、王都からだけど……」

「ちょっと待っていて。私、人間とお話がしたいの」

——人間と？　首を傾《かし》げるウィルの後ろで衣擦《きぬず》れの音がする。そして、「もういいわよ」という声で振り向くと、真っ黒いドレスを纏《まと》った裸足《はだし》の少女がそこに立っていた。

そこからはお互いにどんな話をしたのだろうか。二人、畔《ほとり》に腰を並べて水面《みなも》に足の先を潜らせる。暑い夏の陽射《ひざ》しも、湖の冷たい水が和らげてくれる。少女がぱしゃぱしゃと、水を足で叩《たた》くと、跳び上がった水滴が肩の上まで掛かった。

同じ年頃の子供と話す機会も、今まであまりなかった。六歳にして才能を見出《みいだ》された神童はいつも大人たちに囲まれ暮らしていた。貧しい家の生まれの子供たちが毎日、汗水を垂らし働くのと比べれば、ウィルは恵まれていた。それでもやはり、心のどこかに寂しさがあった。

この日会ったばかりの少女は、そんなウィルの心の隙間を綺麗《きれい》に埋めてくれたのだ。

それからウィルはことあるごとに、その湖へと通った。まるで、シシリアスがティターニアと妖精の森で逢瀬《おうせ》を重ねるように。彼女が人間ではない存在とも知っていた。しかし、十歳の少年にとってそれは取るに足らない事柄だった。

しかし、少年時代の常と言ってもいい。一夏の出会いも終わりを告げる時が必ず来る。小康状態にあったウィルの母の病状が悪化し出した。姿を見せぬ父は使用人を通じて母を専門の病院へと入れることを決めた。親子は早々にその地を離れることとなった。

父の下した決断は早く、その日のうちにウィルは使いの者に手を引かれ、馬車へと乗せられた。森に行く余裕もなく結局、少女に別れを告げることもなく、少年はその地を去った。

以来、ウィルは少女と会うことはなかった。霧の街でまた心が渇く毎日が始まった。しかも今度は母もいない。二日に一度、家事をしに父が遣わしたお手伝いさんが来るくらいだ。

暇潰し、とまでは言わないが、目の前から霧のように消えていった日々を思い、ウィルはペンを執った。そして、書き上げたのが《夏夜《ヴァルプルギス》の囁《ささや》き》だった。

■

――つまり。かの名作とは、ウィルの目の前に今いる一人の女のために、幼い頃の少年が純粋な気持ちを言葉にして捧《ささ》げたものだった。

「会いたかったわ。ウィル。私、あなたがいなくなったのは、私が人間じゃないから、私のことが嫌いになったんだと思って諦めたの。でも、あなたが人間たちの街に戻って、《夏夜《ヴァルプルギス》の囁《ささや》き》というお芝居を書いたと知って私は確信したわ。あなたも私と同じように、今でも私のことを愛してくれているって」

ウィルは反論しなかった。

「だから、私も人間の街に飛び込んだの。でも、あなたは私にとって遠い存在になっていた」

遠い存在とは何か。ウィルには分からなかった。最初から、彼女がごく普通に家を訪ねてくれれば良かったのだ。あの雪の夜ではなく。平凡な一日の昼下がりにでも。そうすれば、二人で再会を喜び合い、この物語は最初から始まりもしなかったはずだ。その代わりに別の物語が今頃、存在していたかもしれない。シシリアスとティターニアのように。今、こうして二人が憎悪《ぞうお》と疑心を剝《む》き出《だ》しにして対峙《たいじ》することもなかったのだろう。

「何を勝手なことを言っているんだ！　最初に俺のことを裏切ったのはリーゼの方だろ！　年格好もあの頃とは随分、変わった。それでも、一度でも君が自分の名前を言ってくれたら！　妖精だろうと人間だろうと、俺は構いやしなかったのに！」

「本当にそうなのかしら。あなたは私との出会いから《夏夜《ヴァルプルギス》の囁《ささや》き》を書いた。私との満たされた記憶に触発されてね。でも、あなたはそれで満足したのよね。あれは少年時代の美しい思い出。ただのお芝居の題材に過ぎなかったのよ。あなたの中ではね」

「そんなこと、あるわけが……」

全てを見透かしたような言葉に、ウィルは反論に窮した。

「それならどうして！　一度もあの森に、私に会いに、帰ってきてくれなかったの！」

子供だったから、とは言い訳できない。少なくとも当時でも、周囲の大人たちに言えば、数日の旅行くらいなら許されたはずだ。シシリアスは恋人の行方《ゆくえ》を捜すために、剣を携えて長い旅に出た。そして、最後は妖精王オベロンとさえ戦った。それなのに自分はどうか。周囲の大人にもて囃《はや》されていい気になり、浮かれていた。初恋の人も、病床の母も。何もかもが見えなくなっていた。愛のために試練に挑んだシシリアスとは違う。自分はただの卑怯《ひきょう》者だ。

それに自分でも気付いていたからこそ、ウィルは「夏夜《ヴァルプルギス》の囁《ささや》き」が大嫌いだったのだ。

「──悪かった」

そもそも、あの夏に感じた思いとは恋だったのか、愛だったのかさえも疑わしい。ただ、何も知らない子供が美しい少女と出会って、ただのぼせ上がっただけだったのかもしれない。

リャナツペチカも今更、聞きたいのは謝罪の言葉ではないだろう。

「私はね、欲しかったの。あなたが感じられるものを。愛する人を永遠に自分の一部にしたかった。だから、私はあなたから奪ったの。あなたという存在の根本であるものを。あなたの心の一部を私の中で永遠に私のものとするために」

彼女の言葉は酷《ひど》く歪《ゆが》んで聞こえた。しかし、その言葉には何かしら聞き覚えのある感覚も同時にあった。そうだ。エマンサが死ぬ直前に言っていたことだ。

「きっとあなたには理解できない。私たちにとって、愛とは簒奪《さんだつ》と束縛と同じ意味だから」

愛するゆえに相手から奪い、そして、逃れられぬように束縛する。それは呪いだ。かつて、ケイという少女がビビに施したものと同じ。リーゼという少女がウィルに施したのは同種の呪いだ。奪われた人間は奪った相手のことを憎む。しかし、憎むということは、それだけ自分の心の中の広い領域をその者が支配するということだ。愛も憎しみもその根っこは一緒なのだ。

「なら、君は俺から盗んだものを返す気はないと？」

「返す、というものが難しいわね。そもそも」

「どうして。君のことを裏切った俺に対する復讐《ふくしゅう》のつもりか。でも、俺だって引き下がるわけにいかない。奪われたものを取り返す。ただ、そのためにこの街に戻ってきたんだから」

「違うわ。そう簡単なことではないの。いい？　これは妖精の世界における掟《おきて》……いいえ、法のようなものよ。あなたたち人間が女王《クイーン》の勅命に逆らえないのと同じように、私たち妖精もまた自分たち王の意向には逆らうことはできないのよ」

ここまで来て、苦し紛れに彼女が嘘《うそ》を吐いているようにも思えなかった。

「王だって？　いったい、君は何を言って……」

「あなたは知っているはずよ。私たち妖精にとって父であり、原初の存在」

「確かに昔、君から聞いた。妖精王オベロン。醜悪で悪虐の根源。すべての妖精たちを統《す》べる存在と。君は言っていた。『王の言葉は絶対、王の存在は太陽……』」

「……そして、民の所有物は王の所有物」

ようやく、ウィルはリャナツペチカが言わんとすることを理解する。彼女が自分から奪ったものは既に彼女自身の所有物であると同時に、妖精王の所有物ということ。つまり、妖精王の許可がなければ、それを返すことができないということ。勿論《もちろん》、それで納得できる訳はない。

「ウィル。劇場であなたの隣にいた子だけど」

「……君には関係ないだろ」

「意固地にならない方がいいわよ。彼女もあなたと同じなんでしょう？」

ウィルは敢《あ》えて答えず、睨《にら》み返す。彼女にも危害を加えようとするなら許さない。

「怖い顔をしているわ、あなた。別に彼女をどうこうするつもりはないわ。それどころか、私にはあの子を救える心当たりがあると言ったら、あなたはどうするかしら？」

「何だって！」

思わず我を忘れ、彼女の上着を掴《つか》んでいた。はっと気付いて、ウィルは手を離した。

「上手《うま》くいけば、あなたとその彼女、二人が大切にしているものを取り返せるかもよ」

「自分で奪っておきながら、どういう風の吹き回しだ？」

「それは、ふふふ。どうしてかしらね。さあ、どうするのかしら？　覚悟はできている？」

リャナツペチカはウィルをはぐらかして挑発する。やはりあの頃とは違う。永遠の少女は記憶の摩滅とともに消え去ったのだ。そう、ウィルは自分に言い聞かせる。

「覚悟なんてとっくの昔にできている。それがたとえ、妖精王が相手だとしても」

その言葉を聞いて、リャナツペチカが頷《うなず》く。そしてウィルを誘い、再び夜の霧の奥へと歩き出す。歩みを重ねるにつれて、立ち込める霧はなお一層深まっていく。

霧は更に濃く、ウィルを包囲する。見えぬ手が彼をここから帰すまいと掴《つか》んでいるかのようにも思えた。そこに何かしら、意思のようなものが存在するかのように。風も一切吹かない夜の闇の中において、立ち込める靄《もや》は鼓動を打つように、静寂の中で蠢《うごめ》いていた。

川辺の遊歩道へと辿《たど》り着《つ》く。それまで川面《かわも》に漂っていた靄《もや》が胎動を始め、ゆっくりと地上に向かって這《は》い出《だ》す。空の星に向かって昇り続ける霧はやがて屹立《きつりつ》する巨人の如《ごと》く、その威風堂々たる姿を現わす。その常識外れな巨軀《きょく》が、風の中で次第にその輪郭を変えていき、色彩を纏《まと》いながら全く別の姿へと変貌していく。恐らくこれは、現世のものの姿ではないだろう。霧が実体を得て形作るものは巨大な建造物のように思われた。しかもそれは今や、この世界のどこにも存在しないはずの物だった。

「ドルリー・レーン劇場……」

王立美術館に一点だけ、当時の姿を描いた作品があるのを見たことがある。もう五十年も昔に火事で焼失したドルリー・レーンの劇場。ちょうど今の一代前の建物ということになる。度を超した装飾華美なバロック様式の佇《たたず》まいに、眩《まばゆ》いほどの黄金の輝きを纏《まと》う。柱も壁も全てが黄金でできている。その煌《きら》めきは、霧に覆われた夜闇をも打ち払うのに十分だった。

「驚いたかしら、ウィル。ここがあの方……妖精の王たる存在、オベロン様が御座《おわ》す居城よ」

霧でできた黄金の劇場。その規模は今のドルリー・レーンを遙《はる》かにしのぐ。虚栄と欺瞞《ぎまん》によって彩《いろど》られた黄金色の彫刻と装飾。それはまさに、この街に生きる人間たちの姿を映し出す鏡のようだ。なるほど、妖精王とは人間自身の鏡像なのかもしれないと思った。

「ウィル。あなたが本当に取り返したいものがあるなら、あなたは試練を受けなければいけないわ。妖精王と掛け合って、彼を説得する必要がある。ただし、それは生半可なことではないわ。彼は民に施しと温情を与える善王ではなく、怠惰で姑息《こそく》な吝嗇家《りんしょくか》。でも、王は私たち妖精が所有する全ての物を所有しているわ。それがたとえ、この世にはもう存在しない妖精の所有物であっても、彼は永遠にそれを所有し続けることができる……分かるわよね？」

ビビから《恋心》を盗んだケイというニンフの少女は村人に追われて命を絶った。もう死んだ相手から盗んだ物を取り返すことはできないものだと、自分たちも半ば諦めていた。だが、抜け道はちゃんとあるのだ。妖精たちの王が民である妖精たちと財産を共有しているのであれば、ケイが盗んだビビの《恋心》も、リャナツペチカがウィルから盗んだ《創造力》も、王が今もなお、所有し続けているということになる。ただ問題は。妖精たちの王は力尽くで倒して、宝物を奪い返すことができるような相手ではないということだ。

「王の所有物はすべて宮殿の宝物庫《ほうもつこ》にあるわ。その鍵を開けられるのは妖精王だけ」

忍び込んで盗むようなことはできないだろう。そもそも形がある物ではないので、金銀を盗み出すようにはいかない。結局、妖精王と正面を切って、彼を説得させなければいけないのだ。

正面玄関に並び立つ二体の黄金のマリア像は、成金《なりきん》趣味の国教会に対する挑戦かあるいは皮肉か。どちらにせよ、いい趣味をしている。劇場はもう公演が始まろうとしているのか、奥からオーケストラによる荘厳《そうごん》だがどこか耳障《みみざわ》りな演奏が聞こえる。慌ただしくロビーを行き交うのは人間の紳士や貴婦人ではない。見窄《みすぼ》らしい襤褸《ぼろ》服を纏《まと》った、およそ紳士とはほど遠い出《い》で立《た》ちの妖精たち。彼らはウィルの姿を見るや、一斉に敵愾《てきがい》心を剥《む》き出《だ》しにした視線を向ける。ここは妖精たちの城であると同時に、娯楽と暇潰しを享受するオペラハウスなのだ。本来であれば、人間の観客が招かれていいような場所ではない。

「気にすることはないわ」

広々とした王宮を思わせるロビーをリャナツペチカの案内によって進む。そして、舞台席へと続く扉の前に一人の巨人が門番のように立ち塞がった。

「────」

巨人が口にした言葉をウィルは聞き取れなかった。その巨人には目もなく、口もなく、身体は青い葉と木の幹によって覆われていた。人の姿というよりは、手足の生えた大樹と言った方がいいだろう。リャナツペチカは彼を「グリーンマン」と呼んだ。グリーンマンはゆっくりと拳を握り、ウィルを追い返そうとする素振りを見せたが、リャナツペチカがそれを止める。

「お止《や》めなさい。グリーンマン。彼は王の客人です」

その一言にグリーンマンは大人しく道を譲る。そして、舞台──いや、玉座の間へと続く扉が開かれる。妖精たちのオーケストラは人間にとってはただ耳障《みみざわ》りなだけで、癒《い》やしや感動を与えるものではない。空気を震わし大地を怯《おび》えさせる一大演奏が王の客人を出迎える。思わずウィルは耳を塞いだが、ステージの上には誰も登壇していなかった。代わりに、ドルリー・レーンの倍を超す五千席以上の大ホールに、観客の妖精たちと、王都を包む深い霧がウィルを待っていた。立ちこめる靄《もや》のせいで二階席の様子は分からない。王の姿も見えない。しかし、リャナツペチカはその場に傅《かしず》き、王に謁見を求めて言った。

「王よ。我らが親愛なる王よ。貴方様《あなたさま》に人間の客人をこの場に招きました。どうか謁見のご慈悲をお与えください」

霧が動いた。この霧の劇場が川面《かわも》より姿を現した時と同じように。意思を持って霧が蠢《うごめ》き、その姿を収斂《しゅうれん》させていく。ウィルは自らに纏《まと》わり付《つ》く霧に、言いしれぬ恐怖を感じた。そして気付く。妖精王は霧の中に隠れているのではない。この霧自体が、妖精王の存在なのだと。

『人間の子がいったい、何用だ』

心の中に直接響く声にウィルは戦慄《せんりつ》を抱く。自分が何を隠そうと、心の中を覗《のぞ》き見られて全てを曝《あば》かれてしまう予感があった。霧の中にひどくぼんやりとだが、人の顔に似たものが浮かび上がる。とても醜悪な男の顔だ。これが妖精王の素顔というわけか。

醜悪な容貌の向こうに見え隠れする狡猾《こうかつ》さと猜疑《さいぎ》心。妖精王オベロンはステージの遙《はる》か高い所からウィルを見下ろし、嘲《あざけ》るようにして笑っていた。

「妖精王オベロン。今日はあんたたち、妖精が盗んだ物を返してもらいに来た！」

王に懇願するのではなく、あくまでも対等《たいとう》の立場で渡り合う。その気概で臨んだつもりだったが、実際には膝から下が止めようがなく、がたがたと恐怖に震えていた。

「この人間！　王に何という口の利《き》き方を！」

「人間め！　土足で王の御前《おんまえ》を汚すなど！　あの女！　どうして、人間をこの場に招き入れた！」

観衆《ギャラリー》たちのどよめきがうるさい。霧に浮かぶ醜悪な顔貌が卑屈に歪《ゆが》む。オベロンはオーケストラの演奏さえ霞《かす》む大声で笑い飛ばした。

『はっはっはっは！　誠に愚かな人間よ。何を返せと言うのか。あれらは全て我らの……いや、我の所有物であるぞ。それを返せとは、虫けら如《ごと》き存在が余程身の程を知らぬと見える！』

「違う！　それは全部、俺たちのものだ！　あんたらが勝手に盗んでいったものだろ！」

『しかし、あれらは今、全て我々の手の中にあるものだ。すでに我らの物となったものをどうして、人間たちに渡そうというのか』

　妖精が人間の所有権や財産権といった概念を理解できるとも思えない。このままやり合っても、返せ、返さないの押し問答だ。

「だいたい、何故《なぜ》、あんたたちは人間の《心》を盗んでいく？　物なら分かる。しかし、形にも残らない《心》を盗んで、いったい、何の益があるんだ」

　はっはっは、と嘲笑《あざわら》う。オベロンが見せるのは、明らかに人を見下す時の目だ。

『あれは美しいものだ。見ていても飽きぬ、人間たちの《心》。まるで宝石だ。宝石を宝石箱に仕舞うことに何の不思議があるのか。よいか、我らは本質的に人間を愛しているのだよ』

　そうは言うが、今のオベロンの鷹揚《おうよう》な態度からは愛情のかけらも感じさせない。けれども、妖精が人間のことが好きだというのは、確かにそうなのかもしれない。その逆は成り立たなくても。メロウのリリもニンフのケイも、そしてリャナンシーの彼女も人間に恋慕した。カリャッハ・ヴェーラやグレムリンだって人間のことが少なくとも嫌いではないのだろう。だから、昔から妖精はいつも、人間の傍《そば》にいた。彼らから離れていったのは人間の方だ。

『人間よ。愛とは簒奪《さんだつ》と束縛だ。ゆえに人から《心》を奪い取り、わが胸の内で愛《め》でることは、我らにとって最も深く慈《いつく》しみに満ちた愛情の表現なのだ』

オベロンもまた、リャナツペチカと同じことを言う。だが、それは歪《ゆが》んだ想《おも》いの遂げ方だ。

確かに、エマンサは言っていた――妖精たちは純粋であるが故に、器用に立ち回ることができない、と。恋愛を盤上のゲームとさえ捉える人間とは根本的に相容《あいい》れない。妖精たちは相手の気を引くために、奪い、そして束縛するのだ。それ以外には想《おも》いを相手に告げる言葉を知らぬ彼らにとっての愛はひどく未熟で、そして、まるで子供のように歪《いびつ》なのだ。

『人間よ。理解できたか。だから、すでに我らの所有物となった物を何の見返りもなく、お前たちに譲り渡すことなどありえん』

オベロンの言葉の端が頭に引っ掛かる。

「見返り……？　何かと引き替えなら、返すということか？」

『ほう。そう来たか、浅ましい人間よ。よろしい。貴様が望むものとはなんだ』

「ウィルソン・シェイルが盗まれた《言葉を生み出す創造力》。それから、ビビアン・カンタベリーが盗まれた《誰かを好きになる恋心》。あんたたちが奪ったそれを返してもらいたい」

『よろしい。ならば、取り引きに応じてやってもいい。ただしだ。お前たちと交換に応じるのはあくまでも一つだ。どちらか一つは渡してもいい。しかし、二つは駄目だ。選ばなかったものは永久に我らのものとし、お前たち人間には渡さぬ。それがたった一つの条件だ』

ウィルは当惑する。どちらか一つ。ウィルが盗まれたものと、ビビが盗まれたものと、天秤《てんびん》にかけろという。それはどう考えてもおかしな話なのだが、取り引きの主導権はオベロンにある。もし、彼の気が変わりでもすれば、ウィルたちのものは両方、永久に返ってこなくなる。

『どうした？　我が人間風情《ふぜい》に譲歩してやっているのだ。これ以上は我が譲ることはない。嫌なら、この取り引き自体をなしにしてもいいのだぞ』

意地悪くオベロンは決断を迫《せま》ろうしている。ウィルを試しているのだろう。それと同時に、苦しむ自分の姿を見て楽しんでいるのだろう。本当に悪趣味だ。悩めば悩むほど、オベロンが喜ぶのが癪《しゃく》に障る。どちらか一つ。そう迫られれば躊躇《ためら》いがない訳がない。

あの雪の日から、ウィルの見る世界はすべて灰色に変わった。溶けかけて泥と混じったような汚い雪の色だ。魂を失って抜け殻のようになった自分は、落ちぶれた姿を誰かに見られたくなくて、生まれ育った街から逃げ出した。それからはずっと、ずっと雪が降っていた。終わりのない冬の季節で、降《ふ》り止《や》まない雪が延々と積もっていた。小さなストーブに手をかざして暖を取っても、こんな惨《みじ》めな生活が永遠に続くのかと思えば幾度となく死にたくなった。それでも、命を長らえることができたのは単に自分が臆病者だったからに他ならない。

戻りたい。誰もが自分を認めてくれて、賞賛してくれる黄金色の世界に。でも──。

『ねえ。ウィル。一緒に探さない？　私たちの無くしたもの。私たちの一部を』

雪が止《や》んだ日。少女がウィルに手を差し伸べた。その手を握り返した時、ウィルの目の前に広がる灰色の世界は再び、色彩を取り戻した。大切な自分の一部を失った者同士で歩んだ道中。楽ではなかったが、楽しかった。自分の隣に誰かがいる。そしてその人と言葉と、そして文字をやり取りしたのだ。母が亡《な》くなってからはずっと孤独に生きてきた。だから自分が喋《しゃべ》ったこと、書いたことに返事をくれる人がいるということは何にも代えがたい幸福だった。

だから迷って葛藤《かっとう》して、それでも結局、一周してその答えは最初から決まっていた。

「それなら、ビビの……ビビアンの《心》を返してくれ」

未練がなかったわけではない。輝かしい過去を取り戻したい気持ちも嘘《うそ》ではない。けれども今は、それ以上に大切なものがあるということだ。別に特別な選択をしたとは思っていない。きっと誰だって同じ選択をする。しかし、人間を理解できない妖精たちは驚くしかなかった。

「ウィル。あなたはそれでいいの？　あなたが帰ってくるのを多くの人々が待っているのよ。それは今夜のステージを見ても分かったでしょう。才能さえ戻れば、あなたはまた人々の賛辞を独り占めにして、この世界で再び輝くこともできるのよ！」

「……盗んだ本人がそれを言うかね。俺のこと、買《か》い被《かぶ》りすぎじゃないか。一度、零《こぼ》れた水は元に戻らない。それがビビの分だけでも戻るのなら、これほど幸せなことなんかない。俺なんかのちっぽけな才能と天秤《てんびん》にかけるまでもないさ」

「後悔するわよ。きっと！　それだけの価値があの娘《こ》にあると言うの！」

リャナツペチカはなおも食い下がる。その言葉を彼女の前で口にすることは躊躇《ためら》われた。それでも、ウィルは彼女にはきちんと言わなければいけないことだと思った。

「リーゼ。俺はさ。……ビビのことが好きなんだ。価値なんてそれだけで十分だ」

自分の秘め続けた気持ちを伝える最初の相手が彼女になろうとは思いもしなかった。これまで蓋をして胸の底に隠していた正体不明の感情をこの時、初めて自分で認識した。銀色の美しい髪の少女。その屈託のない笑顔を自分だけが独占したいというエゴイスティックな自分がいる。その一方で、この身を引き替えにしても彼女を守りたいと思う純粋な自分もいる。

「……知っているわよ。そんなこと。分かりやすいもの、あなたって昔から」

決して惚《ほ》れまいと心に決めていた。何しろ、相手は呪いで恋を失った貞淑な〝お姫様〟。その恋が実ることは決してないのだから。それでも彼女の屈託のない笑顔を見る度に自分の世界が色付くのを感じた。彼女のことを好きになった理由なんて、ただそれだけだ。

「……馬鹿ね。男って」

「そうかもな。でも、男はそのくらい馬鹿じゃないと楽しくないって、ある人が言っていた。なに、文才なんてなくたって、また何とか練習でも訓練でもすればいいし、すっぱり諦めて別の人生を考えてもいい。俺は今、自分でも驚くほど気持ちがすっきりとしているんだ。どうしてかな。たぶん、自分で自分を縛っていた呪縛が解けたのかもしれない。もう、元には戻らない零《こぼ》れた水を必死になって探す毎日はこれでお仕舞いなんだから」

その言葉にウィル自身、嘘《うそ》偽りはなかった。

「そうやって新しい人生を見つけても、その道を歩くあなたの隣にいるのは彼女ではないかもしれないのよ。彼女が想《おも》いを遂げる相手はあなたである保証はないのよ。それでも、その彼女のためにあなたは自分の可能性をこんな簡単に捨ててしまうの？」

「まあ、未来のことなんか誰にも分からないさ。確かにこの先、彼女が好きになるのが俺とは限らない。でも。それでも、これが俺の今の選択だと胸を張って言える」

「変わったわね」

「変わってはいないさ。ただ、こう見えて少しだけ素直になっただけだ」

再び霧がウィルを包み込んで、オベロンが彼に嘲笑を向けた。

『取り引きは成立だ。愚かな人の子よ。貴様はこれから一生、後悔し続けるだろう』

立ち込める霧が更に深く、視界を漂白していく。見えぬ靄《もや》の腕がウィルの頭部を摑《つか》み上げる。ホールを包む霧の全てが妖精王の体軀《たいく》だ。ウィルが今いるのはオベロンの体内ということになる。抵抗は意味を持たない。意識が白んでいく。脳内がオベロンによって侵食されていく。消えかける理性の炎の前で、侮蔑を込めた声が聞こえた。

『言ったはずだ。これは取り引きだと。これより貴様は後悔と絶望を繰り返し、死の深淵《しんえん》の中で朽ち果てていくがいい』

六月十三日（火）

窓から突き刺すような陽射《ひざ》しが差し込んでいた。寒い日がずっと続いていたので、久しぶりに気持ちいいと感じられる朝だ。季節がいつの間にか冬も春も通り越して、初夏に変わったみたいだった。これなら今日は雪も降ることはないだろう。ストーブに火を点《つ》けなくてもいいというのは幸せだ。だから、もう少しだけ。ベッドの中で惰眠を貪《むさぼ》っても誰も文句は言わないだろう。そもそも考えてもみれば、文句を言うような人間はこの家にはいないのだが。

「ウィルってば。朝だよ」

まだ眠たいのに、誰だ。自分の身体を揺するのは。

「何なのよ。いつもは私のこと、寝坊助だの何だのって馬鹿にするくせに。ウィルの寝坊助！」

もう少し寝かせてほしい。こんな気持ちのいい朝は久しぶりなんだから。なのに。

「起きろー！　ウィル、起きろー！」

かんかん、とフライパンをお玉で叩《たた》き鳴《な》らす少女がそこにいた。おかげで眠気が一瞬で吹き飛んでいった。せっかくの気持ちのいい朝が台無しにされた気がする。

「ちょ、ちょっと！　何だよ！　近所迷惑になるだろ！」

目の前の少女に言ってやった。最近夜遅くまで読書することが多かったので、まだ頭の中がぼーっとしている。眠い。眠い。今、脳味噌《のうみそ》が考えているのはそれだけだ。

「えー。起きないウィルが悪いんだよ。昨日は遅かったの？　私、ずっと待っていたのに全然、ウィル、帰ってこないんだもん。私、眠くなって先に寝ちゃったよー」

ウィルは彼女に言われて、頭の中の記憶を整理する。少女はベッドから離れると、窓のカーテンを開ける。こんなに晴れやかな朝の陽射《ひざ》しを見るのは久方ぶりな気がした。

「うーん。いい天気！　やっぱり、こういう天気の日は外に出掛けたくなるよね？　ウィル？」

「え。あ、うん」と何となく勢いに押されて、彼女の言うことに頷《うなず》いてしまった。

「あ。そうそう。朝食、もうできているよ。ふふん、見て驚かないでね！」

少女はドヤ顔のくせに何か、妙にもったいぶっているので気になってしまう。いったい、朝の食卓に何が待っているというのか。彼女は強引にウィルの手を引いて、ベッドから引き離そうとする。ウィルは寝間着姿から着替える余裕ももらえないまま、一階の食卓へと連行された。

四年ぶりに見る実家のダイニングは、最後の記憶よりも綺麗《きれい》に片付いていて、小さなテーブルの上に出来上がったばかりの料理がゆらゆらと湯気を立てていた。テーブルの横で小さなブラウニーがちょこんと座り、美味《おい》しそうにミルクを飲んでいた。

「この料理。誰が作ったんだ？」

乳白色のスープの中にごろん、と転がるのは固形石鹸《せっけん》か何かに見える。

「ふふん。この前、約束したでしょ。私がウィルのためにフリカッセを作ってあげるって。えっへっへ。すごく苦労したんだからね！」

フリカッセ？　石鹸《せっけん》水の間違いではなくて？　そもそもそんな約束なんて、いつしたのか。

そして、椅子につくと、真正面の席に少女が座った。まるで、ずっと暮らしてきた家族みたいにごく自然に。少女が期待の眼差《まなざ》しを向けているので、スプーンに手を伸ばさないわけにはいかなかった。恐る恐る口に運んだクリームスープは、まさに石鹸《せっけん》水のような味……とまではいかないまでも、何とも言い難い独創的な味付けだった。

「えへへ……どうかな？　どうかな？　これでも結構、頑張ったんだよ、私！」

目の前にいる役者がごく自然に動いて演じると、たまにそれが芝居であることを忘れてしまうことがある。今、目の前にある光景がそれだ。自然に声を掛けられると、どうしても自然に返事をしてしまう。自然に食事を出されると、それがどこの誰が作ったのかも分からない得体の知れない物にもかかわらず、つい口にしてしまう。そして全くの見ず知らずの人間にさも旧知の間柄のような態度で接せられると、その人との深い仲を感じてしまうのだから不思議なものだ。しかし、どんなに自然に演じようと、芝居は結局、芝居でしかない。

「こんなにいい天気なんだから、色々なところに行けるね。あのね。私、行きたい場所があるの。えーとね、王立博物館に時計台《ビッグベン》、セント・ポール大聖堂とか……」

「あのさぁ、君……」

「食事もやっぱり、綺麗《きれい》な公園で食べようよ。私、いっぱい、サンドウィッチを作るからね？」

「いや、いいから。まずはこっちの話を聞いてくれ」

「どうしたの？　やっぱりサラダのレタスに蜂蜜をかけたの、おいしくなかった？」


「……そうじゃなくて。あのさ、さっきから、君。いったい誰なの？」


ことん、と少女の指先からフォークが落ちて、陶器の皿を叩《たた》いた。その瞬間から、時間が凍り付いた。あれだけ一方的に、うるさく喋《しゃべ》っていた少女が一瞬で静かになった。変なものだ。最初からこんなことを言われるなんて、微塵《みじん》も想定していなかったかのような反応だ。

「ははは……朝からウィル。冗談きついよ。夕べ、私が先に寝ちゃったこと怒っているの？」

「怒るも何も、夕べ俺はどこにも出掛けちゃいない。昨日の夜は寝るまでずっと家の中で本を読んでいたはずだ。それよりも君だ。何なんだよ、さっきから黙って聞いていれば。勝手に人の家に上がり込んで馴《な》れ馴《な》れしく。これ以上、何かをするって言うんなら誰か人を呼ぶよ？」

彼女の目は焦点が合っていない。言ったことの後ろ半分は耳にも届いていないだろう。

「ねえ。ウィル。今日は何月何日？」

「四月十二日だけど」

日付に関しては間違っていない自信がある。毎日、欠かさず日記をつけているわけだから。

「ウィル。ひょっとして、妖精と何か取り引きをした？」

そう尋ねる彼女の声は今にも泣き出しそうで、擦れていた。しかし、その言葉にウィルは全く心当たりが無い。妖精と取り引き？　やっぱりこの娘、少し頭がおかしいのではと疑う。

「あのね、ウィル。聞いて。私、朝からちょっとおかしいんだ。起きた時からね、ずっとあなたのことを考えているの。夕べ、帰ってくるの遅かったでしょ。私、すごく不安で不安で。でも寝室に行って、あなたの顔を見たらすごく安心して」

本格的に何を言っているのだ、この娘は。夕べから家に上がり込んでいたということか。

「でもね、その後もね。ずっと、あなたのことを考えているの。きっと起きたら、お腹《なか》を空かせているんだろうな、とか。不思議だよ。こんなこと今までなかったんだもん。勿論《もちろん》、ウィルのことを考えていることは今までだってあったよ。でもね、ずっと、ずっと、ウィルのことが頭から離れないなんてこと、これが初めてなの」

「ごめん。君の言っていることが全然、分かんない。分かりたくもないけど。あのさ、悪いんだけど、さっさと出て行ってくれないかな」

ウィルは席を立ち少女の腕を掴《つか》んで持ち上げようとする。

「お願い！　もうちょっとだけ、話を聞いて！」

少女が叫んだ。それだけが彼女にできるささやかな抵抗だ。絶望に満ちた瞳から大粒の雫《しずく》がこぼれ、何も無い真っ白い皿の上に落ちた。

「ウィルのことを考えるとね、お腹《なか》の中がぎゅって、熱くなるの。私、そういうの初めてで、それがどういうものか分からなくて。ちょっと怖かった。でも、やっとこれの正体、分かったよ。……ウィル。取り返してくれたんだね。私の大切なもの」

「ごめん。もういいかな。君の言うこと、よく分からないし」

「……ありがとう。ありがとう、ウィル。私のために頑張ってくれたんだよね。ありがとう、ウィル。ありがとう。私、今、それだけをあなたに伝えたいの」

泣いていた。泣きながら「ありがとう」と言っていた。そこまで感謝される覚えは無いし、すごく困った。それに、細波《さざなみ》が砂浜に打ち寄せるみたいに少しだけ、心がざわついた。罪悪感と一緒になって胸の内に蠢《うごめ》くこの感情を自分では何と表現すればいいいか、よく分からない。

もう少し言いようもあったかもしれない。でも、零《こぼ》れた水をコップに戻せないのと一緒で、口から一度出た言葉はもう取り消せない。零《こぼ》れた水は床を伝って流れて、そうして、もう二度と会うことはなくなるのだ。彼女は手早く、部屋に散らばった自分の荷物を小さな鞄《かばん》に押し込めていく。ずっと無言で、ようやく玄関まで来たところで別れの言葉を告げた。

「今のウィルには何のことか分からないかもしれないけど、言わせて。今までありがとう。ウィルと一緒にいられて、嬉《うれ》しかったし楽しかったよ」

それに何と答えればいいのか、ウィルには分からなかった。こっちこそ楽しかったよ、と白々しく言えば良かったのか。後ろからひょっこりと現れたブラウニーが少女にくっついて行こうとしたが、それを彼女自身が止めた。

「お願い、この子はここに置いてあげて。家事もできるし、役に立つと思うよ」

ブラウニーが顔を上げて、ウィルのことを訴えるような目で見ていた。知らない人間が一人、家の中にのさばっているのに比べたら妖精一匹くらいはとも思う。しかも家事をしてくれるのだったら、独り暮らしの身には寧《むし》ろ助かるというもの。

「……じゃあね。ウィル。さようなら」

ぱたん、とドアが乾いた音を立てて、そのまま少女は目の前から消えていった。

■

霧の都、とも言われるこの王都で晴れ間が見えるのは、きっと珍しいことなのだろう。ミッドサマー（夏至《げし》）も近く、少し歩いただけで全身が汗ばんで苦しくなる。昨日まで太陽を隠してばかりだった邪魔な雲たちも今日ばかりは、この青い空に一切の姿を見せようとはしない。毎日がずっとこんないいお天気だったら、この街の人たちが下ばかり向いて暮らすこともなくなるのだろう。でも、今はビビだけがこの爽やかな青空の下を独り俯《うつむ》いて歩いていた。

――今は独りになりたいな。独りで思う存分、大泣きできる場所はどこかにないかな。泣いても周りの人からおかしい目で見られないところがいいかな。

そんなことを考えながら街の喧噪《けんそう》から逃げ、ひたすら静かな場所を求めて歩いた。そして、いつの間にか小さな泉と木々に囲われた公園へとたどり着いていた。

結構、大きな公園だ。何という名前だろう。ウィルがいれば、きっと教えてくれたはず。風に乗せられ漂う緑の匂いが、深い森の中に自分がいるような気分にさせてくれる。ベンチに腰を下ろしたところで、今まで我慢して食い止めていた感情が決壊して一気に溢《あふ》れ出《だ》した。

目の前を老齢の夫婦が通り過ぎていく。本当はあんな風にウィルと一緒に仲良く、こういう場所に来てみたかった。今朝《けさ》、起きてからそんな無邪気なことをずっと考えていた。ウィルのためにわざわざ、慣れない台所にまで立って。

——私がずっと、ウィルのことだけを見ているみたいに。ウィルも私のことだけを見ていてくれたら、嬉《うれ》しいな。……なんて、馬鹿じゃないの、私。

一旦、乾いたはずの涙の筋がまた濡《ぬ》れる。誰もいない公園で思う存分、泣き叫んだら気持ちも晴れるだろうか。こんな気持ちになるくらいなら。惨《みじ》めな気持ちになるくらいなら、失われた《恋》なんて取り戻そうとしなければよかった。

「ウィル。ウィルぅ。ウィルが私のこと、好きじゃなくてもいいから、でも、ずっとウィルの傍《そば》に一緒にいたかったよ。ウィルが私のことを見ていなくても、私はずっとウィルのことを見ていたかったよ。こんな気持ち。どうすればいいのか、分かんないよ」

嗚咽《おえつ》を森の風が隠してくれる。顔を覆った両手が涙でびしょびしょに濡《ぬ》れる。泣いても泣いても、気持ちが収まることはない。寧《むし》ろ、抉《えぐ》られた心の傷が更に悲鳴を上げていく。

「ウィル。ウィルぅ。会いたいよ。ウィルの顔が見たいの。ウィルの声が聞きたいの」

暴れる心を自分ではどうしようも止められない。

──きっと、ケイも同じ気持ちだったんだ。

不器用で相手に気持ちを伝えられない。どうやって伝えればいいか分からない。だから妖精は人から色んなものを盗んでいく。それはとても未熟な恋。でも、それは自分も同じ。行き場を失った恋がふらふらと迷子になっている。それでも。拙《つたな》くたってこの気持ちは本物だ。

「ウィル。嫌だよ。これからずっと、別々に生きていくなんて……。私のこと、ずっと忘れたままなんて嫌だよ」

ウィルの記憶の時計は四月十二日、ベン・ネヴィスで過ごした日のまま止まっていた。ビビだって覚えている。二人が雪の中で出会ったあの日だ。あの日から二カ月の記憶が鋏《はさみ》で切り抜かれたように彼の中から消えてなくなっている。そんな芸当をできる妖精は一人しかいない。

「妖精王オベロン……おばあちゃんが言っていたっけ。妖精の全部のお父さんみたいな存在だって。でも、性格はすごく悪いって」

キッパーヘリングの事典にならば何か書いてあると思ったが、鞄《かばん》を漁《あさ》って、それがないことに気付いた。慌ててウィルの家から出たので置いてきてしまったのだ。どうしよう、ウィルの家まで取りに戻ろうか。いや、でもさすがにそれは。でも……いやいや。やっぱりだめ。

「今更、どんな顔をして会えばいいの……」

両手で顔を覆う。ビビはこんなことで悩む自分が情けなくなる。たぶん、次にウィルに会った時には何も喋《しゃべ》ることができないだろう。

「お困りのようね。お嬢さん」

そこにいきなり、後ろから声を掛けられるものだから、びくりと、心臓がはね跳ぶかと想《おも》った。だが、その声の主の顔を見て、更に今度は心臓が口から飛び出るほどにびっくりした。

「リャナツペチカ……さん？」

今日は美しい黒髪を後ろに結わい、前日のステージで着ていた黒いドレスとは対照的な白いワンピースを着ていたので印象は随分と違っていた。しかし、彼女のファンであるビビがその姿を見間違うわけがない。目の前に立つのは正真正銘の大女優リャナツペチカだ。

「わ、わ。ほ、本物だ！　わ、私！　き、昨日の舞台、み、見てました！」

喋《しゃべ》っているだけで口の中が渇いていく。頭の中が茹《ゆ》だって今にも湯気が立ちそうだった。

「ええ。知っているわ。ステージから見えていたもの。ウィルの横にいた可愛《かわい》らしいお嬢さん」

「ええ、そうなんです。夕べ、ウィルと一緒に劇場に行ったんです。えへへ。よかったなあ、あのステージ！　……あれ。でも、何でリャナツペチカさん、ウィルの名前、知って……」

「反応がワンテンポ、遅いのも可愛《かわい》らしいわね。彼が夢中になるわけだわ」

「……？　あの、どういうことですか？」

「ええ。彼のことはよく知っているわ。可愛《かわい》いフェアリーテイルさん」

そこまで言えば、いくら鈍いビビでも察することはできる。

「ひょっとして、夕べ。ウィルが会っていたのって……」

「ええ。私よ」と、何か勝ち誇ったように頷《うなず》く。ビビの心は激しく揺さぶられた。この女性とウィルとの間にある関係をビビは知らない。過去に、そして今現在、それがどうであろうとビビには関係がない話。しかし、ビビの胸は不安の中で落ち着かなくざわついた。

――やっぱり、ウィルもこういう綺麗《きれい》な人の方が好きなのかな。

そんなことを考えると、絶望の崖底に突き落とされた気持ちになる。

「嫌ね。そんな絶望したような顔しなくても。ちょっと、からかってみただけだから安心して」

「本当に？　本当の本当に？　ウィルとは何でもないんですよね」

「……まあ、少なくとも今はね。彼は私のこと、ひどく恨んでいるんでしょうから」

「恨んでいる……？　喧嘩《けんか》でもしたんですか？」

「喧嘩《けんか》……まあ、喧嘩《けんか》かもね。彼から才能を盗んだのは私だから」

「は？」と、もう一度、聞き返してビビはリャナツペチカの顔を見た。からかったり、はぐらかしたり、ビビは彼女のことを分かりかねた。これもまた何かの悪い冗談だと思った。

「冗談ではないわ。あなたも、盗まれたんでしょう？　妖精に。私もその仲間よ」

「……今からでも、冗談でしたって言ってくれると私は嬉《うれ》しいです……」

「そう。幻滅した？　王都一と評判の女優が実は妖精だったなんて。でもね、本当よ。私はリャナンシーと呼ばれる妖精の一族。四年前。私が彼から才能を盗んだの」

ウィルがずっと探していた犯人がこうもあっさりと姿を現すとは。きっと裏があるはずだ。

「今日、あなたに会いに来たのは夕べ起きたことをあなたに伝えるため。可哀想《かわいそう》に。家からも追い出されて。今の状況、あなたはさぞかし混乱しているでしょうね」

ビビは頷《うなず》く。それから彼女は妖精王オベロンの名前を口にした。ビビが推察した通り、ウィルは取り引きをしたのだ。妖精王と。盗まれたビビの《恋心》との引き替えに、自分の《記憶》を妖精たちの王へと献上したのだ。しかも――自分の《才能》を諦めてまで。

「……え？　な、何で！　どうして、ウィル？　だってだって！　それってウィルの一番、大事なものでしょ！　なのに、どうして諦めちゃうの！　おかしいよ、そんなの！　ど、どうして!?」

「私が聞きたいわよ。でも、彼。未練なんてちっともなさそうだったわ」

「……そんな……だって、ウィル……」

それを聞いてビビは益々《ますます》、平静でいられなくなる。ウィルがビビの大事なものを取り返してくれた。誰かを好きになる心――。ずっとなくした自分の一部がようやく戻ってきた。だと言うのに。いざ、誰かのことを好きになったら、その肝心の彼が自分のことを忘れてしまっているのだ。本当にウィルは余計なことをしてくれた。何の断りもなく勝手に。そんなこと、自分は望んでなんかいないのに。おかげで、今は息をするのだって辛いくらい胸が苦しくて痛い。

「ウィルの馬鹿！　ウィルの馬鹿！　ウィルの馬鹿！　もう知らない！　もう知らない！」

それで彼のことを忘れられるなら、どれだけ幸せか。もう、ビビはウィルのことを忘れることはできない。きっと夜寝る時も、食事をしている時も、街を一人で歩いてる時も、ずっと、ウィルのことを考えている。これは呪いなんだ。恋というのは呪いと一緒なんだ。ウィルのことが一瞬たりとも、頭の中から離れられなくなる呪いなんだ――。

でも。だからこそ、ビビにはやらなければいけないことがあるのだ。

「お願いします。リャナツペチカさん！　妖精王に会う方法を教えてください！」

「ええ、勿論《もちろん》よ。見せてちょうだい。今度はあなたが彼のためにどんな選択を為《な》すのかを」

何かの目算か目論見《もくろみ》か。稀代《きたい》の悪女が悪意の微笑《ほほえ》みを向け、ビビの手を取った。

■

一人取り残された部屋は思う以上に冷たく、虚《むな》しかった。ウィルの頭はまだ混乱していた。

夕べ寝る前には確かに外は雪で、自分はベン・ネヴィスの町にいた筈《はず》だ。しかし、目を覚ますと、四年も留守《るす》にしていたはずの王都の実家に戻っていたのだから、不思議の一言では済まされない。これは夢なのか。夢ならいったい、どこからが夢で、どこまでが現実なのか。

そう思うと、ひどく恐ろしくなった。窓からは王都とは思えないほどのすがすがしいまでの晴れ空が見える。自分は知らない間に異界にでも連れて来られたのか。

街に出れば、手掛かりが見つかるかもしれない。しかし、ウィルにはそれができなかった。怖い。家の外に出るのが。ここはベン・ネヴィスではない。きっと自分のことを知っている人間がいるだろう。この四年間、行方《ゆくえ》をくらましていたかつての神童の成れの果てを見たら、彼らはどんな反応を示すだろう。きっとその凋落《ちょうらく》ぶりを嘲笑《あざわら》うだろう。まだ僅かに残るウィルの自尊心《プライド》がそれを許さない。ウィルは投げやりに生地の傷んだソファーの上に横になった。

――だから。死ぬまでここに引き籠もっていよう。どうせ、時間以外は何もない人生なのだから。今更、人々の記憶から自分が消えたところで何か不都合があるわけでもないし、自分が死んだところで誰かが悲しんで泣いたりするわけではない。いや。一人だけ。今さっき、自分の前で大泣きしていた子がいたっけ。いったい、どこから忍び込んだ異常者《ストーカー》かは知らないが、もし、自分が死んだことを彼女が知ったら、やっぱり同じように泣いてくれるのだろうか。

「……何を考えているんだ、俺は」

少しだけ後悔していた。あの少女に少し辛く当たりすぎたかもしれない。少なくともすぐに家から追い出さなくてもよかった。彼女なら自分がこうなってしまった状況について何か知っているかもしれないのに。それにあんなに泣かれると、こちらの心も少し痛む。少しだけだ、少しだけ。もし次があるなら、もうちょっと優しく接してもいいかも、と思うだけだ。

「まあ、もう出て行ってしまったものは仕方ないな。今から探しても見つかるわけないし」

今更、零《こぼ》れた水は元には戻らない。ウィルは瞼《まぶた》を閉じ、目の前の現実から逃げようとした。だが、そこに服の袖を引っ張って現実に引き戻そうとする者がいる。

「……何だよ。ミルクならさっきあげただろ。あれで最後だ。でも、俺はもう家から一歩だって出るつもりはない。君もこんな家をさっさと出て、まともな家の妖精になった方がいい」

たぶん、言葉は通じているはずだ。しかし、口のないブラウニーは何も喋《しゃべ》らず、ただ必死に頭を横に振って、ウィルの袖を引っ張る。相変わらず円《つぶ》らな瞳でこちらを見て、でも何を考えているのかさっぱり分からない。喋《しゃべ》れないのだから当然か。その小さな妖精が何度もしがみつくようにウィルの服を引っ張るのだ。自分をどこかに連れていこうとしているのか。

「ああ、分かった。分かったから。引っ張るなって。付いていけばいいんだろ？」

こくこくと、ブラウニーは頷《うなず》いた。腕を引かれ、向かった先は何てこともない三階にある客用の寝室だった。夕べ、あの少女が寝泊まりした場所だ。すでにベッドはブラウニーが綺麗《きれい》に片付けていたので、彼女がそこにいた痕跡はもう残っていない。

ぽいぽい、とブラウニーが指差したのは部屋の隅にある小さな机だった。そこに本が二冊。彼女の忘れ物が置いてあった。一冊は随分と分厚く、表紙には手書きで「妖精事典」と記されていた。そして、もう一冊の方には見覚えがあった。それも当たり前だ。これは自分の日記だから。何故《なぜ》、自分の日記が彼女の泊まっていた部屋に残されているのか。

「あいつ……人の日記、勝手に読んだのかよ。最悪だな」

やはり、早々に追い出して正解だった。ブラウニーが必死に指差すのはこの日記のようだ。確かに日記を読み返せば、この記憶にない空白の時間に関して何か分かるかもしれない。だが、さすがにその望みは薄い。何しろこの日記に書いてあるのは天気と食べた料理、ほんの一言の〝活動報告〟があるだけだから。工場の稼働《かどう》日誌の方が余程、文学的で読み応えがある。

それでも、ブラウニーは先ほどから必死にこの日記を自分に読ませようとしている。仕方がない。ここ数日の天気くらいの手掛かりはあるかもしれない。《今日》の日付をめくった。

《四月十二日。雪。灰色の街で、少女と出会った》

《今日》。自分は誰かと会ったらしい。けれども、無味乾燥な作業日誌にはそれ以上、何も書かれていない。だが、幸いにも次の日の活動記録はもう少しだけ詳しくなっていて、少女がフエアリーテイルであることと、その彼女と一緒に雪山で雪婆《ゆきんば》を退治したことが書かれていた。とは言っても、どうして自分が彼女と雪山に行く羽目になったのか、その流れが全く分からないので、すごくもやもやとする。本当に使えない奴《やつ》だな、この日誌を書いた奴《やつ》は。ぶつくさぼやきながら、ウィルは次のページをめくる。

《今日、この日が自分にとって、何かが変わる日だと、何か確信めいたものがあった。でも、具体的に何が、と言われても、よく答えられない。とにかく、自分はこのフェアリーテイルの少女と旅をすることに決めた。後先のことなんか、後でじっくり考えればいい。ずっと凍りっぱなしだった時計が、ようやく動き出したのだから。今はとにかく、歩き出したい》

そして、旅の準備など色々あって、実際にその少女とベン・ネヴィスを発《た》ったのは四月十九日。その日付から突然、見たことのない筆跡がこの作業日誌に登場するのだ。

四月十九日（水）

今日から三人の旅！　楽しいな！

その記念に、私とウィルとで交換日記を始めるよ！（やった！）

まだまだ、私もウィルのこと全然、分からないし、私のこともウィルにもっと知ってもらいたいな。だから、こうやって、紙の上でお喋《しゃべ》りするのも悪くないんじゃないかな？　ほら、だってね、面と向かってだと言いづらいことだってあると思うし……。

まあ、そんなわけでよろしくね！　ウィル！

どういう訳だか、作業日誌がいつの間にか交換日記へと変わっていた。不思議なもので、男の無機質で乱雑な文字と比べると、少女の丸まった文字はそれだけで読む人を楽しい気分にさせてくれる。言葉だけでなく、文字の一つ一つに彼女の思いが込められているように思えた。

ウィルは紙の上に踊る文字に指先を載せる。少女の肌のぬくもりが手書きの文字の上にまだ残っているような気がした。たぶん。今朝《けさ》、会った少女がそうなのかもしれない。

ウィルはとんでもない後悔に襲われた。それでも交換日記は続く。とは言っても、ページを占有している割合から言えば、少女が一方的に書いて、ウィルは一言、二言、コメントを綴《つづ》るくらいだ。ちょうど、今朝《けさ》の食卓で交わした短い会話と同じ。それでも、天気と食事しか書いていなかった頃と比べると、自分だって随分と多弁になったと思う。

五月一日。彼女の故郷ロスリンで、彼女のおばあちゃんの最期《さいご》をともに看取《みと》った。

五月四日。そのおばあちゃんの葬儀。少女は自分の胸の中で朝が来るまで泣いていた。

五月二十八日。リヴァプールから列車に乗ったところ、グレムリンたちに襲われた。乗り合わせた別の乗客とともに難局を乗り切る。

六月十一日。マンチェスターからいよいよ汽車で王都へと向かう。

――そして、六月十二日。それが最後のページになっていた。

六月十二日(月) ビビ

今日は憧れのドルリー・レーンにウィルと一緒にお芝居を観《み》に行きました。ウィルってば、「夏夜《ヴァルプルギス》の囁《ささや》き」のこと、嫌いとかよく言うけど、私のことちゃんと劇場に連れて行ってくれた。何だかんだ言っても、優しいんだもんねーウィルは。捻《ひね》くれているけど!

お芝居、良かったなぁ。俳優さんの演技の力だね。自分がシシリアスとティターニアの世界に迷い込んで……ううん、私がティターニアになったみたいに、物語の中に入り込んじゃった。私。ティターニアのことが羨《うらや》ましい。だって、記憶をなくして彼女のことを忘れてもシシリアスはもう一度、追いかけてきてくれるんだもん。たとえば、私が一番辛い時に大切な人が傍《そば》にいてくれるのって、どんな気持ちなのかな。もし、私に《恋する心》があったら、その人のこと好きになるのかな。それって今、私の中にある気持ちとは違うものなのかな。

うーん。分かんない。分かんないけど、私。今のままでもいいかなって思うんだ。

あのね。どうして、こんなことを書いているかって言うとね……暇なの！　ウィルがちっとも帰ってこないから、私、家の中でずーっと一人きりなの！　ポロも先に寝ちゃうし。ひまーひまーひまーー！　ウィルのせいで私、すごく暇しています。でも、隣にウィルがいない夜って、何だかすごく久しぶりのような気がする。いつも何だかんだ、ウィルが隣にいるんだよね。

だから今夜はちょっとだけ、恥ずかしいことを書こうかなと思います。だって、隣でウィルがぐーすかぴーすか、寝ていたら、こんなこと、恥ずかしくて書けないでしょ！　だから、今夜は絶好のチャンスっていうわけ。

まずはお礼から。ウィル、ありがとう！　すっごくありがとう！　え？　何のことか、分からない？　だって、ウィルにお礼を言うこといっぱいありすぎて、私も分からないよ！

でも、一番は私の手を引いてここまで連れてきてくれたことかな？　勿論《もちろん》、ウィルにはウィルの目的があるのは知っているよ。ウィルって打算とかでクールに動くタイプだし、捻《ひね》くれ者だし。でもね。それでも私はいっぱい、いっぱい、感謝をしているんだよ。

おばあちゃんが亡《な》くなった夜も、ウィルは一緒にいてくれた。あの時。もし私が一人だったら、たぶんフェアリーテイルを辞めようと思ったかもしれない。おばあちゃんもいなくて、キッパーヘリングさんもいなくて。たぶん、この国でフェアリーテイルは私一人かもしれないんだよ？　同業者もいなくて一人きりなんて心細いよ。しかも私、自分で言うのもおかしいけど、できそこないのフェアリーテイルだもん。でもね、隣でウィルが助けてくれるんだと思うと、頑張れると思うし、何だってできると思えるんだ。

……こういう考え方、ウィルは迷惑かな？　ウィルはきっと優しいから、文句を言いながらも私のこと助けてくれるかな。捻《ひね》くれ者だけど。だから私、ついついウィルの優しさに甘えちゃっているって、自分でも分かっている。ウィルは自分で思っているより、ずっと真《ま》っ直《す》ぐで優しい人なんだ。私のことを元気づけようとお菓子もいっぱい買ってくれたよね。ウィルが私のこと、大切にしてくれるっていう気持ち、いっぱい伝わったよ。

次はね、お願い。わがままかな？　でも、聞いて。

本当のことを言うとね、私、もう《恋する心》を取り戻さなくてもいいんじゃないかなってそう思い始めているんだ。勿論《もちろん》、ケイがもう亡《な》くなっているっていうのもあるけど、それだけじゃないの。いい？　下世話な話。私の本音、ぶっちゃけるよ？　覚悟はいい？　言うよ。

そんなものなくたって、日常生活に全然支障ないし！　え？　怒った？　でもそれが私の結論だよ。たぶん、普通の女の子が男の子に向ける《好き！》っていう気持ちとは全然、違うとは思うんだ。でもね。そんな気持ちに負けないくらい、私だってウィルのこと、大切だって思っているし、ウィルとずっと一緒にいたいと思っている。恋なんかしていなくても、今の私は十分、ウィルといられて幸せなんだよ。

だから、ウィル。お願い。厚かましいかもしれないけど、これからもずっと、私と一緒にいてくれると嬉《うれ》しいな。勿論《もちろん》、分かっているよ。私たち、夫婦でもなければ恋人同士でもない。ただ、偶然に知り合って、たまたま一緒に行動しているだけの仲だって。だから、きっといつかはお互い、別々の道を歩む日が来るって覚悟もしているつもり。

でも、それが今すぐぐってわけじゃなくていいと思うの。あ、勿論《もちろん》。ウィルがなくした大切なものを取り返すの、私も一生懸命協力する。だって、ウィルのためだもん！　私、何だってするから！　ウィルのためなら！　でもでも。それを取り返した後の話だよ。

これからも一緒に二人で旅がしたいな。せめて、この日記を二人で、思い出で埋め切るまではいたいな、ウィルと一緒に。

その日記のページはまだ半分さえも埋まっていない。だから本当は二人の旅はまだ当分、続くはずだったのだ。ウィルは自分のことがただ腹立たしかった。どうして、自分は彼女のことを覚えていないのだろう。彼女のことを忘れてしまったのだろう。自分は何て薄情な奴《やつ》だ。

――『今のウィルには何のことか分からないかもしれないけど、言わせて。今までありがとう。ウィルと一緒にいられて、嬉《うれ》しかったし楽しかったよ』

この家から出る時、彼女の言った言葉の意味が分かる。まだ食卓のテーブルの上に載っている冷めたフリカッセの意味もようやく知った。

亡《な》くなった母がよく作ってくれた。何かいいことがあった時に喜びを分かち合ってくれた味、悲しいことがあった時に慰めてくれた味だ。少し手の込んだ煮込み料理。さぞかし、不器用そうな彼女は下拵《したごしら》えから苦戦したことだろう。誰かのために何かを作るということは、その人のことをずっと考えているということだから。火加減を見ているその時でも、食べたその人が笑顔になってくれる姿を想像するものだ。ウィルの母が昔、きっとそうだったように。

ウィルは自らの胸を穿《うが》つ大きな穴に気付いていた。それは失ってしまった自分の一部。それを取り返さないといけない。そうだ。自分はまだ彼女にお礼も言っていないのだ。

机に向かい、日記帳の上にペンを走らせた。別に長々と書くこともない。しかし、今のウィルにとっては見知らぬ人に手紙を宛てるのと同じだ。一文字一文字に緊張がこもる。果たしてこの日記の返事を自分が書いてもいいものかとも迷った。彼女のことを何も知らない自分が。でも今の自分の言葉でできる限り伝えないといけない。その声を彼女に届けないといけない。

「えっと……ポロ……だっけ？　ビビっていう子を探すの手伝ってくれるか？」

待ってました、と言わんばかりブラウニーが頷《うなず》いた。

夕暮れに近づくに連れて湿度が高くなり、薄らとした靄《もや》が這《は》い出《だ》すように街をゆっくりと包み込んでいく。太陽の時間は終わった。再びこの街は霧の王の支配下となる。

ビビは湖畔の遊歩道でじっと、日が暮れるのを待っていた。妖精王の居城は夜の霧の中にしか現れない。瓦斯燈《ガスとう》が灯《とも》る頃には霧が街中に蔓延《はびこ》り、人の姿も消えてなくなっていた。

妖精王の居城が霧の中にあるのは、人目を避けるためでもある。その場所に《霧の劇場》があることを知る者でなければ、その姿を視認することはできない。月の光さえも霧が隠してしまう暗闇の中で、川面《かわも》に漂う靄《もや》が集まりやがて眩《まばゆ》いほどの光を放つのだ。

霧の劇場がビビの前に姿を現す。妖精王との対峙《たいじ》が迫っている。何としてでも奪われたウィルの《心》を取り戻すつもりでビビはこの場所まで来たのだ。しかし、邪智《じゃち》暴虐の王がそのためにビビに何を求めてくるのか分からない。でも、ウィルのためなら命さえ捧《ささ》げる覚悟だ。

まずは妖精王がいる場所までたどり着かなければいけない。きっと取り巻きの悪い妖精たちが待ち構えているに違いない。ビビは両手を握って空中に向かって交互に突き出した。

「わ、私だって、戦える！」

本当は足が震えて仕方なかった。でも、これは武者震いだと自分に言い聞かせる。いつまでも弱いだけの自分ではウィルを救うことなどできはしないのだから。ビビが正面の門に差し掛かったところで、金管楽器による重厚なファンファーレが鳴り響いた。続いて、小さなゴブリンたちが走ってきて、ビビの足元にレッドカーペットを急いで敷いた。

「……ほへ？」

驚いてタキシード姿のゴブリンたちを見ると、彼らは揃《そろ》って恭《うやうや》しくお辞儀をした。妖精たちの演奏隊はトランペットと太鼓を鳴らして、ビビを迎え入れる。王様のボディーガードに門前払いを食《く》らうかと思いきや、まるで女王陛下がおいでになられたかのような歓迎ぶりだ。

「ひょっとして、私を女王陛下と間違えたとか？　……そんな訳ないか」

疑問を抱きながらも、拍手と歓声が送られる深紅のカーペットの上を進む。よくは分からないが、このまま妖精王に謁見できるのならしめたものだ。そして進んだ奥。巨大なホールにはただ霧が立ちこめているだけだった。王の玉座はどこにも見当たらない。

「妖精王！　私はフェアリーテイルです！　あなたにお話があってここまで来ました！」

霧のカーテンに向かって声を張り上げた。留守《るす》ということもないだろう。姿は見えずとも、何かがそこに存在する気配を感じる。妖精王は初めからビビが来ることを知っていたのだ。

『聞こえておるぞ。フェアリーテイルの娘。我は、お前がここに来るのを待っていた』

霧が蠢《うごめ》き、そして形をなしていく。ぼんやりとした輪郭線の中で生み出されるのは精悍《せいかん》な男の顔付きだ。霧でできた顔はそれだけでビビの背丈の倍近くはある。

ひどく冷たい目をしている。ウィルとは大違いだ。暴君はその視線だけでビビを震え上がらせる。怖くて足が震えてもここにはウィルはいない。もう彼に頼ることはできないのだ。

「妖精王！　お願いがあります！　あなたは全ての妖精たちの所有物を所有していると聞きます。それなら四年前、とある妖精がウィルソン・シェイルから盗んだ彼の《心》……物語を生み出す才能も、あなたの手にあると思います！　どうか、それをウィルに返してください！」

しかし、ビビの必死の懇願も、冷徹な王は馬鹿にしたように笑い飛ばす。

『はっはっは！　昨夜《ゆうべ》に来た人間も同じことを言っておったよ！　しかし、我らの手にあるウィルソン・シェイルの《心》は彼自身が取り返すことを諦めたものだ。よって、これは永遠に我の所有物となった。お前たち人間に今更、譲ることなどありはしない』

「でも、お願いです！　ウィルの《心》を返して！　妖精王、あなたはウィルと取り引きをしたんでしょ？　それなら私とも取り引きをしましょう！」

『ほほう。人間の方から我らとの取り引きを望むか。畏れも知らぬ、何と愚かな娘よ』

――昔、おばあちゃんに一度だけ聞いたっけ。妖精王と取り引きをしては駄目だって。

怖かった。身体が震えた。妖精王との取り引きは、悪魔と魂を取り引きするのと同じだとエマンサは言っていた。妖精王はありとあらゆる物を与える代わりに、全ての物を奪う。全てを奪い尽くさなければ気が済まない貪欲な王だ。

――ごめんね。おばあちゃん。私、約束を破るよ。

霧が再び、蠢動《しゅんどう》する。形のない白い腕がたちまち、ビビの細い身体を乱暴に摑《つか》んで屈服させる。全身の自由は簡単に奪われた。妖精王の指先がビビの四肢を隅から隅まで食い込むようにして辱《はずかし》めた。まるで自らの所有物を愛撫《あいぶ》するかのように。

『それならば。フェアリーテイルの娘よ。我が物となれ』

霧の手はなおも羽交い締めにしてビビを離そうとせず、彼女の肢体を握りつぶそうとさえした。手足の骨が圧に堪え切れず、悲鳴を上げる。王は力尽くで回答を引き出そうとしていた。

『もう一度、言おう。フェアリーテイルよ。我が花嫁となれ。さすれば、お前の望むものを返してやろう。よいか。答えればその時より、お前は我が花嫁だ』

妖精王の要求を予想できなかったわけではない。でも、これなら命を差し出せと言われた方が余程マシだった。花嫁と言われたところで、愛されているわけではない。所詮《しょせん》は人間の娘など妖精王のコレクションの一つ。硝子《ガラス》ケースへ乱雑に仕舞われるような扱いに決まっている。きっと好きな人には二度と会えない。これから死ぬまで長い時間、妖精王の独占欲を満たすためだけに絶望の中に幽閉されて生きていくのだ。それは今ここで命を絶つより残酷なこと。

それでも自分はウィルにもう一度、希望を取り戻してほしかったのだ。ビビは知っている。彼がいつも、全てを諦めてこの世界を見ていたことを。彼の見ている先には未来も、希望もなかった。だから、今度は自分が彼の希望を取り戻す番なのだ。

——ごめんね。ごめんね。ウィル。最後に私の気持ち。あなたに伝えたかった。

何度も何度も、心の中でもう二度と会えない青年に謝りながら、ビビは頷《うなず》いた。

『よろしい。これで取り引きは成立だ。さあ、妖精たちよ。宴《うたげ》の準備を始めるがいい。今宵《こよい》これより、我らが婚姻の儀を執り行おう！』

■

ウィルはひたすら街の中をかけずり回った。それでも、ビビは見つからなかった。ひょっとして列車でこの街から立ち去るつもりかもしれない。ウィルはポロを連れてユーストン駅まで行ったが、空振りだった。どこを探してもビビの姿を見つけることはできなかった。じきに夕暮れを迎える。ウィルは内心、焦《あせ》っていた。この王都では夜、治安の悪い区域もかなり多い。そんな所にあの如何《いか》にも世間知らずな少女が迷い込んだらと思うと、気が気でなくなる。

「おう！　誰かと思えば、ウィルではないか！　今日は嬢ちゃんと一緒じゃないのか」

やたらと大きい声が人だかりの中から聞こえたかと思うと、熊のような大男がのっそりのっそりと現れた。向こうはウィルのことを知っているようだったが、ウィルには心当たりはなかった。昔の知り合いだろうか。つい、「誰……？」と口をついてしまった。

「おいおい！　いくら何でも冗談がきついぜ！　まだ数日と経《た》っていないだろ！　もう、俺のことを忘れてしまったのか！　グレムリンを相手に一緒に大立ち回りをしたじゃないか！」

グレムリンと聞いて、ウィルは慌てて日記のページを辿《たど》り始めた。

「ひょっとして……あなたがドナンソンさん？」

「ひでぇって！　俺って、そんなに数日で顔も名前も忘れられるほど印象薄いのか」

目の前の大男は地味にショックを受けていた。もし記憶があれば、こんな濃い顔つきとキャラクター、絶対に忘れるはずがないのだが。

「ウィル君。ドナンソンは私です。そこのオークみたいなでかいだけの男はスターゲイザー君ですよ。どうです？　思い出していただけましたか？」

駅前の人だかりから少し遅れて、大きな旅行鞄《かばん》を手にしたシルクハットの紳士が現れた。ウィルは日記の記述を読み返して、自分がとんでもない間違いを犯したことに気付いた。

「す、すいません！　ちょっと、俺……今、色々と混乱していて余裕なくて……」

「ミス・ビビアンの姿がありませんね。ひょっとして、それと何か関係が？」

「がっはっはっは！　どうせ嬢ちゃんと喧嘩《けんか》でもしたんだろ！　そりゃあ、俺の顔も分からなくなるくらいパニックを起こすだろうな！」

——なるほど、微妙に鋭い。この二人。日記を読む限り、信用もできそうだ。

「いかがですか。我々に何かお手伝いできることでも？」

ウィルは二人に洗いざらい、話をする決意をした。とは言っても、今のウィルに説明できることなどほとんどない。いつ、自分がどうして記憶を失ったのか分からないのに。

「なにぃぃぃ！　き、記憶をなくしただと！　それでは、あの列車での出来事もか！」

「……すいません。お二人には失礼な話だと思いますが……」

「ウィル君が謝ることではありません。それにミス・ビビアンのことも不安ですね……」

「馬車に轢《ひ》かれて頭を打ったとかではないのか！」

「いえ。外傷もないのに、そんなに都合よく、ミス・ビビアンと出会ってからの記憶だけが抜け落ちるということなど考えられません。それならば、考えられる可能性は一つしかないと言ってよいかもしれません。そう、ウィルソン君の記憶は盗まれたのです。……妖精に」

――妖精に盗まれた？　記憶を？　そんなことがあるのか。

「それとミス・ビビアンがすぐにこの街から出て行くということはないでしょう」

「ああ。それは同感だ。ああ見えて健気《けなげ》なところもある嬢ちゃんだからな！　こんな状態のウィルを置いて、街から出て行くなんてことありえない。寧《むし》ろ、あの娘は……」

「ウィル君の記憶を盗んだ相手を見つけ出して、取り返そうとするでしょうね。君の記憶を」

ドナンソンが眼鏡《めがね》を上げ直して言った。

「でも……記憶を盗む妖精なんて、本当にいるんですか」

「それを君が言いますか？　ウィルソン・シェイル君。『夏 夜《ヴァルプルギス》の囁《ささや》き』を書いた君が」

そう言われて初めて気付く。確かに記憶を盗む者の存在を自分は知っている。その名は妖精王オベロン。劇中にも妖精王は青年シシリアスから愛する者の記憶を奪うシーンがある。

――王の言葉は絶対。王の存在は太陽。民の所有物は王の所有物。

昔。一夏だけ一緒に過ごした妖精の少女から教えてもらった話だ。人の心さえも盗み、操り、そして蹂躙《じゅうりん》する妖精たちの王の話。「夏　夜《ヴァルプルギス》の囁き《ささや》」はその彼女から聞いた話をベースに敷いて書いたものだ。ウィル自身が一から考えて創り出した物語ではない。

「──ようやく、思い出したようね」

いつの間にか、駅前広場の喧噪《けんそう》は消《き》え失《う》せて、深い霧がウィルたちを包囲していた。闇と霧が視界を奪う狭い世界《ステージ》に、四人目の役者が登壇する。美しい黒髪の女。その面影をウィルはどこかで見た記憶があったが、それ以上は靄《もや》が掛かったようにどうしても思い出せない。

「誰だ、てめぇ。人間じゃねえだろ！」

「そういうあなたはオークかしら。安心して。あなたのような粗野な男には興味はないわ。私が興味あるのはウィルソン・シェイル。あなたよ」

妖艶《ようえん》な瞳が情熱的にウィルへと向けられる。その美しい容貌に思わずたじろいでしまう。

「女優リャナツペチカ。まさか、あなたが妖精王オベロンの手の者だったとは驚きです」

「ふふ。誰がオベロンの家来ですって？　まさか。そんなことはないわ。あの横暴な王には味方以上に敵も多いのよ。表向きは皆、従っている振りをしてね」

ドナンソンの牽制《けんせい》にもリャナツペチカは余裕すら感じさせる微笑《ほほえ》みで返す。

「この物語の主演は私ではないわ。ウィル。あなたとあのフェアリーテイルのお嬢さんよ。今の私は《夏　夜《ヴァルプルギス》の囁き《ささや》》でティターニアを攫《さら》う妖精パックと同じ。お芝居を引《ひ》っ掻《か》き回《まわ》すだけのただの脇役に過ぎないわ」

「なんでぇ！　回りくどいこと言いやがって！　あんた、何が言いたいんだ！」

彼女に食ってかかろうとするのを隣でドナンソンが止める。それを横目に見て笑い、彼女は昨晩にあったことをウィルに伝えた。彼女の案内で妖精王と謁見し、そして取り引きに応じたことを。ビビという少女の《心》を取り戻す代償として奪われたのは自らの記憶。勿論《もちろん》、説明された所でウィルの記憶を思い出すことはない。だが、話の筋は通っている。

「……フェアリーテイルの彼女は妖精王の所にいるわ。王の居城に行きたいのなら、霧が晴れないうちに河畔に向かいなさい。せいぜい急ぐことね。妖精王は彼女のことを手に入れようとしている。婚姻が成立してしまえば、彼女は一生、あなたの手の届かない存在になるわ」

「どうして。そんなこと、あなたは教えてくれるんです？」

本当に彼女を信じていいのか。これは罠《わな》かもしれない、という疑念が付きまとう。

「さあね。どうしてかしらね。でも、さっきも言った通り。私はただの脇役の一人。でも、観客の一人でもあるわ。だから、もう一度、見せてほしいの。あなたが紡《つむ》ぐこの物語の結末を」

そう言うだけ言って、女は再び霧のベールの奥へと退場していく。一瞬にして通り過ぎていく一陣の風の如《ごと》く。残された男三人はその後姿を見詰めながら、しばし呆然《ぼうぜん》とさせられた。

「いったい、何だったんだぁ。あの女」

「さあ。ですけど、ミステリアスな雰囲気は女性を美しく魅せる、とも言いますし……」

「ふん。女ってのは何を考えているか分からん生き物だからな。俺は好かん」

スターゲイザーが呆《あき》れ顔を見せる。普通に考えれば、これほど分かりやすい罠《わな》もないが。

「俺は彼女を信じます。何となく……ですけど、あの人が俺に嘘《うそ》を言うとは思えないんです。だからこれから俺、ビビのことを助けに行きます」

ウィルがすぐにでも駆けようとしたところで、ドナンソンが問い掛ける。

「ウィルソン君。君は彼女との記憶を失ったはずだ。なのにどうして、そこまで彼女のためにするのですか。君にとっては見ず知らずも同然の少女のために。相手は妖精王なのですよ？」

ドナンソンの問い掛けは尤《もっと》もだ。つい昨日までのウィルならいざ知らず、今のウィルには命を懸けてまで、少女を助けに行く理由はないのかもしれない。少なくとも無気力と自尊心の狭《はざ》間《ま》で生きてきたこれまでの自分にとっては、そんなことに命を張る意味は無いのかもしれない。

「日記の続き。渡さないと。それに謝らないといけませんし。俺が彼女にもう一度、会いに行く理由はそれだけです。それから先のことはその時、考えたいと思います」

「なるほど、そうですか。ウィルソン君。君、少し変わりましたか？」

「いえ。何も変わっていませんよ。ただ少しだけ、素直になっただけだと思います」

「はっはっ！　そうだな、男はウジウジ考えず、自分の気持ちにもっと素直に生きてりゃいいのさ！　おもしれぇじゃねえか、妖精王との大喧嘩《げんか》なんてさ！　助太刀《すけだち》するぜ！　ウィル！」

両手の拳を胸のところで叩《たた》き合って、スターゲイザーが闘魂をみなぎらせた。

「やれやれ。スターゲイザー君にはもう少し、ウジウジ考えてから行動してほしいのですが」

ポロのリュックサックからウィルは武器を探す。とは言っても、入っているのは分厚い事典とフライパン、後は錆《さ》びついた鉄の剣だけ。日記に書いてあったキッパーヘリングの遺品だ。

「ウィル君。『夏 夜 の囁《ささや》き』を書いた君なら、妖精王の倒し方だって知っているはずですね」

刃がほとんど毀《こぼ》れた鉄の剣。そのずしりとした感触を確かめるように握った。幼い頃に妖精の少女から聞かされた妖精王の秘密。それをヒントに書いたのが「夏 夜 の囁《ささや》き」。忘れかけていた記憶が呼び覚まされる。それは絶対的な力を持つ妖精王に対抗しえる唯一の手段──。

「ええ。行きましょう！　ビビを迎えに」

一日前の自分では到底、考えられない。今朝《けさ》会ったばかりの一人の少女のために妖精王に戦いを挑もうなんて。きっと昨日の自分が知ったら、正気の沙汰《さた》ではないと言うかもしれない。何が自分を突き動かすのか、実は自分にもよく分からない。ただ──。

少女は別れる時、泣いていた。あの涙を見てしまったせいなのかもしれない。記憶を失《な》くしていても、彼女と積み重ねた言葉はきっと胸のどこかに刻まれて残っていたのかもしれない。だからウィルにとってはわずか一日前でも、昨日までの凍《い》てついた心はもうない。この昂《たか》ぶる気持ちに自分は素直になろう。彼女を助けに行く理由なんてそれだけで十分だ。

そして、ウィルは霧の海の中を突き進む。実体のない霧の波を掻《か》き分《わ》けて、ひたすら悪辣《あくらつ》な暴君が待つ宮殿を目指す。霧の中に馬車はおろか、自分たち以外に人の姿さえもない。すでに自分たちは妖精が創り上げた異界の中に迷い込んでいるのかもしれない。靄《もや》の奥に何か眩《まばゆ》い光を放つものが見えた。瓦斯燈《ガストう》の灯火《ともしび》とは異なる、黄金が放つ成金《なりきん》趣味の光だ。ウィルは吐き気を催すほどの嫌悪《けんお》感を抱く。今まで自分がいた世界と一緒だ。見栄《みえ》と虚栄心が支配し、欺瞞《ぎまん》と驕《おご》りが闊歩《かっぽ》する社交界の如《ごと》き虚構の宮殿。霧の立ちこめる川面《かわも》に堂々と立つそれは極彩色《ごくさいしき》の宮殿——あるいは劇場と呼べる物だった。離れたこの場所からでも感じる虚栄の王の禍々《まがまが》しき波動。あの場所にビビがいる。そう思うとウィルはいてもたってもいられなかった。

「なるほど。昔のドルリー・レーン劇場ですか」

ドナンソンの言葉にウィルは頷《うなず》く。目の前の光景は何とも滑稽《こっけい》だった。劇場の前に集まるのは礼服を身に纏《まと》った妖精たち。ゴブリンもオークもみんな、似合わない蝶《ちょう》ネクタイ姿。その横でノームたちが忙しそうに駆け回り、スタンドにおめでたい胡蝶蘭《こちょうらん》を飾り立てている。まるで、人間の世界の一部を切り取って真似《まね》たかのような光景だ。

「結婚式というのは本当のようだな。さて、ウィル。ここからどうするつもりだ？」

聞くまでもないが一応聞いておくぞ、といった体《てい》にも聞こえた。スターゲイザーが期待していたのは問い掛けの答えではなく、ウィルが高らかに開戦の号令を上げることだった。

「最短距離で踏み込んで、こんな馬鹿げた結婚式なんて全部、ぶち壊してやる」

「おう！　その言葉を待っていたぜ！　いいか、俺が道をつくる！　ひょろひょろの眼鏡《めがね》野郎は俺の尻でも眺めながら、ゆっくり後ろをついてきな！」

「私もスターゲイザー君の尻など見たくもありませんが……」と呆《あき》れ顔をしながらドナンソンは眼鏡《めがね》を上げ直した。スターゲイザーは拳を握る。そして、続いてウィルたちもそれぞれの武器を手にした。ドナンソンは先に鉄が仕込まれたステッキ、ポロは鉄のフライパン。そして、ウィルは刃の欠けた骨董《こっとう》品の鉄剣。

「おらおらおら！　邪魔だ、邪魔だ！　そこをどきな、お前ら！」

獅子《しし》の如《ごと》き雄叫《おたけ》びを上げて、熊のような巨体が妖精たちの列へと向かって突っ込んでいく。慌てたノームたちが胡蝶蘭《こちょうらん》をひっくり返して、逃げ惑う。道を塞ごうとした蝶《ちょう》ネクタイ姿のゴブリンをスターゲイザーが一撃で吹き飛ばす。慌てて仲間を呼んだのはゴブリンたちだけではない。更に大柄で屈強なオークたちが棍棒《こんぼう》を担《かつ》いで、フロントの奥から続々と出てきた。

「――――！」

身の毛もよだつ金切り声が鼓膜を奥底まで叩《たた》き付《つ》ける。現れたのは二本足でこちらへにじり寄る巨大な樹木の怪人。全身は緑色の葉に覆われ、その顔には目や口に相当するものは存在しない。地を這《は》う根の形をした両脚が幹によってできた巨人の胴体を支える。巨人が歩くたびに巨大な劇場の床が地震でも起きたかのように激しく揺さぶられた。

「何だか、とんでもねえ奴《やつ》が出やがったな！」

「……グリーンマンです。元々はケルト神話の狩猟の神ケルヌーノスが姿を変えたものとされています。邪悪を打ち払う神の守護者として、多くの教会などの建物にその彫刻が……」

ドナンソンが蘊蓄《うんちく》を披露している最中でも構わず、緑色の巨人が拳を振り下ろした。咄嗟《とっさ》にスターゲイザーがウィルを突き飛ばす。押しつぶされた空気が衝撃波と変わり、全てのものを薙《な》ぎ倒《たお》していく。それまでウィルが立っていた場所に一瞬にして大穴が穿《うが》たれる。巨人が体勢を整えようとしたところで、スターゲイザーが彼の懐《ふところ》へと飛び込みその鋼の拳で一閃《いっせん》する。

拳闘士同士の打ち合いであれば、とっくに勝負がつくだろう一撃も、巨人を仕留めるには足りない。巨人がよろめくその一瞬を好機に、スターゲイザーが容赦なく拳を重ねる。拳鍔《ナックル》がなければ、撃つ方の拳が壊れているだろう。それでも巨人をふらつかせるのが関の山だ。

「おい！　ウィル！　お前は先に行け！」

「で、でも！　これだけの数！」

ウィルたちが対峙《たいじ》するのは緑の巨人だけではない。武器を担《かつ》いだオークやゴブリンたち。数の差で分が悪いのは明らかだ。こんなことなら銃の一丁でも持ってくれれば……。

銃声が響く。立ちこめる霧に紛れるように硝煙が噴いた。射出された弾丸が容赦なく、オークの足を貫いた。リボルバー式の銃を手にしていたのはドナンソンだった。

「心配は無用ですよ。奥の手はこちらにもありますから」

ドナンソンが銃を構えると、怯《おび》えたように妖精たちがウィルたちから距離を取った。

「ああ、そうさ。俺たちの心配なんざいらねぇ。盗まれた花嫁を取り返すのはウィル、お前の

仕事だ！　こんな所で足踏みをしている余裕はないだろ！」

「ええ、そうです。さっさと敵の親分を潰さないことには切りがありませんからね」

　こくりと、フライパンを持ったブラウニーもこちらを見て頷《うなず》いた。ここは俺たちに任せろと、その強い眼差《まなざ》しが伝えていた。ウィルは三人に小さくお辞儀をするとフロントの赤絨毯《じゅうたん》の上を駆けた。いきり立ったオークやゴブリンたちが追いかけ、道を塞ごうとする。

「邪魔をするな！　そこを通せ！」

　キッパーヘリングの剣を振り回すと、ゴブリンたちが怯《おび》えたように逃げ出す。ウィルは自ら道を切り開き、一直線に奥を目指す。ホールの客席へとつながる木の扉を正面に見つけた。

「ビビ！」

　ドアを蹴破る。その先は王宮が丸ごと一つ入ってしまうほどの巨大なホールだった。すでに開演の幕は上がり、観客席は醜悪な姿の妖精たちによって埋め尽くされていた。

　ぱちん、と指揮棒が譜面台を叩《たた》く。それを合図に妖精たちの楽団が演奏を開始する。しかし、それは観客を舞台へと没入させるための甘美なオーケストラではない。それはある種の呪詛《じゅそ》であり、毒に満ちた音色だった。耳の奥の鼓膜が乱暴に引《ひ》っ掻《か》き回《まわ》される。

　妖精たちの奏《かな》でる音色は人を魅了し理性を失わせるか、あるいは金縛りの呪いを掛ける。毒の音色は耳から侵入し、全身を巡る末梢《まっしょう》神経を徐々に侵食していく。危険を察知した脳が拒絶反応を起こすと、全身から力が抜け落ちていく。ウィルは為《な》す術《すべ》もなく、汚《よご》れた赤絨毯《じゅうたん》の上に膝を屈した。手足は指先から麻痺《まひ》を起こし、まるで身体が石化するかのように、そこから動けなくなる。脳が内側から叩《たた》きのめされ、血脈が逆流して全身が蹂躙《じゅうりん》される錯覚。激しい痛みと嘔吐《おうと》感に全身が嬲《なぶ》られるようだった。苦悶《くもん》の中でウィルはステージを睨《にら》んだ。

その大がかりなステージの上に深い霧が立ちこめていた。本来なら人間の目と耳ではそこに立つ役者の姿を見ることも聞くことも叶《かな》わないだろう。しかし、瞬間的に研ぎ澄まされた彼の意識と五感は、そこに立つ純白の花嫁のシルエットをはっきりと見ることができた。

その姿に心を奪われ、ウィルは思わず見惚《みと》れた。不謹慎な言い方かもしれないが、それはまさに妖精の花嫁と呼ぶにふさわしい可憐《かれん》な姿だった。純白のウェディングドレスは、彼女の白銀の髪に溶け込むように同化し、ベールの奥から向けられる憂いのこもったその眼差《まなざ》しさえ今は、見る者の心を間違いなく奪っていくものだ。オーケストラの音色が更に強く、ウィルを叩《たた》きのめす。彼は霧の向こうへと必死に手を伸ばし、叫んだ。

「ビビ！」

「ウィル！　ウィル！　どうして！　どうしてここにウィルがいるの！」

悲しみに満ちたビビの瞳に一点、希望と喜びが灯《とも》る。最後に一目でも会いたかったその人に出会えた奇跡。暗闇を照らす一条の光に縋《すが》るように、ウィルが、ビビが互いを求めるように手を伸ばす。歯を食いしばる。歯が折れてしまうのではと思うほど強く。全身を支配する激痛に抗《あらが》い、ウィルは立ち上がる。一歩前へと進む度に激しい痛みが伴う。彼女の元に行くのなら、この命が今ここで燃え尽きようとも構わない。それでも二人を隔てる距離はあまりに遠かった。

『小癪《こしゃく》な人間め。今更、何のためにここに訪れた。貴様をこの婚儀に招いた覚えはない』

霧の中から巨大な顔が現れる。彼が酷《ひど》く醜く見えるのはその容姿のせいではない。全てを蔑《さげす》み、他者を蹂躙《じゅうりん》することを何とも思わぬ冷酷な眼差《まなざ》しゆえだ。

「初めまして……ではないんだっけな、妖精王。悪いが、今度は俺がその花嫁を盗みに来た」

力で押されている以上、気迫や啖呵《たんか》で負けたくないというのは男の意地のようなものだ。しかし、妖精王にとって蔑《さげす》んでいる人間から挑発されるのはやはり面白くないことなのだろう。

『人間め！　貴様は一度、この娘を諦めたのであろう！　捨てたのであろう！　それを今更、取り返そうとは虫のいい話ではないか！　貴様にはその娘の傍《かたわ》らに立つ権利さえもない！』

妖精王の反駁《はんばく》にウィルは笑う。今度はこちらが思い切り、蔑《さげす》んでやるように。

「随分と必死なんだな、オベロン。少しは盗まれる側の気持ちも分かったか。ああ、そうさ。一度は彼女のことを俺は捨てたのかもしれないな。しかし、だからと言ってそれがどうして、ビビがお前のものになるという話になる」

『人間め。弱い犬ほどよく吠《ほ》えると言う。精々、身の程を知るのだな！』

「ああ、吠《ほ》えてやるとも。妖精王。何度でもな。醜い貴様では、彼女とは釣り合わんと言っているのさ。闇と汚《けが》れしか知らない貴様はいずれ、きっと花嫁の放つ清らかな光に目を潰されてしまうだろうな。見た目の美しさだけに彼女を求めるのなら、止《や》めておけ。自分の惨《みじ》めさに気付いて、自死してしまわないうちに！　汚い自尊心に塗《まみ》れた手をさっさと彼女からどけな」

『人間。貴様、我を侮辱したこと後悔させてやるぞ！』

霧の腕がステージからゆっくりと伸び、煤汚《すすよご》れた赤絨毯《じゆうたん》の上を這《は》う。ウィルは構わず、キッパーへリングの剣を手にステージへと歩む。霧の魔手と、なまくらの剣を持ったドンキホーテが対峙《たいじ》しようとしていた。しかし、ウィルはその途上で足を止める。両手を広げ、他でもない花嫁自身がウィルを止めたのだった。

「やめて！　ウィル！　お願い！　これ以上はこっちに来ないで！」

彼女からの拒絶の言葉。それを聞いたオベロンは勝ち誇るかのように、ほくそ笑む。

「ビビ……何でだ？」

「あのね。ウィル。私、妖精王と取り引きをしたの。ウィルの大事な《才能》を返してくれるようにって。そしたら、私が妖精王のお嫁さんになる代わりに、ウィルの大事な《心》を返してくれるって約束してくれたの。ウィル。お話が書けなくなった自分に傷付いていたよね。周りのみんなが認めてくれる自分じゃなくなって、苦しんでいたよね。それなのに私ばかり、ウィルの気持ちも考えず馬鹿みたいにはしゃいじゃって……でも、そんな私にウィルは優しかった。自分のことを差し置いてでも、私の《心》を取り返してくれた。だからね。今度は私がウィルにお礼をする番なの。私、ウィルのためだったら、何だってできるんだから！」

「……ビビ」

何だってできる、とは本当に本心なのか。そんなことがある訳がない。もし、そうならどうして今、目の前の少女はこうも大粒の涙を流すのか。悲嘆と絶望に暮れた顔をするのか。できることならば、今すぐに駆け寄ってその涙を拭いてやりたかった。

「だからね、ウィル。ちょっとだけ、お願いしていいかな。ううん。そんな無茶なお願いじゃない……と思う、かな？　だから、私のお願い、少しだけ聞いてもらってもいいかな？　私という女の子が。ビビアン・カンタベリーという女の子が。ウィルのこと、すごく大好きな女の子が、いたっていうこと。ほんのちょっとだけでもいいの、ウィルに覚えておいてほしいんだ。それだけで、私、どんなに辛いことだってへっちゃらだよ！　これでお別れになったら、もう二度とウィルとは会えなくなっちゃうけど。でも、私がウィルをすっごく大好きだったということ、忘れないでほしいんだ。だから、お願い。今度はもう、忘れちゃだめだよ？」

頭上からオベロンの高笑いが響いている。これは彼女自身の意思。それは尊重されてしかるべきかもしれない。

しかし。ウィルは真《ま》っ直《す》ぐ、ビビのしわくちゃに歪《ゆが》んだ泣《な》きっ面《つら》を見据える。純粋な思いから零《こぼ》れ落《お》ちた涙はきっと、どんな宝石よりも美しい。それでも、もうこれ以上、彼女は泣いてはいけない。あの子の悲しみを止めてやらなければいけない、と胸に眠る何かが訴えている。

——だから伝えるんだ。君に一番、届く言葉で。不器用で、言葉足らずで、自分の気持ちも正直に伝えられない臆病者の自分。そんな自分でも、君の心の傷痕を癒やしてあげたい気持ちは誰にも負けない。君に希望を持ってほしい。自分も勇気を持つから。照れて誤魔化すのはお仕舞いにしよう。だから――自分は生まれて初めて舞台に立つ。舞台を外から眺めるだけの劇作家としてではなく。このステージの主役として。

『会いたかった、ビビアン。私が夜の闇の中で道に幾度も迷いそうになった時、君への愛が幾度となく、月となってこの足元を照らしてくれた！』

――「夏夜《ヴァルプルギス》の囁《ささや》き」最終章第八場。

一度は記憶を失い、ティターニアと離ればなれになった青年シシリアス。苦難の末、愛《いと》しき人と再会した彼は、彼女の耳元でこう愛の言葉を囁《ささや》くのだ。

本がボロボロになるまで何度も読み返した台詞《せりふ》だ。ビビがそれに気付かないわけがない。

――ウィル？

ビビは驚いて青年を見た。ここまで臭い台詞回《せりふまわ》しが似合わない人もいない。きっとウィル、無理したんだな、と思うとすごく可笑《おか》しかった。あの真っ直《ます》ぐな瞳も、思わず歯が浮いてしまいそうな情熱的な台詞《せりふ》も、シシリアスがティターニアに向けたものではない。ウィルがビビに向けた言葉だ。あれだけ「夏夜《ヴァルプルギス》の囁《ささや》き」のことを嫌いって言っていたのに。彼のその真剣な思いが彼女を絶望の底から救い出そうとしていた。

――だから。今度はビビがウィルに自分の気持ちを返さないといけない番だ。

『ああ、あなたはウィルソン。待っていたわ！　暗い闇の中に飲み込まれてしまいそうな恐怖の中で、私、何度も呼んだわ。あなたの名前を！　信じていたわ、きっとあなたが迎えに来てくれると』

ウィルも思わず感嘆した。彼女は一言一句を違《たが》わず、ティターニアの言葉を再現する。ただの演技ではなく、彼女自身の言葉として。ウィルと目を合わせた時、まだ頬に涙の跡を残した少女がくすりと笑った。それだけでウィルは胸が救われた気持ちになった。

ここで本来なら、シシリアスはティターニアの手を取り、その甲に口付けを交わすのだが。今、二人は互いに手が触れあう距離にはない。だから、少しでもその距離を縮めようと、互いの手を伸ばす。そして、ウィルはシシリアスの台詞《せりふ》を口にする。

『私の半身はあなたの半身』

それに妖精の若き女王が言葉をつなげる。

『あなたの半身は私の半身。この身は二人で一つ。死がこの身を引き裂くまでは』

だが。続くその先の言葉をビビは紡《つむ》ぐことはできなかった。代わりに、喉の奥から止めようもなく漏れる嗚咽《おえつ》が二人の間の隙間を埋めた。また、逆戻りして彼女の顔は涙に塗《まみ》れ、悲しみに暮れる。ただ一つ、変わったことと言えば。

「ウィルぅ。駄目だよ、私。きっと、駄目だよ。我慢なんてできないよ。ウィルともう会えないなんて。そんなの嫌だよぉぉ。一緒にいたいよ。ウィルとずっと！」

やっと、やっと。彼女の本当の言葉が聞こえた。

もう無理して肩肘《かたひじ》を張ることもない。堰《せき》を切ったように、彼女の口からは本音が流れるのが止まらなくなる。暗い、暗い深淵《しんえん》の闇の中へと引きずり込まれそうな彼女が必死に手を伸ばしているのだ。その手を摑《つか》んだ以上は決して離してはいけない。

ウィルは更に前へと進もうと、足を踏み出す。しかし、それは再び、無粋な妖精王によって食い止められる。霧の腕が背後から彼の身体を摑《つか》んでいた。霧は実体を持たぬ故に、自在にその姿を変えられる。全身に絡《から》みつく霧の触手が重い鉄鎖となってウィルを虜囚とした。

『非力な人間め。わが花嫁を惑わすことは止《や》めてもらおうか。かの娘はわが伴侶《はんりょ》。貴様ごとき下等な存在が触れるべきものではない』

それまで人間をただ見下すだけだった妖精王の語気にあからさまな怒りの感情がこもる。暴虐非道の王はすでに余裕を失っている。折角、見初《みそ》めた花嫁を横からかっ攫《さら》われるのを恐れているのか。だが、それだけではない。これは嫉妬《しっと》。見苦しくみっともない男の嫉妬《しっと》だ。

圧倒的に優位な立場にあるにもかかわらず、妖精王は焦《あせ》っていた。折角の花嫁を渡すものかと、どす黒い感情が霧の触手に宿る。花嫁の美しく華奢《きゃしゃ》な身体を辱《はずかし》めるかのようにその指先が蛇の如《ごと》く這《は》う。そして獲物を逃すまいと、彼女の身体に乱暴に巻き付き拘束した。

「ひぃ！」

花嫁が怯《おび》えるほどの力で、花嫁を囚縛する夫がどこにいるのかと問いたい。

『言ったはずだ。簒奪《さんだつ》と束縛こそがわれらが愛の形だ』

妖精王の言葉は自己中心的で激しく歪《いびつ》だ。垣間《かいま》見えるのは純粋なまでの自己愛でしかない。しかし、妖精王の言う通り、今のウィルにはそれに抗《あらが》うだけの力もない。その縛《いまし》めの鎖から彼女を救い出す手立ても無く、ただ王に屈服させられるのをただ見ているほかはないのだ。

『そこで指を咥《くわ》えて見ているがいい。貴様の求めた花嫁がわが伴侶《はんりょ》となる瞬間を』

それはつまり、ビビが妖精王の所有物となりさがり、ウィルとは違う世界に生きる存在となることを意味する。婚姻の儀礼はあくまでも単純で、しかし、情熱的に行われる。両者を結ぶ絆《きずな》は唇と唇との口付けによって契《ちぎ》られる。

「やだ！　やだ！　助けて！　ウィル！　ウィル！」

しかし、暴力的に彼女を摑《つか》んだ霧の腕から逃れることはできない。花嫁は囚《とら》われ、屈服させられたまま唇を一方的に愛撫《あいぶ》され、そして、人の世から霧のように消えていく。だが、霧のままの身体では花嫁と口付けを交わすことはできない。霧の王はその身を人と同じ肉体へと変え、花嫁に迫るのだ。妖精王が人の花嫁を娶《めと》るのは別にこれが初めてのことではない。悠久の中で幾多の花嫁たちをこうして迎え入れたのだ。劇場を覆う霧が、ステージの中心に向かって収《しゅう》斂《れん》していく。その禍々《まがまが》しき光景をウィルは遠のきつつある意識の中でただ見守るしかなかった。

気付くとウィルは灰色の病室の中にいた。凍えた空を映す小さな窓と、自分が座っている小さな木製の椅子。そして、ボロボロのベッドの上に横たわっていたのは病床の母だった。

これが妖精王の見せている幻影なら相当に悪趣味だ。ウィルにとっては人生の中で最も思い出したくない光景。だが、その記憶は今も否応《いやおう》もなく、彼の胸に刻み込まれている。

今まさに死にゆく母を看取《みと》るのは十二歳の頃のウィルだった。握る母の手はぬくもりをほぼ失いかけていた。いつもウィルのためにフリカッセを作ってくれていた頃の面影は見る影もない。朽ち果てた木乃伊《ミイラ》のように干涸《ひから》び、痩《や》せ細り生気を失った瞳が白い天井を見詰めているだけだった。死者と区別もつかない母の変わり果てた姿がウィルには恐ろしくさえあった。

――ウィル。あなたもお母さんと同じね。やっぱり、あなたも逃げ出したのね。

死の淵《ふち》から向けられた母の言葉。自ら幸せを摑《つか》みにいく勇気を持てなかった母と、自尊心が傷付けられることを恐れて現実から逃げ出した少年。血とは争えないものだ。

「うん。逃げ出したよ。僕も。母さんと同じようにね。だって、傷付くのは嫌じゃないか」

灰色の病室の時間は永遠に止まっているかのように思えた。窓の外には何も見えない。延々と灰色が続いているだけ。風のそよめきも、小鳥たちの唄も聞こえない。

――そうよ。そうよ、ウィル。この世界にはね、幸福の数は限られているの。その幸福を得られる人はね、ほんの一握りなの。それは運命なの。抗《あらが》っても仕方がないの。運命に抗《あらが》おうとすれば、きっとあなたは傷付いてしまうものね。だから、いいのよ。逃げて。

「……うん。僕だって苦しいのも傷付くのも嫌。生きているってさ、辛いことばかりだよね」

ずっと、ずっと心の中には雪が降っていた。いつの間にか、灰色の病室には薄汚れた雪が積もっていた。春など永遠に来ないのだ。永遠に続くこの冬の中に自分は閉じこもり続ける。

そう思った。しかし、その時。声が聞こえたのだ。

『私、思うんだ。冬には冬の良さがあって、あなたにはあなたの良さがあって。それと同じように春には春の良さがあるの。私が、冬が好きなのはきっと、春があるから。春が好きなのは冬があるから。もし、春だけだったらたぶん、私は春のことを好きになれないと思う』

聞き慣れた声。でも、誰だろう。どこかで聞いたことがあるかもしれない。でも、思い出せない。思い出そうとすると、頭の中が割れるように激痛が走る。

——ウィル。余計なことを考えては駄目よ。あなたはじっと待っていればいいの。時間が無為に過ぎていって人生が終わる日が来るのを。

そうだ。きっと春は来ない。永遠に。だから、じっとしていよう。この無為な人生を。


コトン、と床の上に鉄の剣が落ちる。

「ウィル！　ウィル！　お願い、目を覚まして！」

ビビは叫んだ。しかし、絨毯《じゅうたん》の上に倒れた青年が起き上がることはない。まるで、もう死んでしまったかのように微動だにしない。仮にまだ息があったとして時間の問題でしかない。

少女と青年を捕縛する霧は研ぎ澄まされた刃そのものだ。動こうとすれば全身を斬りつけるような激痛が、抗《あらが》う意思を失わせる。手を伸ばし、叫ぶことさえも耐えがたき痛みが伴う。

『さあ、諦めろ。諦めてわが所有物となれ。人間のフェアリーテイル！』

妖精王が嘲笑《あざわら》っている。死にいこうとしている青年を見下ろして嗤《わら》っている。

赦《ゆる》せない。ウィルを殺そうとするこの化け物が。何もできない自分が。こうやって、恋しい人が死んでいくのをただ、見ていることしかできない自分が。でも、その時。ビビの胸はざわついた。いつか聞いた言葉が胸の奥底に引っ掛かっている。

――心に剣《つるぎ》を持ちなさい。

誰から聞いた言葉だっけ？　「夏夜《ヴァルプルギス》の囁《ささや》き」？　いや、そんな台詞《せりふ》はなかったはずだ。

何だっていい。自分は弱虫だ。いつもウィルに助けてもらっている。この先の将来だって、ウィルが助けてくれたらフェアリーテイルとしてやっていけると思っていた。でも、それはただ彼の優しさにかこつけて依存しているだけに過ぎない。本当は自分が彼を支えてあげたい。自分が彼の希望になりたい。だって、だって。世界で一番、好きな人だから。

もう守られるだけのビビアン・カンタベリーはお仕舞い。今度は自分が彼の騎士《ナイト》になるのだ。

一歩、前へと進む度に全身が悲鳴を上げた。それでも、彼との距離を縮めたかった。更に一歩。取り囲む霧の刃がウェディングドレスの裾を引き裂く。更に前へ。霧の爪が少女の細い腕を引《ひ》っ掻《か》く。切り裂かれた頬から血が伝い、乾いた涙の跡を洗い落とす。

全身に駆け巡るのは、刃に引き裂かれる痛みだ。残酷に、容赦なく、ビビを痛めつける。

『何をしているのだ！　フェアリーテイル！　止《や》めろ！　今すぐ止まるのだ！』

オベロンが止めるのも、ビビの身を案じてではない。自分の所有物に傷が付くのが嫌なだけだ。でもそんなこと、ビビには関係ない。きっとこの足が千切れたって、ウィルの所まで行ってみせる。彼のことを抱きしめる腕が一本だけ残ってさえいればいい。

『止《や》めろ！　止《や》めろ！』

「ウィル！　ウィル！　ウィルは私が助ける！」

床に落ちたキッパーヘリングの剣を拾う。折角のウェディングドレスもずたぼろで、シルクの生地に赤い血の染《し》みが滲《にじ》んでいる。それでも構わない。ウィルを屈服させるかのように、腕の形をした灰色の霧が彼を捕らえていた。こいつが――ウィルを。赦《ゆる》さない。剣の柄《つか》を握る。

そして、伝えるのだ。彼にとって大事な言葉を。

「ウィル！　あなたは心に剣《つるぎ》を持ちなさい。決して折れぬ強い剣《つるぎ》を！　前へ進むことを怖がらないで！　冷たい雨に濡《ぬ》れて吹き付ける風の前で挫《くじ》けそうになっても、愛があなたの背中を押してくれる！　……だから！　言うよ！　ウィル！　私……私ね、ウィルのことが大好き！」

振りかざした刃が灰色の霧を引き裂いた。

その時。灰色の空が破られた。窓から風が吹き込むと同時に、病室に積もった雪が一瞬のうちに吹き払われる。

『ウィル！　あなたは心に剣《つるぎ》を持ちなさい！　決して折れぬ強い剣《つるぎ》を』

確かに届いた彼女の声が、彼を十二歳の少年から十七歳の青年へと引き戻した。

いつの間にか忘れかけようとしていたその大事な言葉を彼女が思い出させてくれた。

母が伝えた最期《さいご》の言葉。自分が今まで目を背けてきたその言葉に今、やっと向かい合う。

病室のベッドにはもう誰もいない。かつて感じられたぬくもりも今は消え去り、しかし、窓の外には青々とした空が果てしなく続いていた。

「……母さん。俺、もう行くよ。ずっと、ありがとう。母さんの作ってくれたフリカッセ。好きだったよ。今でもたまに食べたくなる」

答える人はいない。ただ、春の風が窓から吹き込む。

「じゃあ、行ってくるよ。俺の支えたい人が待っていてくれるから」

ウィルは窓の外へと飛び出した。灰色の幻影は瞬《また》く間《ま》に目の前から消え去っていった。


現実へと引き戻された時、彼の腕は少女の華奢《きゃしゃ》な身体を抱いていた。その彼女の手に一本の剣が握られていた。刃の毀《こぼ》れた骨董《こっとう》品の剣――。まさに今の彼にふさわしい聖剣だ。

「ウィル！　良かった！　目が覚めたんだ！」

腕に抱いた少女がウィルの胸に顔を埋め、しがみつく。ズタズタに引き裂かれた花嫁衣装。救ってくれたのだ、彼女が自分を。あの灰色の世界から。そして、この傷だらけとなった身体がその代償。腕に抱くその華奢《きゃしゃ》な少女がどこまでも愛おしかった。

「ビビの声が聞こえたよ。ありがとう。俺がここに戻って来られたのも君のおかげだ。でも、どうして俺の母さんの最期《さいご》の言葉を君が知っているんだ？」

尋ねると、少女が照れくさそうに笑って言った。

「ウィルのお母さんが教えてくれたんだよ。私に。きっと」

二人で手を合わせて握り合う。もう二度とこの手を離すまいと誓って。けれども、もちろんこれで終わりではない。蠢《うごめ》く霧は次第に黒く、その色を濁らせる。

『小《こ》癪《しゃく》な人間め！　どこまで王に抗《あらが》おうというのか！』

霧の呪縛を解かれた妖精王は激昂《げきこう》した。ウィルはビビからキッパーヘリングの剣を受け取る。

──「夏　夜《ヴァルプルギス》の囁《ささや》き」最終章第九場。シシリアスとティターニアが再び、愛で結ばれたことに激昂《げきこう》する妖精王オベロン。おぞましきその霧の魔手がティターニアを捕らえる。彼女を我が物とせんために霧が蠢《うごめ》き、そして肉体を宿した実体が姿を現す──。

霧の緞帳《どんちょう》の向こうに現れたのはウィルとさほど変わらぬ歳《とし》の青年であった。それこそが妖精王の真の姿だ。霧の身体を人が傷付けることはできない。しかし、霧を殺すことはできずとも、それが人の肉体を宿す限りは人間の手でも斬ることはできる。それこそが妖精王の弱点。

シシリアスもまた、そのことを知っていた。手にした剣は王より授けられた聖なる刃。かつて、七王国《ヘプターキー》時代の王が湖の乙女《おとめ》から授かったというその刃は数百年の時を経ても、その輝きを失わない。シシリアスと同じようにウィルも刃《は》毀《こぼ》れした剣を片手に握り、敵へと立ち向かう。

その時、起きた奇跡はウィル自身、予期せぬものだった。彼はただ、無我夢中に右手に握っていた唯一の武器を振るっただけだ。刃毀《はこぼ》れも酷《ひど》く、骨董品《こっとうひん》としての価値も皆無の古の剣だ。孤独死した老人の家で積まれた本の合間から見つけ出した、ただそれだけの剣だ。

にもかかわらず、鋭い白刃《はくじん》が霧を引き裂いたのだ。剣では霧を斬ることはできない。しかし、鋭い刃先を持たぬなまくらの剣は確かに、ウィルを捕らえようとした霧の腕を両断したのだ。

『き、貴様！　そ、それは！』

妖精王が驚愕《きょうがく》する。斬られた霧の腕は文字通り霧散し、元に戻ることもなかった。薄汚れたその刀身は今や青白い輝きを纏《まと》っていた。それは絵物語に現れる聖剣の如《ごと》く。刀身に刻み込まれた文字が白銀の光を放つ。それは古い時代のルーン文字にも見えた。光を纏《まと》う刃が霧の体《たい》躯《く》を斬りつけると、客席の観衆たちがにわかにざわつき始めた。

「英雄だ！　英雄の帰還だ！　奪われた聖剣を人間の英雄が取り返したぞ！」

「妖精王が恐れて、大地の果てに隠した聖剣！　邪悪を払う聖剣が再び戻って来たぞ！」

「聖剣の英雄だ！　応援しなきゃ！　応援しなきゃ！　頑張れ！　頑張れ！」

観客席で黙って芝居を見ていたはずの観衆《ギャラリー》たちが立ち上がり、一斉に歓声とエールを送り出す。地響きにも感じる大歓声が胎動する霧の触手を打ち払っていく。

『貴様ら！　どういうつもりだ！　人間に味方するのか！　貴様ら全員、処刑してやるぞ！』

「妖精王オベロン！　あんた、随分と人望のない王様のようだな！」

『人間めぇぇぇ！　何故《なぜ》、貴様がその剣を持っているのだ！』

スタンディングオベーションを背にウィルはひたすら、ステージに向かって突き進む。半身を受肉し、実体を晒《さら》した霧の王に逃げ場はない。美しき青年の顔貌が怨嗟《えんさ》に歪《ゆが》む。

「さあ、さっさと退場しろ！　今ここに革命は成った！　堕《お》ちた独裁者！」

『ふざけるなぁぁぁ！人間風情《ふぜい》が調子に乗るなぁぁぁ！』』

眩《まばゆ》い光が霧を払うが如《ごと》く。受肉した霧の王の脇腹を聖剣が貫いた。

『があぁ！　か、身体があぁ！　燃える！』

刀身に込められた古代文字がさらなる光を放ち、神秘の力を発現する。それは空間に満ちた妖精王の呪詛《じゅそ》を浄化する力を持っていた。突き刺した傷口から白い靄《もや》が青白い炎へと変わり、ホールの天井に向かって立ち上っていく。燃えたぎる青い炎の中で、妖精王は肉体を維持する力も失う。青年の肌は見る見る溶け落ちていき、水蒸気へと姿を変える。その蒸気も周囲の霧と同化する前に炎の中に飲み込まれ、儚《はかな》く散っていく。妖精王が狂ったかのように叫ぶ。

『人間！　貴様の《心》はまだ我が手中にあるのだ！　もし、我を消滅させようとすれば、貴様が失った才能も、元に戻ることはなくなるのだぞ、永遠に！』

ウィルはそれが命乞いにも聞こえた。しかし、躊躇《ためら》いはない。再び刃を向ける。

「以前、あんたと取り引きした俺は言っていなかったか？　そんなものもういらないってな」

『──貴様』

覚えているわけではない。しかし、自分ならこう言うだろうということは確信していた。

「文才？　才能？　誰かが無条件に贈ってくれる賛辞か？　名誉も栄光も、そんなものがなくたって生きていけるさ。そんなもの、本当に大事なものと天秤《てんびん》にかける価値すらもない」

口にした言葉に一片の悔いもない。刀身を包み込む光は更に強く、そして温かに周囲を照らす。黄金の劇場が纏《まと》う金箔《きんぱく》の輝きさえ眩《くら》むほどの煌《きら》めきだ。ルーン文字に刻み込まれた魔力が解放される。光の波紋が霧を払い、青白い炎へと飲み込まれていく。

「光に焼き尽くされろ。妖精王。お前はもうこのステージの主役じゃない」

「────」

最後に妖精王は慟哭《どうこく》を上げ、霧が光の中に昇華され、消えていく。

同時に、霧でできたこの劇場も徐々に輪郭を失っていく。オーケストラは止《や》み、観客の妖精たちが席を立つ。もう妖精王の姿はない。とはいえ、完全に浄化されたとは思えない。きっとしぶとく、舞台の外へと逃げていったのかもしれない。だがこれでいい。追いかけて、止《とど》めを刺すようなこともなくていいだろう。今はただ大切なものを取り返しただけで十分だから。

終幕《カーテンコール》。

観客たちの拍手に送られて、劇場はゆっくりと姿を消していく。包まれゆく光の中で、ビビがウィルの元へと駆け寄り、胸に飛び込んだ。

「どうして……ウィル。だって、ウィルは記憶をなくしたんでしょう？　私のことだって、忘れちゃったんでしょう？」

「まあな。でも全部、これに書いてあったからさ」

そう言って、ウィルはビビの前に日記を出す。ビビは「あっ」と一度、呟《つぶや》いた後で少しだけ笑った。そして、ウィルはやっと、手にしていた日記をビビに手渡すことができた。

「そう言えば、そもそも。ここに来たのはこの返事を君に渡すためだったんだ」

「……日記の返事を渡すため？　そのためだけにこんな所まで来たの？」

「なんだ。おかしいのか？」

「ううん。べ、べつに……寧《むし》ろ、そう言ってくれた方がウィルっぽいなって想《おも》って」

「俺っぽいも何も、俺は俺なんだがな」

ビビはくすくす、笑いながら、日記を広げて更に、くすくすと笑った。

「別に笑うことないじゃないか」

「だって。私も結構、恥ずかしいこと書いたなって思って……今になってちょっと、穴があったら入りたい気分……」

「ははは。そうかもな。確かに面と向かってだったら、そんな恥ずかしいことも言えないもんな。俺だったら穴に入るどころか、舌を噛《か》み切《き》るかもしれないな」

「えー。ひどいよ！　私、結構頑張って書いたんだよ。ウィルがこれ読んだ時、どんな顔をするのかなーって思って。ああでも。結局、ウィルがこれを読むところ、見られなかったし！」

「え。いや。すまない。さすがに家から追い出したのは悪いと思っている」

そうは言いながら、ビビは別にウィルを責めているわけではない。ボロボロになった花嫁衣装のままの彼女はけらけらと花のように笑う。

「それはいいんだよ。それは。でもさ。この返事はないんじゃないかな？」

ぽんぽん、と人差し指でノートの上を叩《たた》いた。口をへの字に曲げてちょっと怒り気味に。どうやら、彼女はウィルが書いた日記の返事が随分とお気に召さなかったようだ。

「マズいか？　でも、俺の方の事情も考えてほしいんだ。俺にとって君は今朝《けさ》、会ったばかりの女の子に過ぎないんだ。それをさ、いきなりそんな重い言葉を向けられても……」

「重い……重いって……ウィルってば、私のこと、ずっとそう思っていたわけ？　ひっどーい」

「ず、ずっとじゃないさ。少なくとも、今朝《けさ》起きた時からだな」

「それって、最初に会ってからずっとっていうことでしょ！」

すっかり、臍《へそ》を曲げてしまったビビにウィルもすっかり困ってしまった。さて。こういう時に以前の自分はどうしていたのだろう。でも、やっぱり最後は、ビビはくすりと笑って「いいよ。許してあげる」

そう言って、ビビは日記を開ける。その最後のページにはこう書いてあった。

《ごめん。今の俺には君の気持ちに応えられる自信がない》

「……うん。そうだよね。仕方ないよね」

何しろ、ウィルにはビビと過ごした二カ月の記憶がないのだ。今日の朝に会ったばかりの人に告白されたところで、相手の気持ちを受け入れられる余裕なんてない。

妖精たちのカーテンコールも今はすっかり遠のいていた。黄金に瞬《また》く劇場も今は完全に消えて、ウィルたちは真っ白い空間の中に立たされていた。妖精が棲《す》む異界と、人間たちの現世をつなぐ、言わば境界線上の第三の世界。しかし、それも夏の朝靄《あさもや》と同じように、時が経《た》てば儚《はかな》く消えていってしまうものだろう。幻影の中でウィルはそっとビビの手を取る。

「さあ。帰ろうか。待ってくれている人もいるだろうし」

しかし、ビビは動こうとはしない。まだ、やり残したことがこの場所にあると言わんばかりに。油断していると、悲しみに暮れてしまいそうな瞳を必死に堪える。

「ウィル。私、『夏 夜《ヴァルプルギス》の囁《ささや》き』のラストシーン、やっていないよ？　私、あれやりたい！」

確かに妖精王と戦った時、シシリアスとティターニアの台詞《せりふ》でお芝居の再現も二人でやってみせた。それはウィルにとっては一世一代の大舞台だったわけだが――。

「さすがにそれはさ……ちょっと……」

そう。確か二人で演じたのはシシリアスとティターニアが再会する場面から最後に妖精王と決着をつけるシーンまでの再現。けれどもそこからはもうラストシーンしか残されていない。だが、そのラストシーンというのが問題ありなのだ。

ウィルは顔を赤くする。それはちょっとマズい。本当にマズいのだ。

「でも、いいでしょ？　いいでしょ！　最後の思い出くらい、私にくれたって！」

――思い出。確かに今のウィルには彼女との思い出と呼べるようなものは何一つとしてないのだ。それなら、一つくらいは思い出を残してもいいかなとも考えた。

「でも、台詞《せりふ》はなしだ。何しろ、こっぱずかしすぎるからな！」

「えー。うん、まあ、いいか。そう思うと、私もちょっと恥ずかしいかな」

ビビも顔を赤くして、それならやらせなきゃいいのにとも思う。けど、これはお芝居なのだと自分に言い聞かせる。一度、深呼吸をして、気持ちを落ち着かせ、花嫁の前に傅《かしず》いた。

「ねえ。ウィル。教えて。私を助けに来てくれたのは本当に日記を渡すためだけ？」

ウィルはビビの右手を取ると、純白のウェディンググローブを静かに脱がした。

「……ビビが家から出て行った時。泣いている顔がずっと頭から離れなかった。どうしてか分からないけど、とにかく、放っておけなかったんだ」

「やっぱり、ウィルって優しいんだね。捻《ひね》くれているけど」

「……いいか。するぞ。いいんだな？　覚悟はできているか？　止めるなら今のうちだぞ」

そうは言いつつ、その半分は自分に向けた言葉だった。

「……うん。大丈夫。私、頑張るから。お願い、して」

何を頑張るのかは知らないが、ウィルは意を決し、彼女の手の甲へと唇を寄せた。古い時代の騎士と姫君のように。愛情表現としては随分と控えめで、今時呆《あき》れるほど奥手。僅かな官能さえも感じることはない。しかし、それゆえに純粋でプラトニック。物語の最後に二人が交わした口付けも純白の契《ちぎ》りだった。

手の先に感じる互いの温度。どんどん、触れ合う肌に熱っぽさがこみ上げていく。

「私を助けてくれた時のウィル。すごく格好よかったよ」

ビビは思い出すだけでまた、肌の温度が上がってしまいそうだった。きっと、ウィルにもバレてしまうかもしれない。それはちょっとだけ恥ずかしい。きっと、騎士様から同じように純愛を乞われた昔のお姫様もこんな気持ちだったに違いない。胸に抱く切なさをいつまでもいつまでも押し花にでもして、本のページの隙間にでも挟んでずっと持ち歩いていたかった。

「ねえ……ウィル。私のこと……」

気付いたら、小さなブラウニーが少し恥ずかしそうに、下からビビの顔を見上げていた。

「………へ？　ポ、ポロ！　な、何で、ポロがここにいるの！」

いつの間にか、ウィルとビビは公園の中にいた。テムズ川の河畔から程近く、ウエストミンスターの大聖堂も見えるセント・ジェイムス公園。木のベンチの前でビビはウィルから手の甲に口付けを受けていた。それを跋《ばつ》が悪そうに、相棒のブラウニーが見ているのである。

「だ、駄目ぇぇ！　こ、子供はみ、見ちゃ駄目ぇぇぇ！」

顔を真っ赤に、ビビはウェディングドレスのベールをポロの三角頭巾の上に更にかぶせて、目を塞ごうと慌てた。

「おうおう！　こりゃあ、いいもんが見られたぜ！　がっはっはっは！」

横で大笑いしている大男と、それを何だかうんざりとした表情で見ている眼鏡《めがね》の紳士までいるものだから、ビビは更にパニックとなる。

「スターゲイザーさん！　ドナンソンさん！　ど、どうして二人がこんな所に！」

事情を何も知らないビビは当然、驚くしかない。それをウィルが一からここまでの経緯を説明してやった。

「……へえ。そうだったんですか。皆さん、ありがとうございます！」

花嫁衣装の娘に頭を下げられて、ドナンソンたちも苦笑いする。

「どうやら、大団円……ですかね。今度こそ。ええ、良かった、良かった」

霧の都は二日連続で晴天に恵まれていた。最近では滅多にないことだ。これも、霧の王がどこかへ逃げ去った影響かもしれないし、全く関係ないかもしれない。とにかく、夏らしい天気が続くことはとても望ましいことだ。ビビがウィルの服の裾を引っ張る。

「ねえ。ウィル。私、大聖堂が見てみたい！　あと時計台も！　アーケードでお買い物もしたい！　私、言ったよね！　見てみたいもの、まだまだいっぱいあるんだよ！」

そう言えば、確かにそんなことも言っていたような気もする。しかし、これではどう考えても、ただはしゃいでいるだけのお上りさんだ。

「何を言っているの！　ウィルだって日記に書いていたでしょ！　これからいっぱい、いっぱい、ウィルと一緒に思い出をつくっていくんだから！　時間なんてどれだけあっても足りないよ！」

六月十三日（火）ウィル
ごめん。今の俺には君の気持ちに応えられる自信がない。

でもさ、これからの事なんだけど。君は俺のことをよく知っているかもしれないけど、俺は君のことをほとんど何も知らない。この日記に書いてあることを少ししか知らない。だから、これから君のことをもっと知ることはできると思う。

こういう言い方って、変かもしれないけど。

もう一度、最初から始められないかな。そこからゆっくりと、この日記も使って。お互いのことをもっと知ることができればいいと思う。


足取りも軽やかに、彼女はステップを踏みながら、全身を独楽《こま》のように踊らせた。くるくると回り、まるでバレリーナのようにスカートの裾を持ち上げ、ぺこりとお辞儀をした。

「ビビアン。ビビアン・カンタベリーと言います。みんなからはビビって呼ばれてます。まだ駆け出しで、できそこないのフェアリーテイルだけど……。どうか、これから、よろしくお願いします」

「ウィルソン。ウィルソン・シェイルだ。ウィルでいい。ただの捻《ひね》くれ者の男だ」

ビビが差し出す手をウィルが握る。

「握手、ウィル。私たち、いいパートナーになれるかな」

「なれるさ。不器用な二人だけど、きっと。一生懸命、口で、言葉で、気持ちを伝え合えれば、きっと、今よりもずっとお互いのことを知ることができるはず」

「うん！　そうだよね！　さあ、行こうよ。私、今。すっごくドキドキしている。だって、新しい物語は今、始まったばかりなんだから！」

夏の陽射《ひざ》しの中を少女が駆け出した。

できそこないの
フェアリーテイル
Fin

あとがき

昔、僕の大学の研究室にはある掟《おきて》のようなものがありました。

卒業論文はワープロ、パソコン禁止。手書きじゃなきゃ受け取らない――。大正昭和の話ではありません。二十一世紀の話です。定年間近の教授は物語に出てくる世捨て人の仙人みたいな人で、堅物で捻《ひね》くれ者。そして、何よりも学生を虐《いじ》めるのが大好きでした。生意気だった僕は目を付けられ、ことあるごとにネチネチと皮肉の限りを尽くした説教を食らう日々でした。

そんなわけで、東北の夜に除夜の鐘が鳴る頃。僕は一度、パソコンで打ち出した草稿を手で清書するという全く生産性のかけらもない作業に着手しました。結果から言うと、数日がかりで二百ページを般若心経《はんにゃしんぎょう》しました。五十枚目くらいで手首が痛くなり、百枚目くらいから腱鞘炎《けんしょうえん》に似た症状が出始め、痛みとの戦いが始まりました。手首に包帯を巻いて固定し、一文字書き損じるごとに原稿用紙をくちゃくちゃにしてポイ。一からやり直しました。

期限ぎりぎりまで不毛な戦いは続き、卒論提出後に僕は教授に呼ばれました。

「ほほう。なかなか面白い論文だと思いましたよ」と言いながら、教授は余裕たっぷりに口元を緩ませました。どこまでも上から目線、と思いながらも僕は衝撃を受けました。あの教授が僕を褒めた……だと？　まさか、僕の論文はそれほどまでに素晴らしい出来だったのか――というのは思い過ごしで、次の瞬間からいつものように説教が始まりました。でも、あの偏屈爺《じじい》に少しでも認めさせた、と思えば、あの不毛な時間も少しだけ救われたような気がしました。

今にして思えば、こんなに手で文字を書いたのは僕の人生でこれが最後でした。社会人になれば書類は全てパソコン。そして、今も「物書き」とか名乗っておきながら、一切書いてなんかいません。打っているだけです。本稿もすべてワード仕上がりです。だって、楽ですから。キーボードに一日何万字を打ったところで早々、腱鞘炎《けんしょうえん》にはなりませんし。

そんな昔のことを、本稿を書いている時にふと思い出したのです。そして、ちょっとだけ考えました。もし、ビビやウィルがやりとりしたのが交換日記ではなく、ラインとかメールとかだったら、この物語はきっと別の結末を迎えたんじゃないのかなと。

便利な時代になりました。夜中にラブレターをしたためていた頃の苦労に比べれば、ちょちょいのちょいで自分の言葉が世界に向けて発信されるのです。その気軽さの陰で、考え無しの言葉が誰かを傷付けるものだったり、もしくは周囲から炎上させられたり。その場限りのお喋《しゃべ》りとは違い、気軽にキーボードを叩《たた》いた言葉がネット上にそのまま証拠として残される怖さ。

だから、思います。不便でも、不毛でも、多少汚くても、あれやこれやと考えながら自分の書いた文字で誰かに何かを伝えるというのも、たまにはいいんじゃないかって。ですが、申し訳ございません。そんなことを言っておきながら、先述の通り、本作の十七万七千字、すべてワード仕《じ》立《た》てです。腱鞘炎《けんしょうえん》は嫌ですもの。ご容赦ください。

それでは。最後までお付き合いいただきありがとうございました。

◉藻野多摩夫著作リスト

「オリンポスの郵便ポスト」（電撃文庫）
「オリンポスの郵便ポスト2　ハロー・メッセンジャー」（同）
「できそこないのフェアリーテイル」（同）

本書に対するご意見、ご感想をお寄せください。

電撃文庫公式ホームページ 読者アンケートフォーム
http://dengekibunko.jp/
※メニューの「読者アンケート」よりお進みください。

ファンレターあて先
〒 102-8584　東京都千代田区富士見 1-8-19
アスキー・メディアワークス電撃文庫編集部
「藻野多摩夫先生」係
「桑島黎音先生」係

本書は書き下ろしです。

電撃文庫

できそこないのフェアリーテイル

藻野多摩夫《ものたまお》

2018年2月10日　初版発行

発行者　郡司 聡
発行　株式会社KADOKAWA
〒102-8177　東京都千代田区富士見2-13-3
プロデュース　アスキー・メディアワークス
〒102-8584　東京都千代田区富士見1-8-19
03-5216-8399（編集）
03-3238-1854（営業）
装丁者　荻窪裕司 (META＋MANIERA)
印刷・製本　旭印刷株式会社

ISBN978-4-04-893617-0　C0193　Printed in Japan

電撃文庫　http://dengekibunko.jp/
株式会社 KADOKAWA　http://www.kadokawa.co.jp/

電撃文庫創刊に際して

文庫は、我が国にとどまらず、世界の書籍の流れのなかで〝小さな巨人〟としての地位を築いてきた。古今東西の名著を、廉価で手に入りやすい形で提供してきたからこそ、人は文庫を自分の師として、また青春の想い出として、語りついできたのである。

その源を、文化的にはドイツのレクラム文庫に求めるにせよ、規模の上でイギリスのペンギンブックスに求めるにせよ、いま文庫は知識人の層の多様化に従って、ますますその意義を大きくしていると言ってよい。

文庫出版の意味するものは、激動の現代のみならず将来にわたって、大きくなることはあっても、小さくなることはないだろう。

「電撃文庫」は、そのように多様化した対象に応え、歴史に耐えうる作品を収録するのはもちろん、新しい世紀を迎えるにあたって、既成の枠をこえる新鮮で強烈なアイ・オープナーたりたい。

その特異さ故に、この存在は、かつて文庫がはじめて出版世界に登場したときと、同じ戸惑いを読書人に与えるかもしれない。

しかし、〈Changing Times,Changing Publishing〉時代は変わって、出版も変わる。時を重ねるなかで、精神の糧として、心の一隅を占めるものとして、次なる文化の担い手の若者たちに確かな評価を得られると信じて、ここに「電撃文庫」を出版する。

1993年6月10日
角川歴彦

電撃文庫DIGEST　2月の新刊

発売日2018年2月10日

★第24回電撃小説大賞《大賞》受賞作!

タタの魔法使い

【著】うーぱー　【イラスト】佐藤ショウジ

突如教室に現れた異世界の魔法使いタタの宣言により、中学校の卒業文集に書かれた全校生徒の「将来の夢」が全て実現。しかしそれは、犠牲者200名超を出すことになるサバイバルの幕開けだった——。

ソードアート・オンライン プログレッシブ5

【著】川原 礫　【イラスト】abec

《黒ポンチョの男》との危険な邂逅を経て、キリトとアスナは《アインクラッド》第六層に到達する。第六層のテーマは《パズル》。あらゆる場所に仕掛けられたパズルが、二人を苦しめる!?

狼と香辛料XX Spring LogⅢ

【著】支倉凍砂　【イラスト】文倉 十

賢狼ホロが書き留めていたのは、湯屋『狼と香辛料亭』でロレンスと過ごした、忘れたくない幸せな日々の記録で……。湯屋での物語第3弾は、電撃文庫MAGAZINE掲載短編4本+書き下ろし短編を収録!

ネトゲの嫁は女の子じゃないと思った? Lv.16

【著】聴猫芝居　【イラスト】Hisasi

夏休み、妹が海賊になった——何を言ってるかわからないと思いますがネトゲの話です。ついに生徒会から新入部員を要求された残念美少女・アコたち。唯一の希望・双葉みかん獲得のため、挑め真夏の艦隊決戦!

天使の3P!×11

【著】蒼山サグ　【イラスト】てぃんくる

バンドコンテストで予選を通過するため、潤たちは霧夢たちと組んでフェスに挑むことを決めたのだが……さっそくケンカが始まり、分かれ分かれに。そして、説得に回る響の孤独な戦いが始まる——!?

未踏召喚://ブラッドサイン⑧

【著】鎌池和馬　【イラスト】依河和希

白き女王との決着は、新たな戦争の火種でしかなかった。豪華客船に忍び込み、オリヴィアと事態の収拾に奔走する恭介の前に現れたのは彼女の母、美し過ぎるF国君主で!?

ドウルマスターズ5

【著】佐島 勤　【イラスト】tarou2

敵、そして親友である龍一と再会を果たした早乙女蒼生。運命に引き寄せられるように集った二人の眼前に玲音専用ドウル・ミスティムーンの真の姿が顕現する。

新作

ミニチュア緒花は毒がある。

【著】岩田洋季　【イラスト】鈴城 敦

これは、友達ゼロの俺が入部させられた変人の巣窟「きょうがく部」で出会った"ミニチュア毒花"こと毒舌少女・緒花に、一目惚れし、全身全霊をかけて彼女を照れさせ、恋に落とす戦いの記録である。

新作

優雅な歌声が最高の復讐である

【著】樹戸英斗　【イラスト】U35

俺からサッカーを取ったら何も残らない。灰色の高校生活が過ぎゆくだけだ。そんな毎日に現れたのが、地に落ちた歌姫の瑠子だった。挫折から立ち上がる二人の、ボーイミーツガールストーリー。

新作

滅びの季節に《花》と《獣》は〈上〉

【著】新 八角　【イラスト】フライ

人を喰らうと畏れられる美しき大獣《貪食の君》と、売れ残りの少女奴隷クロア。偶然と嘘から始まった二人の恋は、滅びの影が近づく街に花開いた。愛しき日々は、やがて一つの奇蹟を起こして……。

新作

できそこないのフェアリーテイル

【著】藻野多摩夫　【イラスト】桑島黎音

妖精に春を盗まれた常冬の町、ベン・ネヴィス。その街で灰色の生活を送っていた少年・ウィルは、妖精語りの少女・ビビと出会い、お互いの"失われたもの"を取り戻す旅に出るのだった——。

新作

俺の青春に、ゲームなど不要!

【著】高峰自由　【イラスト】明坂いく

かつてゲームにのめり込み、今は学生生活のために封印した少年・坂木修司。文武両道の優等生でいることに疲れていた少女・藤代姫佳。意外な接点で、二人は出会い——。

第23回電撃小説大賞《選考委員奨励賞》受賞作
目指すは霊峰・オリンポス。
そこは天国に最も近い場所。
オリンポスの郵便ポスト
藻野多摩夫
イラスト：いぬまち
火星へ人類が本格的な入植を始めてから二百年。
度重なる災害と内戦によって再び赤土に覆われたこの星では、
手紙だけが人々にとって唯一の通信手段となっていた。
長距離郵便配達員として働く少女・エリスは、
機械の身体を持つ改造人類・クロを都市伝説に噂される場所、
「オリンポスの郵便ポスト」まで届けることになる――。
電撃文庫

ミス・アンダーソンの安穏なる日々
Ms. Anderson's Quiet Days
小さな魔族の騎士執事
世津路 章
イラスト◆フカヒレ
「では頑張ってわたくしを殺してくださいましね」
彼の使命は美味しい料理の提供、お部屋のお掃除。そしてベッドでの抱き枕代わり!?
人類最強のぐーたら美女と彼女の命を狙う魔族の少年
二人の優しくて刺激的な同棲生活。
電撃文庫

骨になっても心は勇者な
最強冒険者(※ただし骨)が往く!
お気楽異世界ファンタジー!!
佐伯庸介
YOUSUKE SAEKI
[Illustration]白狼
昔勇者で今は骨
A Skeleton who was The Brave.
STORY
世界を滅ぼす魔王との最後の戦い。
どうしても負けられぬその戦いで
瀕死の重傷を負った勇者アルヴィスは、最後の手段・死霊術までも
使って戦いきって……スケルトンになっちゃった!?
それから三年後。平和になった世界でニート生活をエンジョイするアルだったが——!?
電撃文庫